同期

ドウキ

今野敏

1

宇田川亮太在早上八點十分抵達警視廳。

警視廳的上班時間比任何一間公家機關都要來得早。宇田川昨天處理了一疊累積許久的文件，工作到很晚。

被調到警視廳刑事部搜查一課也一年了，來到這裡以後才具體感受到文書工作特別繁雜。若遇到有搜查工作須外出辦案時，很快就會累積一疊待處理文件，之後得工作到深夜才下班已不是什麼稀奇事。

即使如此，早班的刑警還是得在早上八點十五分到班，是以當警察的大都會慢慢習慣睡眠不足。三十二歲的宇田川是巡查部長，雖稱不上是已經練就出一身警察的體質，但仗著年輕還算過得去。

宇田川腦袋放空等著電梯，有人拿東西敲了敲他的肩膀，一回頭看見手上拿著體育報的蘇我和彥對他咧嘴笑。

「是你呀。」宇田川說道。「還真是好久不見了。」

「什麼呀，別一臉死氣沉沉的。」

「昨天又加班到深夜。」

「刑警真辛苦呀。」

「公安部應該也沒好到哪裡去吧？」

「雖然是公安部，但我是總務課呀。」

蘇我的臉上總是掛著淺笑。他的身高將近一百八十公分，不過身材偏瘦，讓人絲毫不覺得壓迫。

宇田川對蘇我的印象並不深，他不是個熱血積極的人，從一進學校的初任科課程（譯註：警校生須通過六個月的學科及術科課程後，才能成爲正式警察）那時就是如此。宇田川與蘇我是同期入校，年齡也相仿，一樣都是從私立大學畢業才去考警察。

宇田川以成為刑警為目標，雖然大家都說刑事部是與升遷無緣的部門，不過刑警工作有其成就感與價值，至少宇田川是這麼想的。

刑警可是犯罪搜查的最前線呀！大部分的年輕警察應該都以刑警為第一

志願吧。

宇田川積極投入刑警工作的競爭，從一開始執行交通勤務時，便主動向前輩及上司表達自己對搜查的想法，即使是像腳踏車竊案或順手牽羊這種日常生活中的犯罪，他也用心設想、觀察入微。

相較之下，在蘇我身上就一點也看不出進取之心。

當初被分派到地域課的時候，即使兩人所屬警署並不同，也會在休假日或下勤務時相約去喝酒。他們常會從居酒屋順勢喝到酒店，但就連面對酒店小姐，蘇我也從不積極表現自己，總是一副好整以暇的樣子，「凡事順其自然」是他的風格。

如此隨遇而安的蘇我，卻在兩年前受到警視廳公安部的長官賞識，拔擢他進到警視廳。這個消息傳到了宇田川耳裡，完全不清楚他升遷的契機是什麼，公安部的內部消息不可能會透露給轄區知道，蘇我也對他三緘其口。

宇田川很不甘心，蘇我竟然比每天努力耕耘的自己早一步進入警視廳。蘇我進到警視廳這件事本身一點也不重要，令宇田川在意的是蘇我受長官注意進而獲得拔擢的傳言。

宇田川比蘇我更早就通過巡查部長的遴選考試，而蘇我還只是巡查就被調到警視廳，之後才升上巡查部長。

這段期間，宇田川終於如願成為了轄區刑警，腳踏實地執行警務工作。原本這樣應該就心滿意足了，畢竟他並非想要平步青雲，而是一心想當個刑警。倘若蘇我沒有進入警視廳，或許宇田川會以身為轄區刑警而自豪並努力工作。

男人真是一種嫉妒心強烈的生物。如同戀愛關係當中，相較於女人，男人的獨占欲望強烈、嫉妒心也特別重，工作上也是一樣的道理。愈有野心，就愈會嫉妒。

宇田川覺得自己毫無疑問是個野心強大的人。

蘇我進入警視廳的一年後，宇田川終於如願調到警視廳刑事部的搜查一課。宇田川認為，是他無時無刻都在鍛練自己的敏銳度而深獲上級賞識，才得以被拔擢進警視廳。

這麼一來，就能與蘇我平起平坐了。宇田川期待著與蘇我在警視廳裡相遇，想當面對他說「我也到這兒來了」。不過，兩人相遇時蘇我只說了一句「嗨！」看來是從未把宇田川放在心上。蘇我本就不是會在意小事的人，說不定只是宇田川將自己看得太重。在那當下，宇田川感到無以名狀的自卑，就像被人揭露自己的心胸有多麼狹小。

總之，蘇我就是這麼一個曾讓宇田川視為競爭對手的人。

蘇我抬頭仰望著電梯的樓層顯示變動，邊對宇田川說：「最近很難得見上一面呢。」

宇田川答道：「誰教我們一個是刑事部，一個是公安部呀。」

「再找時間去喝一杯，找間酒店吧。」

「你這傢伙，明明去酒店也一點都不開心。」

「沒那回事，跟你一起去就很開心呀。」

高樓層專屬的電梯來了，蘇我走進那部電梯。

「那，下次再約。」

只停高樓層的電梯門關上。宇田川等刑警所搭的是只停低樓層的電梯。

其實只是部門所在的樓層不同，但搭乘不同部的電梯，似乎述說著雖同為警察，升遷的機會卻無法相比擬。宇田川厭惡把這種事情放在心上的自己。

上午，宇田川依舊必須埋首於文書工作，再加上身為菜鳥，還得多處理前輩丟給他一些雜事。

宇田川隸屬於刑事部搜查一課第五係，一個係通常有十到十二名的調查員，第五係共有十二名。

係也被稱為班，至今還有許多人把係長稱作班長。第五係的班長是四十五歲的警部名波孝三。一般都是以整個班為單位來行動，傳統上也多以兩人一組進行搜查。

常跟宇田川搭檔的是五十一歲的警部補植松義彥。光看年紀與官階，就知道植松已不在升官的路上。

這樣的人會待在警視廳搜查一課，這件事本身就很稀奇。不過，聽說課長十分信賴植松的能力。

他可是最像刑警的刑警呀，宇田川也這麼認為。只是他對下屬相當嚴厲，作風保守且頑固，坦白說，宇田川在進到警視廳的這一年，始終覺得處處受限，植松也常派些雜事給他做，要處理雜事而耗費的時間可不是開玩笑的，有時就連吃個午餐也會被打斷，植松總是要他明確交代什麼時間會去哪裡。

有事的話，打手機把人叫回來不就得了嗎？宇田川雖這麼覺得，卻不敢說出口，要是說了，一定會被植松怒斥，並對他說教說上一陣子。

這天，已經過了中午，宇田川心想也差不多該吃午餐了。他跟植松報告，植松卻要他等等，同時目光緊盯著係長。係長正從位子上站起，往管理官的方向走去，看來植松似乎是察覺到了什麼動靜。

「要出外勤嗎？」宇田川問。

「應該是，課長剛剛把管理官叫過去了。」

「共同聯絡的無線電並沒有任何動作呀。」

「所以，是還在進行中的案子。」

周圍的員警也觀察到有動靜，接連把原本正在處理文書的電腦關掉。

一如預期，係長下達了出動的指示。

「到目標地點搜索。目的地是特定黑道組織的事務所。由於是支援組織犯罪對策部（簡稱組對部）第四課的工作，就依照他們的指示去做。」

之後，說明了該黑道組織的名稱及地址。

「搜索黑道事務所，應該是組對部的工作呀，為何得要出動搜查一課？」

宇田川不經思索的一句話，讓植松把目光轉向他。

「你這蠢蛋，聽了該組織的名稱你還沒想到嗎？不是跟我們正在處理的案子有關？」

宇田川在心中驚呼。

「是十天前那件命案嗎？」

「廢話。走了，別慢吞吞的！」

十天前，月島署轄區內發現了一具被刺殺身亡的屍體，在晴海的運河裡被撈起，全身腫脹。

機動搜查隊前往調查，與轄區的刑事課展開了初步搜查。由於案情明確，派發給警視廳搜查一課，宇田川所屬的第五係也到了現場。

在發現屍體的三天後，查出被害者的身分是某黑道組織的幹部。組對部手上有詳盡的黑道組織幹部資料，因而得以確認死者的身分。

一般來說，應該會成立特別特搜總部，宇田川等相關單位的人員也會被納入，但由於被害者是黑道成員，而由組對部接手進行調查，這樣的情況下，宇田川所屬的搜查一課第五係應該就不會再參與，卻又被點名要出動，想來應該是要進行地毯式的搜索吧。搜索及查封都得使出人海戰術。

係長說出的組織名稱，是與被害者所屬組織對立的關東某特定黑道組織，聽到這裡還沒聯想到其中的關係，被植松罵一頓也沒話說。

直覺不夠敏銳的人不配當刑警，宇田川真心這麼認為，更別說是警視廳的刑警。

「既然是到現場搜索，那麼應該已經鎖定犯人了吧？」

宇田川在踏出搜查一課時向植松問起。

植松臉色嚴峻地說：「這是當然，不過，不僅是這樣。」

「意思是？」

「組對部的那些人想趁這個機會擊潰該組織。他們應該是想利用這次的命案，找出其他事由把裡面一些人也都拖出來。」

「原來有這樣的打算呀。」

事情大致就如植松所預測的，組對部從以前就在等待打擊黑道組織的機會，想藉他們發生衝突之際，趁機一網打盡。

此次出動的目的地是位於赤坂六丁目的某棟大廈，在泡沫經濟時期，許多黑道將事務所設置在此，那些黑道成員也曾意氣風發，但如今已經逐漸從該地撤退。這次被鎖定的組織是經歷了低迷景氣後還殘存下來的，現在這個世界，就連黑道也有贏家與輸家之分。

宇田川等人並沒有直接前往目的地，他們首先得先到月島署的特別特搜總部與其他調查員——組對四課及月島署的員警會合。

為何要刻意繞這麼一圈，其中是有原因的。

現場搜索事關重大，必須謹慎處理，時機若沒抓好，可能就會讓重要的證據或犯人從手中溜走，因此搜查人員之間的合作至關緊要，必須確保彼此的步調一致。

組對四課課長站在參與這次搜索的調查員面前說道：「勞煩各位了。關於這次的搜索與收押都請遵照組對四課的指示，務必不要輕舉妄動，沒問題吧？那就拜託大家了。」

組對四課的課長完全不說些鼓舞士氣的廢話，想必是個優秀的警察吧，宇田川心想。愈是無能的管理階層，廢話就愈多。

調查員在下午一點二十分抵達現場，下午一點二十三分出示了強制搜索令，當下事務所裡氣氛一陣緊張。

雖然現場的黑道成員並沒有做些放狠話的蠢事，但也不是乖乖合作。

事務所內的格局是寬闊的三房兩廳，這棟大廈並不對外租賃，當初應該是高價買下。

搜查作業順利進行，宇田川所屬的搜查一課第五係調查員也依照組對部的指示動作，他們都很習慣執行搜索或收押行動了。

不過，組對四課課長那句「不要輕舉妄動」猶如一根心頭刺，不管做什麼都得向組對部的調查員確認，真是麻煩。

比方說帳簿之類證物是由組對部負責搜索扣押。現在這時代，連黑道也進化為經濟犯罪的模式，聽說組對部裡面有不少人也懂會計、財務。通常重要的文件資料會放在最裡面的房間，宇田川被分配到調查辦公室出入口附近的置物櫃，心想，說不定會發現手槍或匕首之類的武器。

以前的黑道會在警方搜索時故意在顯眼處放置手槍等物品，讓警方扣押這些證物，以違反《槍砲彈藥管制法》將幾個人送辦，藉以混淆警方的注意力，使其不去深入搜查其他地方，一方面不讓警察丟面子，組織也不會受到致命的打擊。據說此方式盛行了好長一段時間，特別是轄區警署與黑道很容易形成這樣的默契，不過現在的時代已經不一樣了，組對部的作法是不容任何僥倖存在的。

宇田川正要打開櫃子裡的紙箱時，突然某處傳來大聲呼喊。

「有人逃跑了！」

「抓住他，別讓他跑了！」

宇田川一看，有個人正往門口衝去，數名調查員隨後追上。逃跑的那人穿著深藍色短外套、黑色長褲。宇田川也跟著追出去，根本來不及思考。

事務所位於大廈的五樓，逃走的那名男子循樓梯而下，調查員也跟著追下樓，出了一樓大廳，調查員兵分左右兩路。不知那人逃進哪條巷子，眼前已看不見蹤影。這一帶有許多狹窄的巷道，宇田川往左邊追去。

人在瞬間要下判斷時會往左邊走，以前好像在哪本書裡讀過這樣的論點。比方說電影院發生了火災，眾人會聚集到左邊的門口；田徑場上的跑道也是向左彎。

往左追去的調查員包含宇田川在內共四人。相信現在應該有人已經跟轄區警署聯絡，通報逃跑男子的資訊。

前方巷子一分為二，調查員於此再分兩組各兩人繼續追捕，宇田川進入較窄的巷子中。明明是在熱鬧的赤坂市區正中心，這一帶卻是歷史悠久，環境清幽的住宅區。

巷道又再次分岔，一同追捕的調查員對宇田川說：「你去那邊，我走另一條！」

宇田川依指示前往，向前跑了沒多久，卻遇上車道，眼前是一棟看似飯店的大型建築。

走出小巷，宇田川駐足不動，已完全失去逃走男子的蹤跡，能做的就只能祈禱其他調查員找到他了。正當這麼想的同時，宇田川望向右邊，那是與赤坂通交叉的十字路口，視野之內閃進一名似曾見過的人，穿著深藍色外套與黑色長褲。不會錯！就是那名男子，雖只是瞬間瞥過一眼，卻掌握到他的特徵。

男子在巷子裡左彎右拐甩開追捕他的調查員，最後出現在眼前。這是幸運之神對宇田川的眷顧，抓住那傢伙就能立下一大功績。

宇田川朝他奔去，男子正要招計程車，仍一面警戒著周圍變化。他察覺到宇田川，又想逃跑。宇田川心想既然發現他，天涯海角也要將他抓到手。

不過，男子卻沒有逃跑。這麼一來就簡單多了，宇田川這麼想的同時，瞬間卻遭到撞擊，因為完全沒有預期，就這樣整個人被撞倒在人行道上。

腰部被撞擊，使他倒向柏油路，一陣悶痛襲來。撞倒宇田川的那個人倒在他身上。

宇田川正想要推開那個人，此時卻聽見震天價響的聲音，是槍聲！宇田川瞬間凍結，那一發槍聲使他動彈不得，恐懼讓他口乾舌燥，即使如此宇田川仍緊盯著逃走的男子，他穿越車道，招到一輛計程車立刻坐了進去，計程車司機並未察覺這裡發生的事，否則應該會把車停下來，但車子卻載著男子往日枝神社方向奔馳而去。

「你這傢伙找死嗎？」

聽見這句話，宇田川此刻才把注意力轉回倒覆在自己身上的人。

「蘇我？」宇田川目瞪口呆地望著對方。「你為什麼會在這裡？」

「巧合啦，巧合。我到這附近來辦事，發現好像有什麼騷動，一看狀況發現你正被人用槍瞄準，一時管不了這麼多就衝出來了。」

宇田川這時才終於意識到自己差點被槍擊，忍不住顫抖。即使未中彈，但被開槍還是令人害怕。

「你是不是應該要盡快回報狀況？」蘇我站起來，以不符眼下狀況、語氣慢悠地說。

宇田川也打算站起來，卻因恐懼而膝蓋打顫，好不容易才勉強站起，他拿出手機撥給前輩植松。

「怎麼樣？」

「犯人坐上計程車，沿赤坂通往日枝神社方向逃逸。」

宇田川告知了計程車公司名稱，但並未看到車牌號碼。

「了解。」植松回道。「你馬上回來！」

掛上電話，宇田川對蘇我說：「你救了我一命。」

「我可不想看到跟我同期的人在眼前殉職呀。」

「無論如何，謝了。」

「道謝就不用了，若換作你站在我的立場，也會做一樣的事吧？」

是嗎？在自己也可能在被槍擊的危險之中，真能夠瞬間衝出來救對方嗎？宇田川心中沒有答案。

「那我回去工作囉！」蘇我對他說，什麼事也沒發生似地離開。

目送他瘦長的背影遠去之後，宇田川也回到搜索現場。

2

為追捕搭上計程車逃逸的男子，通訊指令中心向總部與轄區警署下達緊急對應的指示。

宇田川所屬的搜查一課第五係在將扣押物品送到月島署的特別特搜總部之後任務便宣告結束。

「什麼嘛，堂堂的搜查一課只是去運送物品，這不就跟搬家公司一樣嗎？」同係的一名警部補埋怨道。

「別抱怨了。」植松說。「我們可是有人差點被槍擊呢！」

「話說回來，在大街上開槍還真是夠嗆的。」另一名警部補接話。

「那人應該是帶走什麼特別重要的東西了吧？」植松繼續說。「看來是被上面的人交代遇上緊要關頭，就算是冒著生命危險也要把東西帶出去。」

「會是什麼樣的東西呢？」

「還真是令人找不到頭緒。不過，在搜索中，讓人把東西帶走，組對部那些傢伙的臉都青了。」

「好在我們不必再繼續參與這個案件了。」

宇田川一言不發地聽著他們對話。被開槍的衝擊退去之後，心中湧上猛烈的懊惱。

明明只差一步就能逮到那男子了，竟然沒發現對方掏槍，倘若早點發現，就能對應地更像樣些！那一瞬間發生的事，一再浮現腦中。那傢伙逃逸無蹤，感覺全都是自己的責任。

但在此同時，也感受到了恐懼。若就那樣往前衝，肯定會被擊中、如果蘇我沒有出現，可能已經送命了、多虧蘇我及時將自己撞倒在地。

蘇我可說是救命恩人。

對於救命之恩，宇田川當然很感謝，只是心情有點複雜。欠了蘇我一個人情，卻是自己最不希望欠人情的對象。

宇田川等人回到警視廳，名波係長前去向管理官報告，回來後對大家說：

「犯人依然逃逸無蹤，緊急對應沒有派上用場。他的身分已經查出來了，是被搜索組織的主要成員。」

係長的語氣聽來事不關己，也許是對於只協助現場搜索而感到無趣吧，說完之後，便不再談論此案。

這個案子已經與第五係無關，剩下的就讓組對部與月島署的特別特搜總部去處理。

「喂！」植松對宇田川喊了一聲。

「是。」

「去吃飯吧。」

宇田川這才發現還沒有吃午餐，但其實一點食欲也沒有，此刻心中仍無法擺脫被開槍的震撼，讓那傢伙逃走也令他十分懊悔。

不過，對刑警而言，能吃飯的時候不去吃，之後何時能吃到飯可就不知了。宇田川迅速從位子上站起，再拖拖拉拉的話，又要被植松削一頓了。

前往食堂的路上，植松沉默不語。不過，他本來就不是那種會跟宇田川閒話家常的前輩。

植松點了定食，宇田川還是沒有什麼食欲，便簡單點了碗天婦羅蕎麥麵。如果可以的話，真希望不要在警視廳內的食堂而是到外面吃點輕食。刑警經常得外食，可以的話還是想要好好吃一頓飯。

植松選擇了旁邊沒什麼人的位子。以他這個年紀來說，食欲算是頗為旺盛。宇田川在他對面坐下，吃起蕎麥麵，只不過仍是食不知味。

「再跟我說得詳細點。」

植松這麼說的同時並未看著宇田川。

「咦？」

「那人逃走的經過。」

宇田川真不想再回憶。

「不是已經報告過了嗎？」

這句話真多餘。植松瞪大雙眼，說：「你就照著再說一遍。」

「要說什麼呢？」

「從頭到尾。」

宇田川胃口全失。

「從大樓追出去時，調查員分為兩個方向追捕……」

「這就不用說了，從你發現那人說起。」

「我穿過住宅區的巷子，來到雙線車道的大馬路，與赤坂通交叉的路口，眼前是一棟像飯店的巨大建築。」

「那是秀和公寓式飯店，雖名為飯店，其實是出租大廈。」

「原來。」

「之後呢？」

「在與赤坂通交叉的路口，我發覺到那男的，正想逮捕他，便向前衝去，而他應該也注意到我了。當然，我認為那傢伙可能會再度逃跑，所以我奮力朝他衝去。就在這個時候，蘇我將我撞倒在地，才讓我倖免於難。」

植松停下來像是思考些什麼事。

宇田川問：「您想知道些什麼呢？」

「你不覺得奇怪嗎？」

「怎麼了嗎？」

「蘇我那傢伙，是公安部的吧？」

「是的，他是公安總務課的人。」

「那為什麼會出現在那裡？」

「這……」宇田川壓根沒有想過這件事。「他說是巧合。那些公安，我們根本不可能知道他何時會在哪裡做些什麼吧？」

「你這傢伙，想被炒魷魚嗎？」

「啊？」

「刑警最恨巧合這個字眼。」

這個道理宇田川當然也懂，但因為是發生在自己身上，他根本想不到那麼透徹。不，他甚至不覺得應該去思考蘇我為什麼會在那裡。對宇田川來說重要的是蘇我救了他一命，以及欠他一個人情。不過，看來植松想的跟他完全不同。

植松一臉不悅地說：「真不對勁。」

「是說我的行動嗎？」

「不是，我是說這整件事。」

「您的意思是？」

「乍看像是黑道鬥爭，組對部與特搜總部也都是以此方向在辦案，但怎麼想都很不自然。」

「是嗎？在晴海發現一具屍體，特搜總部鎖定了嫌犯，所以到敵對組織去進行搜索……您是說事情不僅是表面所看到的如此嗎？」

植松瞪著宇田川，他以為又要挨罵了，但植松下一秒已垂下目光，低頭陷入思考。

「是這樣嗎？也許真的只是單純的黑道鬥爭，也罷，這反正不是我們的案子，只是有幾個地方讓我怎麼也想不通。」

植松看來十分困惑，宇田川對於這幅景象感到稀奇，他原本以為植松那麼頑固，絕不會陷入迷惘。

「例如哪些地方呢？」

「若只是單純的黑道鬥爭，警方去搜索時，那些傢伙通常不會有什麼動作，更不可能為了躲避搜查而冒險把東西帶出去。」

是這樣嗎？宇田川沒有什麼相關經驗，所以並不是很清楚。既然植松這麼說，他也就照單全收，靜靜地繼續聽。

「還有，逃跑的傢伙竟然在大街上開槍。開槍已經是犯罪了，更何況還是對警察開槍，一般的小混混還沒有那個膽子。逃跑的那個人若不是失去理智，就是被逼到盡頭，只有奮力一搏。」

宇田川想起了在結束搜索後，植松等人在回程說的話。

「應該是被上面的人交代到緊要關頭，冒著生命危險也要把東西帶走……植松前輩，您是這麼說的吧？」

「我在那瞬間是這麼想的。若非如此，不可能在搜索中幹這種蠢事、冒險把東西帶走。一般來說，重要的東西、不想被警方發現的東西，事前就會藏好。」

「但那也得要事前就把消息洩漏給他們，這推論才成立呀。我聽說自從組對部成立了之後，對於洩密這種舉動嚴格防範，就連轄區警局也很難事先知道消息。」

「所以啊，」植松一臉不耐煩的樣子，「我才說那男的被逼得倉皇帶著東西就跑。無論是再怎麼不希望被扣押的東西，通常就只能放棄，但他卻在調查員眼前把東西帶走，而且還害怕被逮，甚至不惜開槍，這相當不尋常。」

聽植松這麼一說，宇田川也有這種感覺。

對於一直到植松分析才察覺其中詭異之處，宇田川有點沮喪，自己的敏銳度根本還有待加強。

「而在那裡，出現了公安部的人……」植松接著說道。「說是恰巧經過，我怎麼想都覺得不可能，你不這麼認為嗎？」

「聽您這麼說，的確是如此，不過這個案子不是已經不歸我們管了嗎？」

「最近的年輕人動不動就說這種話，不是自己負責的工作、不屬於自己的管轄就完全不管，難怪警察的搜查力一落千丈。你聽好了，犯罪可不會依照政府劃分好的權責歸屬來發生。」

宇田川認為自己是知道這個道理的。智慧型犯罪（譯註：經由精心計畫與設計的犯罪，如賄賂、僞造錢幣、詐欺等。）常與黑道脱不了關係，像奥姆真理教那種危害公共安全的罪行則多半與誘拐、殺人等強行犯（譯註：如強盜、姦淫擄掠、殺人放火等罪）有關。（譯註：日本的警署部門權責劃分不同，搜查一課偵辦強行犯，搜查二課負責智慧型犯罪，公安部則轄管政治性、團體性、國際性案件。）

只是，從植松的眼中看來，宇田川還是個不成氣候的菜鳥，覺得他無法跨越權責劃分的限制。

植松繼續說：「我們年輕的時候，轄區的刑警一人要抵多人用。即使自己負責的是強行犯，但遇上有人被黑道威脅，一樣會出手處理；若是有人被詐欺而蒙受損失，也會傾耳聽聽對方受害的經過，你永遠不知道這些被害人的控訴會與什麼樣的案件相關，所以要勤奮點到處走訪查案。現在變成什麼樣了？即使接到了跟蹤狂的投訴，也不跨部門合作好好處理，結果最後演變成了殺人命案。交通課那些傢伙甚至還會對停在路邊出任務中的偵查車貼上『禁止停車』的貼紙。」

「嗯。」

當他在說這些話時，乖乖聽講方為上策，宇田川認命地想。

「這只是開端。」

「意思是？」

「一剛開始在河中發現屍體的案子是由我們處理，也就是說我們已經『碰』了這件事。的確就像你所說的，目前這件案子是由月島署的特搜總部與組對四課負責處理，但是我們還不知道以這案子為起點還會發展到什麼程度，也很難說這個案子不會再回到我們手中。」

警察所謂的「碰」，指的是與某些人事物接觸、產生關聯。至此，宇田川總算想認真聽植松繼續說下去，身體稍稍向前傾。他聽懂了植松所說的「開端」是什麼意思。

「那麼您是不是認為這案子會成為另一個重大事件的開端？」

「我可沒這麼說。」

宇田川感覺彷彿自己精心使出的招式卻一下被巧妙躲開。

「但您明明說是開端……」

「我只是說我們碰到了這個案子的開端。就如同你所說，也許就只是一件單純的黑道鬥爭，蘇我也真的剛好因為其他事情出現在那裡。」

「什麼嘛。」

「只不過還是有點想不通。我告訴你，刑警呢，若是有感到不對勁的地方，就非得查出個水落石出不可，這也關係到你的敏銳度。」

「是。」

「那個蘇我，跟你是初任科的同期？」

「對。」

「下次有機會見到他，就若無其事地問問他關於今天的事。」

「但他可是公安部的呀，他們就算是同部門的人也不會讓對方知道自己正在進行什麼工作吧。」

「也許他什麼也不會說，那就好好觀察他，說不定會從中看出些端倪，這是你作為警察的本領。」

「不過，最近很少有機會跟他碰面。」

「那就不著痕跡地製造機會吧。」

仔細想想，蘇我會出現在那個地方真的也太巧了。既然被搭檔的前輩這麼指示，只能抱著試試無妨的心情，跟蘇我見上一面。

「我知道了，我會試試。」

植松不發一地點了點頭，將最後一口飯扒進嘴裡。

3

宇田川撥內線電話到蘇我的部門，但他外出不在座位上，只好留言請對方代為轉告「請和宇田川聯絡」。

在宇田川調到警視廳之前，兩人三不五時會約見面，所以他知道蘇我的手機號碼，不過那支號碼卻已經停用了，所以他並不知道蘇我現在的手機號碼。

話說回來，公安部的調查員幾乎不會用自己的手機打電話，通常是用警視廳的電話，外出時據說是打公共電話。現今這種時代，要找到公共電話還真不是簡單的事。

傍晚時分，過了下班時間，蘇我打電話到宇田川的手機，果不其然是從公共電話打來的。

「找我有事？」

蘇我的聲音聽來悠哉悠哉，一如往常。

「為了道謝，想請你喝一杯，再怎麼說，你今天都救了我一命。」

「如果每一次救人就要接受請客，警察哪還有空工作。」

「也好久沒一起喝酒了，不是你說想去酒店的嗎？」

「嗯，這提議倒是不錯。」

蘇我比想像中還更容易地就答應了邀約。

「在那之前，先填飽肚子吧，想吃什麼我請客。」

蘇我笑了。

「有什麼好笑的？」

「你應該知道我們的公費預算比你們多吧，且不用發票就能請款。」

「這跟那沒有關係，是心意問題。」

「我明白了，那就恭敬不如從命，讓你請一頓吧。」

「你什麼時候有空？」

「今天的工作已經結束了。」

「我手邊還剩下一點事，七點應該能離開。」

「可以去我喜歡的店嗎？」

「當然！」

「那就約在六本木『東京中城』（Tokyo Midtown）的星巴克碰面吧，七點半如何？」

「知道了。」

「那就這樣。」

蘇我掛了電話。

該如何套出話來呢？對方可是個公安，不可能隨便三兩句就套出情報，公安部的人就連算是同部門的上司或同事，也不會輕易說出手中握有的資訊，最有可能成功的方法就是交換訊息，但宇田川不認為自己手上有什麼蘇我會想知道的事，只能佯裝不經意地提起話題問他了。

雖說是植松交代他這麼做，但宇田川對於要去刺探朋友感到有些罪惡，再說蘇我不僅是他的朋友，今天也成了他的救命恩人。但是為了這種事情躊躇不定，可當不了警察。比起個人的心情，應該以公務優先，宇田川這麼說服自己。

春寒料峭，風還是滿涼的，不過蘇我竟是站在戶外等待。

「那，走吧！」

蘇我邁步就走，宇田川跟在後頭。他們穿過檜町公園，走進秀和公寓式飯店右邊的小巷，宇田川眉頭皺了起來。這裡就是白天進行搜索的黑道事務所旁邊。

「喂！怎麼回事？」

「稍安勿躁，跟著我走就對了。」

蘇我的腳步停在巷弄中一家小店的前方。

「就是這裡。」

看來像是一家西班牙餐廳，不在大馬路邊，入口的指示也不起眼，是氣氛滿好的隱密小店。

蘇我推開木製大門進入店中，宇田川默默跟在後頭。店內鋪設著帶有些懷舊風的拼木地板，適度的微暗光線，讓人感到舒適放鬆，堅固厚實的木桌上了紅色的蠟，桌上還擺放著蠟燭。

一名看來像是經理的男子走上前來招呼。

「蘇我先生，歡迎光臨！您一天光顧小店兩次，真是我們的榮幸。」

男子的頭髮有些許灰白，推測應該比宇田川及蘇我大上十歲左右。

蘇我應答道：「我正想著每次只來這吃個午餐感覺不太過癮，剛好這傢伙說要請我吃飯。」

「是您的同事嗎？」

「他是刑警，我們是同期。」

店員向宇田川微笑致意。

「感謝蘇我先生一直以來的惠顧，兩位這邊請。」

店員將他們領到較裡邊的位子。無論從店內任一角落看過來都能巧妙隱蔽，位於視線的死角，相當適合密談。這樣的店，想必也會吸引藝人前來吧，有需要時是個絕佳的地方。

「由我點菜？」

「嗯，反正我就算看了菜單也是一頭霧水。」

蘇我找來服務生，俐落地點了餐。

前菜是大蒜橄欖油香煎鰻魚苗。發現有燉兔肉，蘇我毫不遲疑馬上點來吃，此外又要了三道菜，開了一瓶紅酒。

點完菜後，蘇我開口對宇田川說：「在你問我之前，我想先向你自清。」

「現在是在說哪件事呀？」

「你這傢伙怎麼可能只是想找我喝酒。」

宇田川感到有些驚慌，但沒有顯露出來。

「你想太多。早上在電梯前遇到時，我就想說好久沒跟你去喝一杯了，然後又發生了白天的事。」

蘇我微微地笑了笑，並不會讓人討厭的笑容。

「我並不是在抱怨什麼。你身為刑警，會這麼做也是應該的。」

「所以，你到底想說什麼？」

「你不用跟我裝傻，你想知道為什麼白天我會出現在你們追捕犯人的現場，對吧？」

宇田川不知該如何回應才好，剛好紅酒送來了。服務生在桌邊開瓶，請蘇我試了一下味道。

服務生將酒倒入杯中後離去，宇田川才開口：「你果然比你外表看起來還要精明。」

「說什麼傻話，誰都會想到好嗎？」

「我前輩說他不認為一切純屬巧合。」

「這家店就是最好的答案。」

「的確，剛剛店員也說你今天是第二次來到這裡了。」

「沒錯。我很喜歡這家店，偶爾會來吃午餐，今天也只是剛好在罷了。」

「你會特地跑來赤坂吃午餐？」

「我們還滿多外勤工作要跑的，得經常和人會面，知道各種不同店家也算是工作的一部分，在這當中也會發現合自己意的店。」

「所以你是在吃完午餐之後，碰巧遇上我們在追捕犯人？」

「是啊。我吃完走出這家店的時候，發現路上有刑警正在奔跑。怎麼說呢，不管刑警有沒有喬裝易容，我還是一眼就看得出來。」

「因為你也是警察吧。」

「嗯，也許是吧。我原本不想插手的，原則上我是不碰非我管轄的案子，但是我發現一名行跡可疑的男子，想著他應該就是警方要追緝的對象，忍不住就跟在他後頭。」

「是那個穿深藍色外套、黑色長褲的傢伙？」

「對。結果我看到你追了上去，於是我停下腳步，想說就交給你處理，只是我瞥見那傢伙拔槍。」

「因此才會瞬間把我撞倒、還掩護我？」

「沒錯。」

「雖說你救了我一命，但你認為這樣的說詞能說服我嗎？」

蘇我的表情依然沉穩。

「信不信是你的自由，我只能說事實就是如此。」

餐點陸續上桌，每當服務生送菜上來，談話就得中斷，不過對宇田川而言也是得以抽空思考的時間。

大蒜香氣飄散在空中，勾人食欲。蘇我一臉滿足地吃著料理。

「你知道我們在那裡做些什麼嗎？」

宇田川問，一邊觀察著蘇我的神情。重要的不是他回答了什麼，而是他的態度。

「不知道。」

蘇我像是無暇分心於其他事物般，專心吃著食物的同時這麼回答。

「跟我的工作又沒有關聯，我怎麼可能會知道。」

「我們正在執行大規模的搜索行動，你沒聽到半點風聲嗎？」

「我不清楚呀，怎麼可能一一去關心其他部門在做什麼。」

「在這附近一帶，是不是有你正在處理的公安案件？」

蘇我停下手邊動作，看向宇田川，宇田川瞬間感到緊張。明明是自己說要感謝人家的救命之恩才找他出來，卻刨根究柢地追問這些問題，蘇我想必不怎麼好受。

蘇我的嘴角微彎，笑了笑。

「說不定喔，任何地方都會有公安的案子，特別是赤坂這附近有美國大使館、加拿大大使館，也有電視台。不過，我只能說，這都與你們的搜索行動毫無關聯。」

宇田川以刑警之眼觀察著蘇我，他不認為蘇我在說謊。蘇我可是公安部的人，想到這點，也只能相信他說的都是真話。

「抱歉。」宇田川說道。「因為前輩給了我一些壓力。」

「我了解，警察的工作就是這樣啊，以後換我來問你也說不定。」

蘇我繼續愉快地用餐，宇田川也嚐起料理，兩人在店內喝完一瓶紅酒後，又到六本木的酒店續攤。一如往常，蘇我只是在旁面帶微笑，看不出他是否樂在其中。

隔天，宇田川原原本本地將蘇我的話轉述給植松，植松只回了一句「是嘛」，便回去做他的工作。

那究竟算什麼？宇田川心想。讓我不得不去刺探同期的底細，都是植松的一句話，只因為他覺得不對勁，但根本毫無根據。不過算了，好久沒跟蘇我一起喝酒，吃飯時難免還是有些尷尬，但到了酒店之後便放開了，聊起往事也讓兩人相當開懷，只是彼此對於現在的工作內容隻字不提，警察之間的聚會就是如此。

三天後，突然聽到蘇我被懲戒免職的消息。

宇田川感到十分詫異，在接到正式公告確認之前，他還無法相信這件事是真的。不，應該說，即便是確認之後他也仍然難以置信。他跟公安總務課及警務部的人事第二課打聽消息。關於警務部的人事工作，警部階級以上者由人事第一課負責，官階在警部補以下者則由人事第二課管理。

公安總務課給了他這樣的回答：「除了公告事項以外，無可奉告。」

人事第二課則告訴他：「關於懲戒事宜，在未取得本人同意之前，無法透露給他人知悉。」宇田川不知道規定是怎麼訂的，但當他想進一步探問，對方卻說：「系統已經將蘇我的紀錄全部刪除。」

這樣的回答，讓宇田川明白一切木已成舟。

即使想要聯絡蘇我本人，但蘇我從來沒給過他私人的手機號碼。宇田川想也許蘇我會主動跟他聯絡，但杳無音信的兩天又過去了。宇田川甚至想去蘇我家看看。蘇我還任職於轄區警署時，曾住在警察待命時會使用的宿舍，調到警視廳之後，應該是住進了位於中目黑的宿舍。但詢問後發現他早已搬離宿舍好些日子，沒有人能確切指出蘇我現在的住處。

蘇我就這樣從眼前消失，失去聯絡，宇田川感到悵然若失。

4

公安方面也絲毫沒有傳出關於蘇我的流言。

這就是公安部。雖說警察的工作本來就是要保守祕密，公安更是嚴格遵守此一原則。

宇田川是在星期五上午得知蘇我遭懲戒免職的消息。相隔兩天後的星期日，他走訪蘇我曾住過的中目黑宿舍，但不管怎麼問，都沒有人知道蘇我去了哪裡。

先前蘇我被轉調到公安總務課之時，應該搬進了這間宿舍才對。宇田川只問到蘇我沒多久就又搬出了宿舍。那段時期宇田川住在轄區警署的待命宿舍。才剛當上刑警的他，全神貫注於工作中，因此與蘇我完全沒有聯絡。

之後又過了四天，宇田川埋首於工作之中。這是家常便飯，即使沒發生大事，平時的刑警也不得閒。只要宇田川坐在位子上處理文件，植松就會丟些雜事給他。據植松所言，這並非打雜，而是作為一名刑警必經的修練。

所幸手邊並沒有正在進行的搜查案件，這個星期五是國定假日，他終於能夠休假。那天是春分節，宇田川再度前往了中目黑宿舍。

在警察宿舍一定會遇到認識的人。警察的職務異動頻繁，可能曾在某個警署共事，或是在特搜總部等場合打過照面。

中目黑的宿舍裡應該也有幾位宇田川認識的人。不過，就算有，也不見得都是上日班。很多地方都是輪班制，日復一日輪值日班、夜班、休假、待命。

總之，宇田川決定到宿舍附近走走。雖稱之為中目黑宿舍，比起中目黑站，其實離田園都市線的池尻大橋站更近。此處並非單身宿舍，也有許多同仁攜家帶眷住進來，看來就像是一般的社區。

宇田川下午出發，在宿舍附近來回繞到傍晚，結果被一名穿著制服的警察叫住，看來應該是附近派出所執勤的員警。

「你在這附近徘徊有什麼事嗎？」

對方大約四十多歲，掛著巡查部長的階級章。宇田川馬上拿出警察證件，雖然平常假日外出並不會隨身攜帶證件，但他預想今天也許會發生這種事，所以就帶在身上。

地區的巡查部長看了警察徽章與證件後說：「警視廳的搜查一課？在偵辦什麼案件嗎？」

「不是的，是私人事由。」

「刑警可不能因為私人的事而一直在這附近閒晃，會被認為是可疑人物。」

「所以是有人報案嗎？」

「這一帶若出現可疑分子，馬上就會有人通報。你說是私人事由，可具體說明一下嗎？」

「跟我同期的員警之前曾住過這裡，之後卻失去了行蹤。」

地域課員警一臉不可思議，「失去行蹤，是辭去警察職務了嗎？」

「據說是被懲戒免職。」

「懲戒免職啊，闖了什麼禍？」

「這我也不清楚。」

「竟然不知道！倘若不是幹了會被登上報紙的大事，應該不至於會遭到懲戒免職吧。」

「我也這麼認為。」

他若有所思地看了宇田川一陣子，說了句「你等我一下」便邁步走離宇田川身邊，朝著掛在肩章上的無線對講機說了些什麼，看來是跟該轄區警署回報宇田川並非可疑人物。

應該不會說出他是警視廳的人吧？宇田川有些擔心，如果將他的部署及姓名向上呈告，馬上就會傳到係長或課長那裡去，明天肯定會吃上一頓排頭。

巡查部長走了回來。

「然後呢？被免職的那傢伙叫什麼名字？」

「他姓蘇我。」

「蘇我……」巡查部長的表情像是想起了什麼。「是曾經待過碑文谷署地域課的蘇我嗎？」

「對，那時的我則是在世田谷署。」

「就是那個老是在發呆的傢伙呀。聽到他被警視廳的公安部看中而調職時，我還真是嚇了一跳。」

「所以你認識蘇我？」

「我也待過碑文谷署的地域課，雖然科別不同，但也略知一二。」

「他在碑文谷署工作的時候，是住在該署所分配的宿舍沒錯吧？」

「嗯，我想是的。」

「被調到警視廳時，應該就搬進了這裡的宿舍，但不知何時又搬走了。」

巡查部長臉色一斂。

「畢竟是公安呀。」

宇田川覺得他的這句話似乎隱含了許多事情。

巡查部長稍微想了一下，說：「那傢伙雖然人緣不差，但不會與人深交，就連知道他有你這樣的朋友，都很讓人驚訝。」

也許真是如此，蘇我就連一起喝酒的時候也不太說自己的事。

「蘇我被調到警視廳之前，所屬單位的係長姓宮下，現在任職於築地署的警務課，或許從他那裡可以問到些什麼。」

「你知道他住在哪裡嗎？」

「這我可不知道。你不是刑警嗎？這種事查就查得到吧。」

「畢竟不是正式的搜查……」

「只要去築地署就行了，他上的是日班，今天有可能不在署裡，但至少有人會知道他住在哪裡吧。」

「我去問問看，非常感謝你。」

「蘇我被免職了呀，都沒聽說呢。」巡查部長語帶感慨地說。

「請問……」

宇田川離開之前，問了巡查部長。

「剛才應該沒有將我的名字回報給警署吧？」

「嗯，別擔心。」巡查部長說完就轉身跨步離開了。

宇田川到達築地署時，已經過了傍晚六點。都特地來到這裡了，偷偷摸摸行事也很奇怪，宇田川決定正面進攻。他向約二十多歲、在櫃檯值班的員警出示警察證件，問道：「我想找警務課的宮下先生，不曉得可否告知他的地址？」

「您要找宮下課長嗎？必須取得他本人的同意才能夠提供資料。」
原來他是課長呀。蘇我還在碑文谷署時，他還只是地域課的係長，之後經過一段時間了，升職也是理所當然的。
「請幫我向他傳達一聲吧，有些問題想跟他請教。」
值班員警當場便撥起電話，經過一段時間的通話後，他掛上電話並對宇田川說：「課長現在正在回署裡的路上。」
「啊！」宇田川頓時慌張了起來。「不必這麼麻煩，雖然說有些問題想向他請教，不過也只是我個人的私事。」
「但課長已經說要親自到這裡來了。」
警察不喜歡住處曝光，除了理當會有的警戒之外，也有許多人是不希望私生活被打擾。
雖然在哪裡見面都一樣，但一個初出茅廬的菜鳥把課長叫出來，說不定會惹出問題，畢竟警察組織還是很講輩分高低的。
「請在那裡稍等一下。」

值班員警指著長椅，或許該稱為是沙發吧，是像醫院候診室裡擺的那種簡樸的長椅。

「課長住得離這裡遠嗎？」

「不會，就在這附近。」

那真是太好了。年輕員警一般都會住在警署裡或是警署附近的宿舍，成家之後才搬出宿舍，購屋自居。

他的住處離築地署不遠，那應該是住在中央區或是那一帶吧。可能是父母原本就有土地，或是家裡有錢，也或許是配偶的家境富裕，不然很難能在這樣的地段擁有自己的房子。

宇田川等了大約十五分鐘後，一名身著便服的男子走到櫃檯前，值班的員警指著宇田川，於是他走了過來。

「我是宮下，聽說有警視廳的人來找我。」

這名男子看上去年約五十歲左右，給人剛正、率直的感覺，他穿著西裝，未繫領帶，身材雖有些圓潤，但仍看得出年輕時是經過一番鍛鍊的，術科肯定是他的拿手項目。

宇田川彎下腰深深鞠了躬，首先得要先為自己的失禮道歉才行。

「在您休假之時打擾，實在非常抱歉。其實只要您指定地點，無論是何處，我都會前往。況且我想問的並非工作上的事，而是私人事由。」

宮下一臉詫異地問：「是你個人的事？我跟你應該是第一次見面。」

「是關於曾任職於碑文谷署地域課的蘇我。」

「蘇我？啊，你說的是蘇我和彥吧，他怎麼了嗎？」

「您沒聽說嗎？」

「什麼事？」

宮下的表情顯得不安，看來已察覺並非好消息。

「蘇我上週被懲戒免職。」

宮下一時語塞，半晌說不出話來，只看著宇田川。

「怎麼會？那傢伙……」

「我跟他是同期，這件事，我也感到難以置信。」

「會到懲戒免職這地步，可不是件小事，應該是遇上足以登上報章媒體的大事件，但我不記得看過這樣的新聞呀？」

他說的話與早前遇到的巡查部長一樣，會這麼想很正常。

「這點我也感到很不尋常，至今沒有人能告訴我，蘇我究竟是犯了怎樣的失誤，非得要被炒魷魚不可。」

「那傢伙後來進了公安部，在我們這種轄區警察的眼中看來，公安部門簡直就是一團迷霧。」

「在我眼中也是一樣的。」

「所以，你想問我什麼呢？」

「我不知道蘇我的住處，推想您或許會有些頭緒。」

「要問他的住處？為何？」

「蘇我調到警視廳時，從碑文谷署的待命宿舍搬到了中目黑宿舍，但是沒多久又搬離，沒有人知道他後來搬去哪裡。」

「怎麼會？你到警務部人事課問問，一查就知道了。」

宇田川也是這麼想，實際上他也向人事第二課問過。

「但人事課說早已沒有蘇我的紀錄。」

「不可能沒有紀錄呀。」

「但是他們確實這麼對我說。」

「真奇怪。」宮下陷入沉思，完全就是個警察才有的神態。「或許是有什麼緣由而消除了他的紀錄，應該是在被懲戒免職之前……」

「消除？」

「你說蘇我在公安部對吧？」

「不過是總務課。」

「公安總務課不是單純的總務課，他們會對公安案件搜查活動進行統合調度，也負責搜集情報。」

這麼說來，蘇我的確常跑外務。一般都會認為總務課的工作是坐辦公桌處理文件，不過公安總務課似乎並非如此。那天，蘇我在千鈞一髮之際救了他，那時候也是上班時間就待在外頭。

「也就是說，由於某項任務，使得人事課消除了蘇我的個人資料，您的意思是這樣嗎？」

「我也不知道，純粹只是我的猜測，但是這麼一想，便能解釋為何沒有人能說出蘇我遭到懲戒免職的原因了吧。」

宇田川聽聞此言才想到，之前植松對於在搜索現場附近遇到蘇我也覺得事有蹊蹺。

「蘇我可能是負責必須嚴密隱藏身分的重要案件，因此他個人的資料也被視為機密。」

「不過說到底這也只是假設，也有可能他在這個重要案件中犯下了難以彌補的失誤，抑或是背叛……」

「背叛？」

「剛剛也說過，會被懲戒免職可不是件小事。若考慮到他身處公安部，也可能是做出背叛國家的事。」

「意思是……」

「反間之類的行為。日本並沒有規範間諜的法律，但在美國等國家，反叛罪可是會被處以極刑。」

真是讓人開心不起來的話題呀，宇田川心想。

宮下並沒有說得很明白，不過他的意思應該是說蘇我可能已經消失在這世上了。懲戒免職後，再消除他的行跡，暗地裡抹殺他存在的事實。

公安部不會真的做出這種事吧？宇田川從來沒有想過這個問題。警界，是宇田川的職場，為了讓員警盡忠職守，前提應該是讓服務的員警對警察組織信任。宇田川從來沒有懷疑過警察這個工作。他當然也知道有各種批判聲音對於組織內部的腐敗，但是他認為那不過只是世人被歇斯底里的媒體或評論家的論調牽著走罷了。

無論哪個組織多少都會有些問題，尤其警察也是公家機關，本身就比一般企業更難以整頓。

宇田川認為警察在公家機關當中還算好的。的確是有素行不良的警察，有些甚至涉足犯罪，不過大部分的員警還是為了維持良好治安而努力工作。

倘若這是個會抹殺掉對自己不利之人的組織，那麼今後恐怕無法安心在此工作了。這並不是什麼冠冕堂皇的道理，而是對於自己所屬組織的信任問題。

「對於蘇我的去向，您有什麼線索嗎？」

「沒有。自從他調到警視廳之後，就沒有聯絡了，你跟他的交情不是比我更好嗎？」

「說來奇妙，我這才發現我幾乎對那傢伙一無所知。」

「你們不是同期？不常見面嗎？」

「在轄區警署工作時滿常一起去喝酒，但那傢伙不太談論自己的事，我也是到現在才發現。」

「你調到警視廳之後你們也不太碰面嗎？」

「知道他被懲戒免職的三天前我們還一起去吃飯喝酒。」

宮下眉頭一皺。

「那時他看來有什麼異狀嗎？」

「完全沒有。」

宇田川認為沒有必要說出那天白天所發生的事。

「但是，很難不去想其實在那時就已經出事了。」

「說得也是……」

「真抱歉，我幫不上什麼忙。」

「您知道他的老家在哪裡嗎？」

宮下的表情顯得一臉不可置信。

「你跟他是同期，這你也不知道嗎？」

「是，真的是很奇怪。」

「這麼一想，我也不曾聽他提起，想想還真的很奇妙，蘇我的確是不會主動提起話題的人，總是被問到時才開口。」

「這樣呀……」

蘇我讓人摸不著邊際，宇田川雖然曾將他視為同期之中的競爭對手而特別在意他，但平常卻不會想起他，這個人就是這麼不可思議。

也許他之所以會被公安部相中，就是看到了他這個特點，這不正是個很適合執行機密行動、保守祕密的人才嗎？

「曾在碑文谷署共事的同仁或許有人知道，有機會我會問問。」

「太感謝您了。」

宇田川再次深深低下頭鞠躬，「勞您走一趟，真的十分抱歉。」

「這沒什麼，聽到蘇我被懲戒免職我很震驚，實在太匪夷所思。」

宇田川隨後離開了築地署。

宇田川星期六值班，星期天休假，但他感到筋疲力盡，雖然很掛心蘇我的事情，卻也無力走出家門。

星期一上班，宇田川馬上就被名波係長叫過去，只單獨叫他一人，實屬稀奇。通常都會與植松一同被找去，因此宇田川一直覺得係長認為他還是無法獨當一面。

此時，植松的眼光盯著他看。

宇田川狐疑地走近係長的位子，名波係長直接開口就問：「聽說你在中目黑宿舍附近晃來晃去？」

那名巡查部長，果然把他的資料往上呈報了吧。

「而且好像還去了一趟築地署是吧？看來你很閒，若是這樣，我多派些工作給你好了。」

「非常抱歉。」宇田川只能這麼回答。

名波係長再度開口：「你是為了蘇我的事情去的吧？你們是同期的，對嗎？」

「是。」

「既然已被懲處，就無法挽回了。蘇我已經不是警察，你最好忘了他。」

宇田川對於係長的說法感到震驚。意思是在教他不要跟警察以外的人往來一樣。實際上，刑警常因為工作繁重而分身乏術，交友範圍本就極為有限，但是上司竟然要他忘了曾為同期的朋友，宇田川感到很奇怪。不過，這種場合，也不可能忤逆上司，宇田川自認為還算了解在組織中進退應對之道。

「我知道了。」

名波係長眼光嚴峻地看著他，說：「你真的明白？」

「我想是的。」

名波係長盯著宇田川看了好一會兒。

「那就好，回你的位子去吧。」

剛剛那段停頓的空檔實在詭異，感覺係長想說些什麼。可能是原本還想多訓誡兩句，卻沒想到宇田川很乾脆就認錯了，這情況跟他預期的不同，所以才有那種反應吧。若是如此，便正中宇田川的下懷。宇田川認為忤逆上司這種事百害而無一利，順著上司的話就對了。

回到位子後，一如預想的，植松問他：「喂，班長跟你說了什麼？」

「他對我在休假日所做的事有些意見。」

「休假日做的事？」

「是的，上星期五是國定假日，他對我那天去的地方感到不太滿意。」

「班長怎麼可能為這種事把人叫過去，你到底去了哪裡？」

「中目黑的宿舍與築地署。」

植松頓時目光變得銳利。

「去那些地方的目的是什麼？」

「為了蘇我，我聯絡不上他。」

植松一言不發地直盯著宇田川，看來是在思考些什麼。等到他想好，還需要點時間的，記得初次見面時，也是這樣被他沉默地盯著，令人忐忑不安。

終於，植松開口說道：「那麼，你查到什麼了？」

「依然是一團迷霧。」

「人事那邊問過了嗎？」

「他們說無法告知蘇我的人事紀錄。正確地說，他們表示早已沒有蘇我的紀錄。」

「即使是遭到懲戒免職，也不可能會沒有紀錄呀？」

「我也是這麼想，但他們的確是這麼說的。」

植松突然防範起隔牆之耳。

「你跟我來！」

他從位子上站起，尋找空著的會議室，打算另闢一室。發現一間小會議室，兩人移到那裡，看來是不想被他人聽見對話，宇田川也認為這樣比較好。

坐定之後，此處只有他們兩人，植松問：「你說你去了中目黑的宿舍跟築地署？」

「是。蘇我調到警視廳時，應該是搬進了中目黑的宿舍，不過據說馬上又搬走。」

「你從哪裡聽來的？」

「我遇到一位地域課的巡查部長對我盤查，有人見我在那附近閒晃，認為我是可疑人物而報案。」

「那又為何會去築地署？」

「那位地域課的巡查部長認識蘇我。蘇我到警視廳工作之前，曾任職於碑文谷署，他們曾在那裡共事過，我聽他說蘇我當時的上司現在是築地署警務課長，所以才去了一趟。」

「然後呢？」

植松聽著宇田川的敍述，仍舊是直盯著他，並不時地陷入深思。

「結果什麼也沒問出來。現在仔細想想才發現蘇我真是一個不可思議的人，不僅鮮少向同事談起個人的事，就連我也找不到聽他說起自己的記憶。」

「他是個戒心很強的人嗎？」

「應該說，他看起來總是一副心不在焉的樣子。」

「原來如此，也許是這個特質讓他很適合當公安。」

「您也這麼想嗎？說不定，這就是他被調到公安部的理由呢。」

「班長說了什麼？」

「他要我忘記已經被踢出警界的人。」

「他真的這麼說？」

「是。」

「那你怎麼回答？」

「我只能說我知道了啊。」

「那班長說什麼？」

「他問我是不是真的明白了。」

「那你聽明白了嗎？」

「係長這麼說，我也只好答應了呀。」

植松臉全皺在一起，嘆了口氣，接著喃喃似地說：「真是什麼都不懂。」

宇田川不明白這句話，「什麼意思？」

「你一點也不懂班長的心情。」

「係長的心情？」

「你以為他是真的要你忘記嗎？」

「他都這麼說了，我也只能這樣理解呀。」

「不是這樣。想必是有人對他施加了壓力。」

「壓力？」

「班長是個重情重義的人，即便是已經退休的前輩或調職離開的部下，他每年都一定還會寄賀年卡給對方。這麼重視他人感受的人怎麼可能會要你忘記同期的好友？他是被逼得不得不這麼說。」

「所以說，係長本來是期待我反抗嗎？」
「也不必做到那個程度，也許是希望你至少展現一下骨氣讓他瞧瞧。」
「究竟是什麼樣的壓力呢？」
「我怎麼知道？不過，肯定跟公安部脫不了關係。」
看來是束手無策了，宇田川在心裡喃喃道。
除了公安部調查員本身以外，沒有人知道他們正在哪裡調查些什麼，公安案件大部分都是由高層直接下指令行動，每個調查員會以各自的手法蒐集資訊，而匯集搜查結果的人，不是宇田川所能接觸到的。
「在執行搜索的那一天，您曾經吩咐我去探探蘇我的底細。」
「但不是沒有異狀嗎？」
「是很普通。不過現在回想起來，看來普通才不尋常吧。畢竟，三天後蘇我就遭到懲戒免職。這麼想來，應該是在我們碰面之前，他就已經做了些什麼事。」
「哦，你總算有點刑警的樣子了呢。」

「但是，公安的事我們連邊都摸不到吧。」

「是呀，去碰說不定還會遭到無妄之災。」

「我記得植松前輩您曾經教我說警察這個組織是以上意下達為基本原則，若非如此，無法維持秩序。」

「沒錯。」

「那麼擅自探究上面沒交代的事情，不是有違原則嗎？」

「真是的，你們這群『守則世代』就是這樣才令人困擾！你給我聽好，如果設立了特搜總部進行調查，你還輕舉妄動那當然不行，但是一般的資訊蒐集則是個人的自由，無論是地域課、公安部還是刑事部都是一樣的道理。」

「您是說，我可以繼續調查蘇我的事情囉？」

植松再度陷入了思考，在這期間雙眼依舊緊盯著宇田川。

「既然都已經開始了，就看看你能做到什麼地步吧。」

「築地署的警務課長曾說他感到有些不尋常。」

「不尋常？」

「他認為蘇我也許已經被除掉……」

「為什麼這麼說？」

「蘇我被懲戒免職，再怎麼想，犯的肯定不是小事，依那位課長推測，很有可能是觸犯了叛國之類的間諜罪，只是日本並沒有懲處間諜的法規，所以才……」

「那位課長是不是連續劇看太多啦？」

「我也希望這只是過度的推測。」

「即使是公安部也不可能除掉自己手下的員警，否則要是被揭露，整個警界可是會天翻地覆。」

「也不一定是警察直接下手的呀。」

我怎麼會說出這種話！宇田川發現自己是以蘇我已經被除掉為前提而將這句話脫口而出，但植松明明已說這是不可能的啊。他也想這麼相信，只是蘇我的行蹤不明，事態實在是太可疑。

植松陷入沉思，並說道：「的確，直接去碰公安的案子是很危險。你去仔細調查一下之前從運河裡被打撈的那名死者所屬的組織與我們前去搜索的那個組織之間的關係。」

「您是說黑道組織嗎？」宇田川對這道命令感到十分唐突不解，「那不是組對部的工作嗎？」

「組對部那邊說過要我們協助，像這種案子就沒有明確的管轄歸屬。沒關係，你就照我說的去做。」

「那蘇我的事情怎麼辦呢？」

「先去調查這兩個組織，有餘力再去查蘇我的事，不過得要小心行事，看來班長是受到了某種壓力，若不小心點，說不定連你也會被除掉。」

最後那句話聽起來一點都不像是在開玩笑。

5

中午，宇田川走出警視廳，決定到赤坂的西班牙餐廳吃午餐，就是曾與蘇我一起去過的那家店。

十二點到下午一點之間餐廳應該很多人，於是他在一點過後才前往，沒想到即使已過了用餐時間，店裡還是有不少客人。也許不少人也跟宇田川有同樣的想法，都是過了午餐時間才出來吃飯。這附近有一些電視台或是流行音樂相關的公司，也因此相關產業像是演藝或影像製作公司也很多。比起一般的企業，這些產業的員工在時間運用上也比較自由，而他們在這家店裡特別顯眼。

宇田川想找當天帶位的那名店員。

「我不知道你們是不是稱為店經理？請問外場的負責人在嗎？」

宇田川這麼一問，眼前這名店員忽然露出了不安的神情，大概以為他要客訴吧。

「我這就請經理過來。」

過了一會兒，前幾天見過的那位先生迎上前來。

「哎呀，您是蘇我先生的同事，對嗎？」

「您還記得我？」

「感謝您再次光臨。」

「自從上次來過，我就很喜歡這家店。」

「承蒙您的厚愛，真是我們的光榮。」

「我想問一下蘇我的事。他是從什麼時候開始來這家店的呢？」

「這個嘛，約莫是在三個月前。」

「那時也是來吃午餐嗎？」

「不，他跟一位朋友一同前來……」

「該不會是帶女生來吧？」

宇田川故意用開玩笑的語氣說，店經理露出了笑容。

「不，是位男性。」

「蘇我來的次數很頻繁嗎？」

「一個月大概兩次。」

「他真的很喜歡這家店呢。上回您還說他一天來了兩次，中午來吃午餐，晚上又帶我一起來。」

「的確如此。」

「那天，他真的來吃午餐嗎？」

「是的。」

「他一個人嗎？」

「蘇我先生是獨自來吃午餐沒錯。」

「那天以後，他又預約了下次嗎？」

「之後沒有再接到預約。蘇我先生怎麼了嗎？」

「沒有，我只是覺得他真的很中意你們這家店。話說我第一次來吃午餐，還真期待今天的菜呢。」

「我馬上為您準備，請稍候一會兒。」

店經理掛著淺淺微笑，輕快地邁步走離宇田川的座位。

宇田川不認為他在說謊。原本還懷疑店經理可能已經跟蘇我套好說詞，現在看來應該沒有。若是如此，那天蘇我真的只是碰巧來這家店吃午餐？會出現在他們執行搜索行動的黑道事務所旁邊，也純屬巧合？

但是就如同植松所言，刑警不喜歡巧合這個字眼，看似巧合的事都一定不可掉以輕心。

蘇我也有可能是為了某件事而來到這附近，順便到這家店吃午餐，只是現在還沒有任何相關的線索。

餐點送上來了，今天的商業午餐是大蒜湯、西班牙烘蛋加上三明治的組合，整套吃下來是一千圓，宇田川不知道這算是便宜還是貴，但的確很美味。

宇田川回到警視廳後，埋首處理堆積如山的文件，並在工作空檔走了一趟組織犯罪對策部第四課。組對四課的前身是刑事部搜查四課，也是專門偵辦黑道組織的部門。

常聽說組對四課的員警看上去都很像黑道分子，果真不假，只不過身上穿戴的手表、鞋子都是便宜貨，跟真正的黑道可差遠了。

宇田川到的時候，部門裡的調查員都跑外勤去了，看來空空蕩蕩。宇田川看見坐在最裡頭那位與自己年齡相仿的員警，沒記錯的話，他姓柚木。

「我想請教一些事情。」

柚木的頭髮剃得很短，未繫領帶、身著黑西裝，果然說是警察反倒更像黑道。

「哦，你是那個在搜索現場差點被槍擊的……」

「是的，我是搜查一課第五係的宇田川。」

「你可真是大難不死，有什麼事嗎？」

「關於前幾天的搜索行動，我有些問題。」

「你想問什麼？」

「之所以會前往該處搜索，是因為該組織與在晴海撈起的死者所屬的黑道組織彼此對立嗎？」

「沒錯。」

「這兩個組織過去也曾發生鬥毆嗎？」

「是呀，曾經引起過幾次小規模的衝突事件，但直到發現那具屍體之前，都不曾鬧出人命。」

組對部與公安部不同，相較之下算是容易得到資訊，也許是之前同為刑事部而彼此較親近的緣故吧。

「有沒有可能取得特搜總部的資料呢？」

柚木面露驚訝，問：「你要做什麼用？」

「一開始在晴海撈到那具屍體時，我們第五係也參與調查，之後成立了特搜總部，改由組對四課負責，我們就被排除在外。」

「你還真奇怪，不歸你們管的案子竟然也有興趣想知道？」

「不是我想知道，是我的搭檔植松，他凡事都要管。」

「我認識植松，原來你跟他一組呀，還真同情你。」

「既然如此，可以告訴我在執行搜索之前的調查經過嗎？」

「我可沒辦法把搜查資料給你。」

「我知道，只要不影響搜查，什麼資料都可以。」

「那你何不去看報紙？」

「我當然也會去讀報，不過還是有一些未對外發表的事情吧？」

「在晴海發現的死者，是坂東連合系的石波田組，通稱石波田總業的幹部，名叫高田衛。石波田組與關西地區的廣域暴力團系的桂谷組，一般稱作OFFICE桂谷，兩邊從以前就為了爭奪地盤而視彼此為眼中釘。」

前幾天警方搜索的對象就是桂谷組。

「石波田組與桂谷組從以前就是敵對，在發現高田衛的屍體之前，四課就已緊盯著他們。雖然不能告訴你詳細的來龍去脈，但自成立特搜總部以來，就已有搜索桂谷組的打算了。」

跟植松之前推測的一樣，組對四課一直在等待打擊桂谷組的機會。

「也就是說，組對四課認為高田衛的死是由於雙方起了衝突？」

柚木有點驚訝地看著宇田川。

「當然囉，要不然還會是什麼原因？」

「這……你問我我也不知道。」

「出了人命，特搜總部可是卯足了勁去調查，結論便是黑道之間的衝突，所以對媒體也是這麼發表。還是說，你手裡有什麼線索嗎？」

「不，並不是。我剛剛也說了，是植松吩咐我才來問的。」

「如果你知道什麼線索，可要告訴我喔。」

柚木像是意有所指地看著宇田川，他不愧是得常面對黑道，眼神令人感到很有壓力。

「這是當然，我要是知道什麼一定會告訴你。不過我只是去協助搜索，然後不小心被開槍差點擊中而已。」

柚木將視線移開。

「說到這個，你還真可憐。」

「原來只是單純的黑道鬥爭。我會這樣跟植松回報，不好意思打擾了。」

宇田川表現出要離開的意思，此時柚木臉上露出有些困惑的表情，可能是原本以為會被纏著問更加深入的問題，但宇田川又不是報社記者，沒必要死纏爛打，正轉身欲離開，柚木叫住了他。

「你等等。」

宇田川回過身來。柚木不著痕跡地觀察了四周一圈後，開口說道：「單純的黑道鬥爭，這是特搜總部的看法，但我發現有些事情不太對勁。」

「是喔？」

宇田川裝出一副不感興趣的樣子。若是表現出好奇心，便會讓對方居於優勢，套情報時還是得要點心機。

「雖說石波田組與桂谷組起了衝突，但馬上就和解了。」

「意思是？」

「這是只有我得到的消息，據說某個人的介入，促使和解順利進行。」

「你說的某個人是？」

「目前還不清楚，但特搜總部的那些頭頭都不太願意採信我的消息。」

「所謂和解，應該是雙方都遭受同等程度的損害才有可能談成，是嗎？」

「不盡然是如此，也可能是其中一方先示弱。」

「嗯。」

宇田川不知道柚木為什麼會想對他透露這樣的訊息，大概是特搜總部不把他的消息當一回事而不滿吧，也許是很想有人能聽他說這些，不管是誰都好，他只是想表現自己的辦案能力。宇田川在心中盤算，多一個人跟自己站在同一邊沒有損失，現下應該好好捧捧他才是。

「這可是重大的線索！若是能知道那個人的真面目，想必特搜總部一定會重新認真看待。」

柚木的語氣變得激昂：「對吧！明明已經在談和解，卻再度擦槍走火，這怎麼想都不合理。」

「是被逼急了嗎？」

「能引導雙方和解的中間人，肯定是大人物，稍有差錯可是會讓大人物的顏面掃地，因此兩邊應該都會慎重行事才對。在這樣的時刻，豈能容許失誤。黑道的世界，比一般人認為的還更講求規矩。」

宇田川對柚木所說的話有同感。

他煩惱著該繼續深入問下去，還是該見好就收，此時小組的無線電傳來聲響，宇田川與柚木專注聽著傳來的內容。

「通訊指令中心公告各局處，接到以下報案，下谷署轄區內的松谷三丁目，發現一具死因不明的屍體。重複一次，在下谷署轄區內的松谷三丁目……」

「感謝你的消息，那我先走一步了。」

宇田川立刻回到搜查一課。

空氣中飄散著緊張感，所有管理官全都朝課長室走去，宇田川等員警則在原地等待指示。要不了多久，轄區地域課的員警都會到達現場吧，接著便會出動機動搜查隊。

首先由轄區的刑事課進行搜查，若確定為他殺，便會通知警視廳搜查一課。至於會由哪個係負責偵辦，則是由課長與理事官、管理官判斷。

從接到報案，到判斷是否需要出動警視廳搜查一課，少說也要花上三十分鐘。在這之前，宇田川等人必須在位子上等候指示。

倘若明顯是他殺，所負責的部門得先中止手邊工作，將此案擺在第一優先來處理。

在共同的無線電傳來通知之後過了四十分鐘，名波係長被管理官叫了過去。見此狀況，植松便說：「看來，這次應該是我們的業務。」

沒多久，係長回來了，向底下的員警說：「我們要前往下谷署轄區內發現死者的現場，之後直接加入月島署的特別特搜總部。」

怎麼回事？宇田川不自覺皺起眉頭。

月島署的特別特搜總部正在調查晴海運河發現屍體的那個案子；而根據柚木說，在組對四課的指示之下，目前正朝著石波田組與桂谷組鬥爭的方向調查。包含植松在內的其他員警臉上盡是疑惑，所有人不發一語，等待名波係長更進一步的說明。

「已確認下谷署轄區該名被害者的身分，名為石田伸男，二十八歲，為黑道組織桂谷組的成員，是逃離搜索現場並對宇田川開槍的那名逃犯。第一發現者是公寓管理員，也是他報的案。」

宇田川感到更加混亂了。那天的逃犯，被發現時已成一具冰冷屍體，而且名波係長用的是「被害者」一詞，也就是說他是被殺的，莫非是對月島署那個事件的報復嗎？

名波係長繼續說明：「下谷署轄區內的這個案子，與月島署的那個案子之間有很深的關聯，所以由月島署的特搜總部來主導。不僅如此，原本特搜總部配置五十名人力，現在增加為七十人，因此我們也被拉進去。還有其他問題嗎？」

想問的事情太多，一時之間也不知該從何問起。其他人應該也是一樣的心情，當下沒有人提出問題。

名波係長便宣布：「那就出發到現場去吧！」

所有員警同時從座位上站起。

植松對宇田川說：「別慢吞吞的！」

宇田川已經很熟悉犯罪現場的氣氛。

他們抵達現場時，周圍已拉起黃色封鎖線，轄區及警視廳的鑑識人員熟練地進行採證作業。證物旁擺了號碼標示並拍照，相機閃光燈此起彼落亮個不停。鑑識人員正在採集指紋、鞋印等證據。現場隨處可見到機動搜查隊員與轄區刑警組成小組，不停討論，也有人負責查訪鄰居。

宇田川等人在初步搜查進行得差不多時，昂首威風地走進現場。每次在這樣的出場時刻都讓他們感到有些許的優越感。警視廳的搜查一課會先了解機動搜查隊與轄區刑警初步搜查得知的資訊並加以分析，接著初步檢視屍體的狀況。宇田川在看過死者後，確定就是當天逃走的那名男子，朝著自己扣下手槍板機的人，他不可能忘記。

被害者石田伸男的死因是刺傷，失血過多最終不治。

名波係長向一名看似是轄區負責人的調查員詢問時，宇田川聽見了他們的對話。

「被害者在赤坂的搜索現場拿了東西往外跑。在他身上是否發現什麼特別的物品？」

果然，跟宇田川所想的一樣，這是最重要的關鍵問題。

那名調查員搖了搖頭，說：「死者身上並沒有發現您說的那樣東西。」

「他應該帶著一把手槍才對。」

「現場並沒有發現。」

植松在一旁聽見這段對話，壓低聲音對宇田川說：「不管是手槍還是證物，應該都被殺手給帶走了。」

宇田川接著說：「組對四課認為是單純的黑道鬥爭，您怎麼看？」

植松思考了一陣後回答：「將真相查個水落石出是特搜總部的工作。看來，我們可能有一陣子都回不了家囉。」

宇田川默默點了點頭。

6

前方排排坐著特搜總部的幹部，他們即是司令部。由組對部長擔任特搜總部長，不過現在並不見人影。

由部長來發號施令，能提高特搜總部的士氣，不過雖擔任總部長，卻因分身乏術，無法經常出席。

副總部長是月島署的署長，不過署長公務也很繁忙，無法時刻參與特搜總部的會議，所以實際上是由擔任特搜總部主任的組對四課長與擔任副主任的管理官來主導搜查行動。

搜查會議在晚上八點召開，調查員各自報告目前為止所得知的資訊。首先，由下谷署強行犯係的係長報告。

他們與宇田川所屬的搜查一課第五係同樣都是新加入特搜總部的人員。下谷署強行犯科的係長姓加藤，警階為警部補，年紀約在四十五歲左右。脖子細長又戴眼鏡，讓人聯想到螳螂的模樣。

搜查員之間若交情還不錯，通常會以綽號或別名來互相稱呼。電視劇常出現以官階來稱呼對方的畫面，例如〇〇警部等等，實際上並非如此。

宇田川偷偷在心裡稱呼加藤係長為「螳螂係長」。

螳螂係長所報告的內容都是宇田川已經知道的事。

被害者是二十八歲的石田伸男，隸屬於桂谷組的成員。桂谷組是關西的廣域暴力團旗下分支組織。屍體上有穿刺創傷，也就是刺傷，雖然詳細的驗屍報告還需要一些時間，但調查員大致可判斷被害者是因刺傷失血過多死亡。

這樣的推論應該沒錯。

屍體是在一棟公寓的某一戶裡被發現的。屋主為松金良美，二十五歲，在附近的小酒館工作，但目前不知去向。由於有人檢舉屋中傳來惡臭，管理員為了查看而進到屋內，發現屍體後立即向警方通報。

松金良美可能與被害的石田伸男交往，但目前尚未取得這樣的證言。詢問了住在同棟公寓的住戶，都未曾聽見有什麼爭吵聲響，這麼一來，便有可能是熟人所為。不過，辦案最忌就是驟下結論。

主導會議的組對四課管理官對眾人說：「相信大家都已經知道了，本案與特搜總部之前正在調查的案件有很深的關聯，以下為新加入的同仁簡介前案內容。」

管理官是四十六、七歲的警視原田勇治，他首先針對晴海運河裡撈起的那具屍體做說明。

死者名為高田衛，四十八歲，坂東連合系石波田組的幹部，判斷死因為身上的穿刺傷。石波田組與桂谷組從以前便是敵對，曾數度起過衝突，這部分跟組對四課的柚木說的一樣。

柚木坐在比宇田川等人更前面的位置。這樣的座位安排是意識到此次的特搜總部是由組對四課所主導，宇田川這麼想。

原田管理官接著說明。特搜總部從發現高田衛的屍體開始，就朝著黑道鬥爭的方向展開搜查，並將桂谷組相關的線索徹底清查了一遍，不過始終未能找出嫌犯，因此警方又更進一步採取搜索行動。

宇田川對這樣的說明感到有些不合理，總覺得哪裡不太對勁，至於具體是什麼問題，他還理不出個頭緒，只是有種莫名的感覺。偷瞄了一下坐在隔壁的植松，是一副陷入深思的模樣。只看表情，看不出植松是否能夠接受管理官的這番說明。

「針對以上說明，有問題嗎？」原田管理官問。

第一個舉起手的人是第五係的名波係長。管理官點他的名字，名波係長從位子上站起並說道：「並未鎖定嫌犯就展開搜索行動，我認為有些莽撞。您方才提到說殺害高田衛的是桂谷組，這有幾成的把握呢？」

原田管理官直直瞪著名波係長。這樣的發言可能被解讀是批判搜查方針。不過，宇田川倒是恍然大悟。剛才之所以感到不對勁，其中理由便是那次莽撞的搜索行動。名波係長的質疑，一掃他心中的困惑。

回答名波係長提問的是組對四課長瀧田春男。

「我們早在雙方擦槍走火之前就持續暗中調查石波田組與桂谷組。在事發前不久便收到了情報，顯示桂谷組企圖殺害石波田組的幹部。」

第五係與下谷署強行犯係的人紛紛交頭接耳、低聲議論。

組對四課長瀧田面無表情地凝視著這幅景象。在以面容凶惡著稱的組對四課之中，長相斯文的瀧田課長顯得鶴立雞群，在進行搜索行動時的發言也是相當精簡不囉唆，只是他看上優秀能幹，卻不免讓人感覺有點冷漠。

名波係長接著問：「那些情報確實嗎？」

瀧田課長沉穩地點了點頭。

「我相信是的，我們還為此安排了線人。」

所謂的線人便是潛藏於黑道內部的情報提供者。對負責偵辦黑道組織的警察來說，平時的情報蒐集是相當重要的工作之一。從這點來看，比起宇田川隸屬的刑事部搜查一課，他們的工作可能與公安部更相近。

他們偵辦的對象很清楚就是黑道組織，平時就必須去深入了解對方，有些組對四課或公安部的調查員會直接稱他們所偵查的對象為「敵對組織」。

瀧田課長繼續說明：「遇上黑道鬥爭，未鎖定特定對象便進行搜索及收押等行動是很常見的。就如同各位所知，黑道鬥爭時，動手的通常都是組織裡的殺手，我們認為其組織整體都應負起責任。」

也就是說，目的在於打擊黑道組織本身。組對四課是與黑道組織對抗，對他們來說，「敵對組織」這個稱呼或許發自內心的感受。所以他們的作法與一般針對殺人案的搜查方式有些不同，這也是無可厚非。的確，以黑道鬥爭來說，犯罪動機及狀況都與一般的犯人不同。組對四課有他們的作法，宇田川能理解這一點，只是對於瀧田課長的說明還是有些地方想不通。

在月島署轄區內的晴海運河裡撈起的死者，與這次在下谷署轄區發現的被害者，都是黑道成員，而兩人所屬的組織從以前就是敵對的。將兩人的死視為是黑道之間衝突的結果，乍看之下相當合理，警察高層與檢察官聽到這樣的說明應該都不會有什麼異議。

但是不知怎地就是覺得不對勁。

而名波係長再次為宇田川的這種感受做了闡述：「此次的被害人石田伸男為桂谷組成員，這是已確認的事實。不過，對我們來說應該不只是如此。石田在桂谷組遭警方搜查之際，從現場逃逸無蹤，他在逃走時甚至還向我們的調查員開槍，這代表著他必須要逃跑，即使對警察開槍也在所不惜。我認為問題就在於石田為什麼非得要從搜索現場逃走不可。」

「現階段尚未查出確切的原因。石田確實是逃離了搜索現場，但我想箇中理由必須等待今後搜查的進展才能闡明。」

「他是不是把某樣東西從現場帶走？某件不希望被警方扣押的東西。除此之外，實在想不到他非得從現場逃走的理由。」

「這番發言恐怕太過武斷。」瀧田課長冷冷地說。「會導致他做出此舉的理由可不只一種。石田可能與某件重大犯罪有直接關係，擔心被查出而有此舉動，也或許只是單純因為毒品或其他影響促使他有此突兀之舉。」

「我認為石田之所以被殺害，與他在搜索時逃離現場有關。」

「這麼說有什麼根據嗎？」

「若朝這個方向進行搜查，應該就會找出證據。」

主導會議流程的原田管理官，此時突然拉高了音量：「別說超出你該說的話！搜查方向是我們幹部該想的事。搜索當天所發生的事已充分檢討，現在正在說明大家該知道的情報。」

特搜總部裡的氣氛變得凝重。

宇田川聽見坐在前排的調查員嘖了一聲，是組對四課的調查員，應該是在表示新來的傢伙少說些廢話。

宇田川感到焦躁，怎麼在加入特搜總部的第一天就引起風波呢？

不過，名波係長並不因此而停止發言，他繼續說：「我只是希望聽到能讓人信服的說明而已。」

比起管理官，瀧田課長自始至終都維持著冷靜的態度，他答道：「一開始是石波田組的幹部遭殺害，接著現在又是桂谷組的成員遇害，而這兩人所屬的組織彼此看不順眼，這是無庸置疑的事實。除此之外的事情，不管怎麼說明都只能說是臆測，而臆測只會將搜查導向錯誤的方向。作為特搜總部的幹部，我無法輕率斷言。」

不待名波係長說話，原田管理官接著說：「回到這次的命案，以下為具體搜查行動的指示。各位在蒐集情報的同時，也要注意石波田組與桂谷組的動向，另一方面，到案發現場附近尋找有無目擊者的相關資訊，現場遺留的證物等其他搜查作業則比照一般凶殺案來進行。特命班負責尋找行蹤不明的屋主松金良美，她很有可能與被害人關係密切，應該會知道些什麼。新加入的調查員，會議之後，會有人員分組安排。散會。」

名波係長被叫到幹部席去，可能是他剛才的發言而要被訓誡一番，宇田川觀察著狀況，但看來是他想太多了。只是為了分組，係長才被叫過去。

「應該繼續說下去的。」植松低聲吐出這句話。

「您是指係長嗎？」

「是呀，組對四課那些傢伙打算用搜索時的那種態度來對待我們。」

「把我們當跑龍套的？」

「沒錯，他們絕對不會把搜查的主導權交給搜查一課。」

「逞這種勇一點意義也沒有呀。」

植松冷哼了一聲，看來很不屑，不知是在嘲笑組對四課，還是針對宇田川。宇田川認為是前者，這麼想心情比較輕鬆。

「特搜總部由誰來主導，搜查方式也會跟著不同，若是由負責偵辦強行犯的部門來辦，對我們來說就會很好做事，但如果是由公安部來操盤，我們這些刑警就會被當小嘍囉使喚。」

「由組對主導又會如何呢？」

「你也聽到剛剛他們對係長的態度了。」

「原來如此。」

說不定，這就是宇田川自從進到這個特搜總部以來就一直感到不對勁的原因之一。瀧田課長也許是個優秀的警察，但未必就保證是個優秀的調查員。

聽完了瀧田課長與原田管理官的說明，宇田川仍然沒有感受到是在進行凶殺案的搜查，偵辦凶殺案與黑道鬥爭畢竟還是不同。

「組對四課原本隸屬於刑事部之下，以前還滿通情理的。」植松看著最前方的幹部席這麼說。「最近卻完全變了調，簡直跟公安部沒兩樣。」

「不過，怎樣都還是比公安好一點，組對四課還是有人願意分享情報。」

植松把視線轉向宇田川，原本以為會被瞪，但似乎並沒有，看來是對這句話很感興趣。

「你是指特定的誰嗎？」

「您不是吩咐我去調查石波田組與桂谷組的事嗎？為此我走了一趟組對四課，結果有個叫柚木的告訴我不少事。」

「那傢伙也在這個特搜總部嗎？」

宇田川不著痕跡地指出柚木的位置。

「應該是在那裡，柚木說他認識您。」

植松望向柚木的方向，答說：「好像見過，但不記得跟他說過話。」

這也在所難免。警視廳是一個龐大的組織，人員調動也頻繁，不可能所有的警察或職員都互相熟識。

「您曾經預想到現在這種情形嗎？」

「什麼意思？」

「我們會加入這個特搜總部。」

「為何這麼問？」

「我覺得有些驚訝。在您要我去調查石波田組與桂谷組之後，便發現了石田伸男的屍體，接著我們又被拉進這個特搜總部。」

「這我怎麼可能預想得到，不過……」

話只說到一半，植松又陷入深思。

「不過什麼呢？」

「在那場搜索行動之後，我曾經想過這個案子應該還有後續，若是發生相關的事件，我們一定會被拉進來一起辦案。」
「是因為這樣才吩咐我去調查石波田組與桂谷組的事嗎？」
「我可不會下沒意義的指示。」
植松雖然很明顯被排除在升官之路外，儘管如此，應該說正因為如此，他身為一個調查員才會這麼受到搜查一課長的信賴，宇田川覺得自己終於漸漸了解箇中緣由。
「感覺組對四課也不像看起來那麼團結一致。」
「怎麼說？」
「柚木應該是對特搜總部的偵辦方針有些質疑。」
植松環顧了四周，應該是在意其他調查員的動向。宇田川也特別留心，將音量壓低，不過植松認為這樣還是不夠周全。
「來這邊說。」
植松將宇田川拉到特搜總部的角落，在這裡就不會被其他調查員聽見了。

「你說柚木怎麼了？」

「在晴海運河中發現高田衛之前，其實有人正在中間施力想促成石波田組與桂谷組和解。」

「和解？」

「是的。據柚木的說法，他認為桂谷組不可能在那個時候動手殺掉對方的幹部。」

「這是當然。就是想結束敵對關係，才會有人居中協調和解，在那個當下殺掉對方的幹部，等於是全面宣戰。」

「不過也沒有引發全面的對戰呀？」

「你說什麼？」

「即使高田衛被殺了，石波田組與桂谷組並沒有開戰。」

植松不發一語地直盯著宇田川，即使知道這是他在思考時的習慣動作，宇田川還是感到不自在。

植松終於再度開口：「柚木告訴你那個居中斡旋的人是誰嗎？」

「柚木也不知道。」

「那就沒什麼好說了。如此一來，連和解這件事都變得令人難以信服。」

「特搜總部的人似乎也這麼說，所以剛剛在搜查會議上並沒有任何人提到和解一事。」

「你怎麼想？」

「您指的是和解嗎？」

「對，你認為可信嗎？」

「我認為是可信的。」

「有何根據？」

「首先，是柚木的態度，他對這個消息十分有自信，再加上高田衛被殺害之後，兩方並沒有更進一步升高衝突。」

植松再度從鼻子冷哼了一聲。

「終於像個獨當一面的刑警了。」

「我哪裡說錯了嗎？」

「就是沒錯，我才這麼說。不過特搜總部的那些幹部或許會說石田的死是雙方開打的起點。」

「能夠斷言這不是報復嗎？」

「這兩人一個是幹部，另一個只是小混混，層級可不相同呀。」

「這麼說也對。」

「或許該像你理解的，去想會是誰在居中協調和解。」

「您這麼說，表示柚木的消息是正確的嗎？」

「雖然還不能確定，但看來值得好好研究一番。」

「我試過煽動柚木，我對他說若是能夠找出那個居中斡旋的人，特搜總部就沒辦法再無視他之前曾提過的和解一事。」

「你這傢伙看起來不中用，倒還滿能幹的嘛，你就繼續跟那個柚木維持良好關係。」

「我知道了。」

植松在一段短暫的沉默後才又開口：「雖然蘇我的事有點不尋常，但接下來應該好一段時間都得處理特搜總部的工作了。」

「是。」

「不過你也別太掛心，也許蘇我只是為了散心而去旅行之類的，說不定哪一天又突然出現在你眼前。」

「希望如此。」

名波係長把宇田川跟植松叫過去，看來是決定好人員的分工了。此時，該係的成員都聚集到係長周圍。

在為偵辦重大案件而組成的特搜總部裡，一般會將警視廳與轄區的調查員搭配在一起辦案，而且通常會讓資深刑警搭配新手，用意是在於轄區的調查員較熟悉現場附近的地理環境，有時他們還會自嘲是「帶路的」。而讓老手與菜鳥搭配，對新人而言是一種機會教育。

宇田川被編進負責蒐集石田伸男一案相關證言的查訪班，他的搭檔下谷署強行犯係的巡查部長土歧達朗是位年屆五十的資深前輩，這樣的年紀，官階卻與宇田川一樣同為巡查部長，在警視廳雖是不可能，但在轄區並不少見。

由於工作太過忙碌而無法參加升職考試，歲月轉眼流逝，這樣的情形很多。也有些較偏執的刑警則是堅持在第一線的犯罪現場工作，拒絕升遷。土歧應該是後者。他的膚色黝黑，感覺是那種勤於奔波辦案、鞋底都磨平的傳統刑警，頭髮已半白，眉間刻出深深一道皺紋，眼神銳利，看樣子可能比植松還難相處，宇田川心中已有所覺悟。

「請多關照。」

第一步先打招呼，接著就看對方如何回應了。

土歧點了點頭，開口說道：「現在可以馬上出發嗎？」

時間已過了晚上九點半，宇田川聽見土歧說接下來還要出去查訪，雖有點驚訝，但他可沒有笨到表露於外。

「是。隨時都可以。」

「那麼，我們前往現場吧。」

宇田川本來猜測土歧是那種會對年輕刑警頤指氣使的前輩，但實際上感覺卻像是個剛正不阿的刑警，而且也會要求後輩也得具有那份正直之氣。宇田川認為他是對自己與他人都很嚴格的人。

「少囉唆，乖乖聽從指示就可以了。」有些資深的轄區刑警會莫名討厭警視廳來的刑警。總之安分守己方為上策，宇田川在心中這麼打算著。

7

月島署位處交通不便之地，若以車代步倒不覺得有什麼，但搭乘大眾交通工具，最近的地鐵車站是都營大江戶線的勝鬨站，步行到車站大約要花十到十五分鐘。

土岐沉默地快步走向車站，宇田川也同樣一語不發。

離案發現場最近的車站是東京地鐵銀座線的稻荷町站，從勝鬨站過去並無直達，得要從大江戶線的上野御徒町站下車，步行到銀座線的上野廣小路站轉乘。

土岐堅持要坐地鐵過去。這豈不是很浪費時間跟力氣嗎？現在不是交通尖峰時間，搭計程車過去花不了多少錢。宇田川當然也了解搜查費用是有限的，不過這個案子與轄區的一般案子不同，是執行特搜總部的搜查行動，經費應該較寬裕吧。

宇田川甚至想著大不了自己掏錢出計程車資，不過他決定若非必要就少開口，因此閉上嘴跟著土岐走。在搭乘地鐵的時間，土岐也依舊靜默，也許是對他這個警視廳的年輕調查員沒什麼好感吧。

終於抵達現場附近，此時已接近晚上十點半。

土岐駐足在圍上黃色封鎖線的公寓前面。那是一棟位於住宅區的兩層樓公寓，一樓與二樓各有四戶。新蓋的共同住宅大部分都是裝設電子鎖的大廈，不過現今在東京都內還是經常可以見這樣的舊式共同住宅。命案現場位於二樓的其中一戶。

「要不要去喝一杯？」

宇田川嚇了一跳，他以為土歧是要來查訪這棟公寓白天不在家的住戶。

土歧瞇眼笑了笑，宇田川原本對他的印象完全翻轉了，原本看他很嚴肅、難以親近，但一露出笑容，變得和藹可親多了。

「那個，您說要去喝一杯……」

「都這麼晚了，沒人會說什麼。」

「您不是打算來查訪的嗎？」

「機動搜查隊已經在這附近問過一遍，也有其他班的人會來這裡調查，我這把老骨頭你還要我繼續疲於奔命嗎？」

「呃，沒有。」

宇田川覺得自己原先對他的印象有誤，可能真的還不會看人吧。

「來找找有沒有居酒屋吧，肚子也餓了。」

聽見他這麼說才發現自己也是飢腸轆轆，因為根本沒吃晚餐。

土歧自顧自地跨步往前走，宇田川急忙跟上。

附近林立著販售廚房用品與餐具等商品的店家，這裡是著名的合羽橋道具街，有許多職業料理人都會來這裡採購。再往前走一點有間居酒屋，土岐不加思索便走進店中。

吧檯邊坐著三名客人，靠裡側的桌位還有一組三名客人。

吧檯那三名客人都是中年男性，可輕易看出他們互相熟識，猜測是這附近的居民，裡側座位的三人則是穿著西裝的上班族。

有一名滿頭白髮的男子站在吧檯裡邊，應該就是店主吧。

土岐坐進吧檯邊的位子，宇田川也在他旁邊，最靠近門口的空位坐下。那三名看似熟客的客人就坐在土岐的另一邊，彼此之間還隔了一些距離。

「來杯生啤酒吧！」土岐說，手上已經拿著下酒菜的菜單。

「另一位小哥呢？」貌似店主的白髮男子問。

「啊，也給我一杯生啤。」

待冰涼的生啤酒送上桌，土岐舉起啤酒杯開口道：「不管怎樣，今後就靠你了。」

「我才要請您多多指教。」

酒杯輕輕互相敲擊。

原來如此，這是他的生存之道，宇田川心想。刑警之中存在著形形色色的人，警察的工作重視團隊合作，也因此有些人認為反正其他人會去忙，自己就不必太認真，土歧或許也是這種類型。若是如此，以他的年紀來說還只是個巡查部長就很合理了，因為他根本就沒有幹勁要往上升。就算官階只到巡查部長，惟求安穩等退休的警察不在少數，反過來說，積極想升官晉級的人才是少數也說不定。

宇田川感到有些失望，他本來想，若搭檔的是位嚴格的前輩，就算會吃點苦頭，但至少能夠學到東西。宇田川決定先填飽肚子再說吧。今天想必得在月島署裡過夜了，署裡的柔道場應該已經鋪上了棉被，就在那裡小歇到天亮吧。

他們點了可樂餅、炸雞塊等有飽足感的下酒菜。土歧迅速掃掉一碟羊栖菜，接著吃起毛豆。

宇田川不知道該說些什麼好，便繼續保持安靜，土歧也未開口，看來是打算喝完酒就返回月島署。

宇田川沒多久就把第一杯啤酒喝完了，隨即點了第二杯。

「喂！」土岐笑著說。「你也喝太快了吧。」

「是嗎？我一直都是這種速度。」

「真是年輕有勁啊。」

對話又打住了。宇田川完全猜不透土岐在想些什麼，談話也是有一搭沒一搭的，只好專心吃喝。

在第二杯也即將喝完的時候，突然，土岐開口了。

「哦，你是在說今天發生的那件事嗎？」

宇田川驚訝地望向土岐，但土岐並沒有看著宇田川，他是在跟旁邊的客人搭話。

距離他們最近的那名客人，眼神略帶狐疑地看著土岐，內心想必對這名非在地的陌生人有些警戒。那客人年紀約五十五歲，身著牛仔褲與適合春天穿的毛衣，打扮輕鬆。

「是啊。最近不管到哪都不能掉以輕心。」

土歧喝了一口啤酒，狀似不經意地問：「發生命案的那間，據說是一名在小酒館工作的小姐租的，被殺的是黑道，是不是那女人養的小白臉呀？」

「我想應該不是。」客人回道。「那間是良美的住處吧？良美才不是那種女生。」

「會這麼說是因為阿達你對良美一往情深嘛。」

坐在吧檯最裡面位子的另一名客人笑著說。是一位穿著夾克外套、年紀也大約是五十多歲的男性，頭髮較為稀疏。

「說這什麼話，阿安你還不是常到『JOKER』去。」

「我是因為喜歡唱卡拉OK啊。」

「JOKER」是松金良美工作的小酒館名稱，聽他們的形容，是一家附有卡拉OK的酒館。

夾在兩人中間的客人也開口了：「總之你們兩個都喜歡良美就對了。」

第三名客人身上則穿著運動服，挺著啤酒肚，怎麼看都不像是運動員的體型，想必是因為舒服輕鬆才穿的。

「什麼呀，」被稱為阿達的客人說：「阿島應該也很喜歡良美吧？」

「所以我就說啊，」名為阿島的客人搶著說：「良美跟這個案件一點關係都沒有，人家星期五就出門去旅行了呀。」

阿安冒出來問：「阿島你又知道囉？」

「只要常去『JOKER』就會知道啦。」

「旅行？」土岐插入三人的對話。「出國去玩嗎？」

阿島答道：「是呀，好像是去普吉島還是哪個南方的島嶼。良美平常連白天也不停工作，趁著這次連假，休長假出去玩。」

「可惡，阿島！」阿達將手上的酒杯咚地一聲放在檯面上。「我問你，你怎麼會這麼了解良美的事？」

「我只是聽見她跟老闆娘的對話而已。真吵，喝醉了吧你。」

原來她在星期五的國定假日便出國了，這可是別的調查員都沒掌握到的新消息。

負責調查被害者人際關係的鑑取班應該是要到明天早上的搜查會議之後才展開行動，以機動搜查隊為主的初步搜查也還未直接向「JOKER」的員工問到相關訊息。也就是說，土岐與宇田川是最早得到這個消息的人。

土岐以一副不可思議的表情說：「那命案發生時，那個名叫良美的女生並不在家囉。換句話說，是無人在家的房子裡發生了凶殺案？為什麼會是在那房子裡呢？」

阿達答道：「我才想問呢！」

「你不知道呀？」阿安突然露出認真表情這麼說。

阿達抬起醉眼看向阿安：「什麼意思？」

「良美有個女性友人交了男朋友，據說就是混黑道的，良美知道以後，有一陣子都滿煩惱的。」

阿島也將身子往前傾，專心聽阿安說話。

「那是什麼時候的事？」

「兩個月，不，大概是三個月前。」

「那被殺害的小混混就是良美那個朋友的交往對象囉？」阿安問阿島。

「為什麼事情會演變成這樣？」

「這種情節很常聽到的呀。那個混黑道的幹了什麼壞事，要女人幫忙把他藏起來。女方由於某種原因沒辦法將人藏在自己家裡，便想到借用朋友的房子。若是要好的朋友，有備份的鑰匙也不奇怪吧？也有可能是她知道良美把備份鑰匙放在哪裡……」

他知不知道那名女性友人的名字呢？這個問題梗在宇田川的喉頭，不過看土岐也只是默默聽著，宇田川也就沒開口了。

此時宇田川終於搞懂了，土岐其實是在這家店裡巧妙運用他的調查手法，三位熟客不知不覺中透露出情報。

松金良美或許與案件沒有直接的關聯，但是可以肯定她的那位女性友人與本案脫不了關係。

就如同阿島所說，良美那位女性友人的男友或許就是被殺害的石田伸男。若是如此，那名女子便有很大的嫌疑。即使與她交往的人並非石田，她也很有可能與石田互相熟識。只不過來趟居酒屋，就得到了這樣的情報，宇田川對此感到驚訝。

「但今天這件命案應該是黑道之間的恩仇吧？」阿安接著說。「如果是這樣，那兇手就是敵對組織的成員，跟良美或是良美的朋友都沒有關係呀。」

「嗯，這麼說也有道理。」

之後，三人便轉換話題，聊些生活瑣事。住家附近發生了命案，照理來說應該是很讓人心驚膽跳，但對醉漢來說，也不是什麼值得深聊的話題。

「那麼，」土岐開口說。「我們也該回去了。」

警察大多不會在一個地方待太久，不過即使如此，土岐撤退的還是有點早，他只喝了一杯生啤酒，宇田川現在終於知道土岐為什麼說他「喝太快」。

土岐付了帳，宇田川慌忙地說：「啊，我也付一些吧！」

「這裡就不用了。」土岐說。「下一攤再拜託你啦。」

「下一攤？」

走出居酒屋，土岐毫不猶豫地走往住宅區的方向，沒多久，便看見一間小酒館，招牌寫著「JOKER」。

站在店外就可聽見從室內流洩而出的卡拉OK歡唱聲。土歧拉開門走入內，他的動作乾脆俐落、沒有任何遲疑。他們跟在之前那家居酒屋一樣，在吧檯角落並肩坐著。

貌似老闆娘的中年女性站吧檯裡喊著「歡迎光臨」。土歧接過遞上來的濕毛巾，點了生啤酒，宇田川也同樣點了生啤酒。

土歧淺酌一小口啤酒，接著向吧檯裡的女性搭話：「妳是老闆娘？」

「算是吧，您第一次來？」

「在這附近工作，覺得口很渴就進來坐一下。」

「您請慢坐。」

「我是聽阿安與阿島說這裡有個叫良美的女孩，所以才來的。」

「哎呀，您是他們的朋友嗎？大家果然都是來看良美的呀。」

「我聽說老闆娘也是個大美人啊。」

「真可惜，良美從連假開始就休到現在。」

「生病了嗎？」

「不是的，是去國外旅行。現在的年輕人可真會享受呀。」

「這樣呀，那她什麼時候會回來上班呢？」

「良美預計明天回國。」

「那我們就得再來一次囉。」

「不管幾次都歡迎您。」

老闆娘轉身離開為其他客人調酒。

她的話證實了之前那三名客人的說詞。

土歧對宇田川說：「你怎麼了？喝酒的速度突然變慢了。」

「真是抱歉，我真是遲頓，太晚察覺這也是在工作。」

「什麼呀，我只是來喝酒的。別說這些，把酒乾了吧。我想要在老闆娘端下一杯酒來的時候，多跟她說幾句話。」

「是！」

宇田川聽命照辦，喝光生啤酒後，再點了一杯。老闆娘手拿著第二杯酒走了過來，土岐又再向她搭話：「良美有沒有提過關於她朋友的事情呢？」
「朋友的事情？是哪方面的事呢？」
「比如說有什麼煩惱之類的。」
老闆娘微微彎起嘴角：「您是刑警吧？」
聽聞此言，土岐也露出笑容。
「怎麼會這麼想呢？」
「因為今天有命案發生了呀。據說被殺的是黑道分子，命案現場是良美的住處對吧？不過，良美不是那種會跟黑道扯上關係的女孩，我想只是她的住處被人家用來犯罪罷了。」
「您真是明察秋毫。我是下谷署的警察，這位是警視廳的。據我目前所聽到的說法，良美自從朋友與黑道的人交往之後，便很煩惱。」
「真不愧是刑警，無所不知呀。」
「妳應該也聽良美談過這些事吧？」
「是。大概在三個月前聽到的。」

「知道她那位女性友人的名字嗎？」

「這我不清楚，但可不是想隱瞞，我怎麼可能不跟警察大人合作呢。不如您問問她本人吧？良美明天就回來了。」

「就這麼決定。只是，怎麼說呢，她肯定會嚇一跳吧，一回國就發現自己的住處成為了命案現場，真是令人同情。」

「就是呀。警方這邊已經跟她聯絡過了嗎？」

「之前不知道她去哪裡呀，還沒有聯絡上她本人。」

話雖如此，其實另一個原因是將她視為嫌犯，宇田川在心中喃喃。

「那到時候就麻煩妳幫忙囉。」

土歧說完便從座位站起。這次輪到宇田川付帳了，總共還不到三千圓。

走出「JOKER」，宇田川對土歧說：「真是抱歉。」

「什麼事？你又沒做什麼需要道歉的事。」

「不，總之請讓我向您致歉。」

「你這傢伙還真奇怪。我們回特搜總部吧，明天還要早起，我想有時間睡就先睡一下。」

「是。」

土岐無庸置疑是一名優秀的刑警，他相當了解現場的一切，僅僅只是走進了兩家店，宇田川便深刻感受到這點。

關於土岐這個人，宇田川又再次誤判了。僅從這件事，便可知土岐是一名優秀的調查員。這個案子用一般的方法來查是行不通的。因此，宇田川對於之前認為土岐是個不求進取的無用警察而對他道歉。

轄區警署仍有許多像他這樣腳踏實地在辦案的人，警察組織就是由這群人所構成，這點必須時刻牢記在心。

特搜總部裡，調查員不停交頭接耳討論著。

宇田川完全不知發生什麼事，心中有股莫名的焦躁，要是現在被原田管理官點名發言，不知道該說些什麼好，那心情活脫像個忘記要預習功課的學生。

有人從後面拍了一下宇田川的肩膀。

「搞什麼呀，現在正在開搜查會議吔。」宇田川邊這麼想邊回頭，只見蘇我對他瞇眼笑了笑。

「喂，你這傢伙，不是被懲戒免職了嗎？」

蘇我笑著說：「那件事呀，是烏龍啦。」

宇田川真心地鬆了口氣。就是說嘛，蘇我怎麼可能會被懲戒免職。原田管理官在這時點了宇田川的名字。宇田川驚慌失措，想說些什麼，卻發不出聲音來，在心慌焦急之際，他醒了過來。

宇田川躺在硬梆梆的墊被上。昨晚回來他鑽進了鋪設在柔道場的其中一個床位，由於實在是太過疲勞，一碰到枕頭就陷入熟睡。

原來是夢。

白天忙著東奔西跑，無暇思考蘇我的事情，然而剛才他來到夢中，讓宇田川突然在意了起來。為何蘇我就這麼消失，一聲聯絡也沒有呢？植松說過，也許蘇我只是為了散心而去旅行了。

這也並非不可能，宇田川白天時雖這麼想，卻忍不住擔心。一旦開始胡思亂想，所有大大小小的事都變得令人掛心。

宇田川覺得植松會說出那種話，本身就很不合理，因為他並不是那種會說些安慰話的人。他是不是也感到憂心？或許他已經想到最壞的結果，也就是蘇我已經被人除掉了。

植松雖否認這麼想，但宇田川感到他否定的方式太過明顯。

深夜從夢中醒來，心中愈是往不好的地方想。

冷靜一點！宇田川告訴自己。就算是公安部，也不可能會除掉自己的調查員。

據說今日的公安部，是承繼了「特別高等警察」（譯註：大日本帝國時期的祕密警察組織，簡稱特高警察）的使命，原就屬於祕密警察，專門負責執行與思想、信仰有關的搜查行動，自然會讓人產生這種聯想。

也有人說，特高警察已成過去，日本的警察已經改制重生為民主警察，展開新的一頁。然而，即使現在已經是民主社會，為了維護國家體制，對於思想與信仰的監控仍不可放鬆。那些以民為主云云冠冕堂皇的漂亮話，對國家可沒有任何助益，而擔負起這個責任的便是公安部。

若現今的公安承繼了特高警察的職責，那麼做出特高警察會做的事也不足為奇。以前的特高警察逮捕不少思想犯並加以嚴刑拷打。一九三三年，參與社會運動的作家小林多喜二便是在特高警察的拷打下送命。

對此，日本警察是否曾自我反省？

殺害小林多喜二的特高警察，是否因此而感到憂悶？

宇田川並不這麼認為。至少，他不曾聽過政府在戰後對於特高警察的行為有任何正式反省的表示，而特高警察的權責就由今日的公安承繼下來。倘若真是如此，那麼暗自除掉犯下嚴重失誤或反叛的調查員，也並非不可能的事。宇田川感到毛骨悚然，忍不住輾轉反側。

不需要警察直接下手，或許是有人代為處理這類的事，公安只要視而不見就行了。

據說美國的情報組織有個暗號為「無法挽救」，即是取其性命之意。在日本的情報機關中最有實力的並非國家組織，而是警視廳的公安部。也就是說，在日本等同於美國中央情報局（簡稱中情局，CIA）的單位，既非公安調查廳，也不是內閣情報調查室，而是警視廳公安部。

依此推論，若是公安內部也存在著如同中情局的「無法挽救」之舉措，並不令人意外。

不，說不定負責處理「無法挽救」之人物的就是美國也說不定，聽說美國的情報組織裡設有專門執行這種見不得光之事的人。

蘇我該不會是被那些人給除掉了吧？

宇田川此刻睡意全消，清醒得不得了，他撐起身子。這樣不行。躺在這樣烏漆抹黑的地方，心中便停不住胡思亂想。看了時鐘，才五點，現在就起來肯定會睡眠不足，但他一點都不想睡。

特搜總部那邊應該有很多人在值班吧。與其待在這裡，倒不如到總部去等待搜查進展。洗把臉應該多少會有點精神。宇田川走向洗手間。

8

警署二十四小時運作、全年無休，晚上反而更加熱鬧。常可見到醉漢大吵大鬧、男女因感情糾紛而爭執怒吼、不良少年少女虛張聲勢大聲叫嚣。得到天色將明之際，警署內才有短暫的寧靜片刻，尚殘留些夜晚的氣氛。

宇田川腦子裡想著這些事，一邊走向位於講堂的特搜總部。總部前聚集了新聞記者，都已是凌晨時分還待在這，記者也真是辛苦。

由於不知道特搜總部何時會有什麼新進展，記者也不敢鬆懈，若消息比其他家慢一步，可就大禍臨頭了。宇田川走過記者面前，雖然他們紛紛提問「是否有什麼進展？」但很明顯的只是形式上問一下，他們也累了吧。

宇田川睡了大約五小時，依然感到十分疲憊。柔道場的床鋪硬梆梆的，讓他睡不好，再加上作了一場詭異的夢，胸中一股鬱悶化不開。

特搜總部裡，負責值班的人眼前擺著電話，邊閒聊著，完全感受不到之前重要幹部還在時的那種緊繃氣氛。

宇田川向值班員警打聲招呼，坐在昨天搜查會議時坐的同一個位子上。

「你這麼早就來了啊。」

其中一名值班員警對宇田川說。是一名年約四十歲的月島署刑警。

「不知怎地，就醒過來了。」

「那可以幫我代一下班嗎？我也想小睇一會兒。」

值班的班表應該都已經排好了，溜出去睡覺是違反規定，不過宇田川可不想在這種狀況下擺出姿態，說得要嚴守規矩才行。

「好哇。」

「感激不盡！」

宇田川坐入擺有電話的位子，月島署的刑警則走出了講堂。

在這個時間，幾乎不會有電話打進來，但若搜查進行到最後階段則另當別論。宇田川思考起整個案件目前的狀況。

看來組對四課自始至終都打算將此案以黑道之間的鬥爭事件來處理，這麼一來，便能夠對兩邊都施加壓力，順利的話，可以將他們一網打盡。對組對四課來說是至關重要的事，為了不錯失這樣的機會，平時便會找尋可提供情報的線人，或是安排某人成為情報提供者，暗地裡進行偵查。

宇田川並不是不了解組對四課所打的算盤。這兩方的組織確實是敵對，或許真的只是黑道間的衝突，然而他就是無法忽略已被殺害的石田伸男從搜索現場逃走的事實，而且名波係長與植松說他一定帶走了什麼東西，宇田川認為這樣的解讀應該沒有錯。

組對四課的瀧田課長對於石田此番突如其來的行動，解釋為或許是藥物的影響，但宇田川覺得這樣的說法才是所謂的臆測吧。

特搜總部會因為主導的單位不同，搜查的手法也跟著不同，這一點也確如植松所說的。而搜查方式改變了，案件本身的特性也會跟著變動，這是可想而知。組對四課不想把搜查的主導權讓給搜查一課，這一點相當明顯。這可是重重打擊黑道組織的大好機會，組對四課的職責就是與黑道組織對抗，一舉殲滅「敵對組織」正是他們的終極目標。說得極端一點，他們的工作並非搜查真相，而是與黑道對抗。

因此，對組對四課來說，石田從搜索現場逃走，這點事根本不算什麼，但是從專門偵辦強行犯的搜查一課眼中看來，確實感受到這其中隱藏著什麼重要的原因。

搜查會如何進展，宇田川心中毫無頭緒，也許之後狀況又改變，主導權會再度轉移到搜查一課手中也說不定。

快到早上七點時，調查員開始陸陸續續出現。警察都起得早，執行大規模搜查行動時，甚至也會在尚未天亮就先來集合做準備。

宇田川瞥見柚木走了進來。植松之前要他跟柚木打好關係，他們年齡相近，比較容易混熟。宇田川起身，走向柚木，對他打招呼：「呦！昨天謝謝你了。」

「你值班嗎？」

「不，有人要我幫他代班。你被分到哪一個班呀？」

「特命班。」

「所以會去追松金良美的行蹤囉？」

「是啊，今天會開始展開正式調查。」

「松金良美去國外旅行了，預計今天回國，她應該不知道自己的住處竟然變成命案現場，回來知道了肯定會嚇一大跳吧。」

柚木緊皺眉頭盯著宇田川看。

「這消息確定嗎？」

「這是昨天在松金工作的小酒館『JOKER』聽到的消息，雖然沒有明確查證，但應該不會有錯。」

柚木看來似乎連松金工作地點的名字也不知道，眼神瞬間改變。

「這消息我收下了，可以嗎？」

「當然，這本來就是特命班的工作啊。」

宇田川沒有說出松金良美的女性友人疑似與黑道交往的這條情報，怎麼說那也是土歧的功勞。

「感恩不盡。」

柚木立即往外走，想必是要把這消息告訴還在休息的資深調查員。

「能否禮尚往來告訴我關於之前所說的和解一事呢？」

柚木停下腳步，回頭看著宇田川，並且再次走向他，觀望著四周後開口說：

「關於那件事，你真的相信我的話嗎？」

「當然，我認為是很有力的情報，若能證實當初的確正在進行和解，整個案件的走向或許就會完全不同。」

「老實說，我正在請我的密探暗中調查這條線索。」

看來柚木的野心不容小覷，這樣的人最好操弄了。

「如果和解這件事只是空穴來風的假情報，那麼當時石波田組與桂谷組早就全面開打了，但實際上兩邊倒是很自制，看上去是平靜無波，我認為這就證明了你所言不假。」

柚木臉上浮現些許欣喜的笑容，真是個容易被看穿的人。

「你也這麼認為？跟我一樣！今天多謝你給我個好情報，如果和解的事查出什麼消息，我一定會告訴你。」

「我很期待。」

「還有，你們係長呀……」

「嗯？」

「雖然組對四課的前輩說了一些有的沒的，但我很欣賞你們係長喔，很有骨氣！」

「我也這麼想。」

柚木與宇田川揮手示意後，便走出了講堂。

組對四課對名波係長的評價果然不太好，但也不是完全沒有人支持他。柚木目前確實屬於少數派，說不定還被視為是脫離常軌者，但是能與組對四課牽起一條連結線並無壞處。

土歧到了總部，走近宇田川並開口說：「這把年紀要跟上特搜總部的行動還真是累人。」

宇田川猶疑著不知道該不該告訴土歧，自己已將情報透露給柚木。即使他不說，也許特命班的人也會在搜查會議上發表。

搜查會議的目的是分享各自查獲的消息，但是由誰來說出這個情報是很重要的。猶豫許久，宇田川還是決定說出來。

「特命班有一位隸屬於組對四課的柚木……」

「柚木？」

「是，他與我年紀差不多，我剛剛把松金良美到國外旅行的這條情報告訴他了，我是不是太輕率了？」

土歧一臉不可思議的樣子。

「這也沒什麼。」

「但這是我們好不容易比別人搶先一步得知的資訊。」

「我們又不是新聞記者，誰在何時獲知了什麼樣的消息，這都不是問題，重點在於將犯人繩之以法，不是這樣嗎？」

宇田川一時語塞，土歧應該認為自己是個器量狹小的人吧。作為一名刑警，宇田川感覺到自己只想著如何不吃虧又能表現得八面玲瓏。

「您所言甚是。」

「搜查會議就快開始了吧。」

土岐這麼一說，宇田川才察覺到調查員幾乎都已經聚集到總部，幹部也都就座了。

搜查會議大多還是組對四課的人在發言，他們詳細報告了目前石波田組與桂谷組的動向，這部分便占去不少時間。目前雙方都沒有什麼顯著的動作。

宇田川感覺到進行的主軸與搜查一課主導的搜查會議有些不同，比起鎖定嫌犯，更著重於該給這些黑道組織安上什麼罪名。

由於各班是從今天才正式進行訪問調查，照理說還沒有什麼值得報告的事，但特命班有名調查員舉起手來請求發言，看樣子是組對四課的人，年約四十五歲，有著一副很符合組對風格的凶惡面孔。

作為司儀的原田管理官請他發言。

「我們收到情報，命案現場的屋主松金良美到國外旅行了，預計今天回國。這個情報是從松金良美工作的小酒館『JOKER』聽來的。」

原田管理官立即回問：「進一步查證了嗎？」

「還沒有，我們會盡快查證。」

「了解。」

原田管理官狀似滿意的點了點頭，「其他人還有要發言的嗎？」

「關於松金良美……」土岐開口了。

原田管理官眼神嚴峻地看向他：「發言之前，請舉手。」

土岐做出刻意的舉手動作。

「你說松金良美怎麼了？」

「她是在上星期五出去旅行的。也就是說，命案發生當時她並不在家，犯人為何會在她的住處殺人，尚未查明原因，不過目前得知松金良美的女性友人大約三個月前開始，疑似與一名黑道分子交往。」

原田管理官臉色一變。

「這些情報是從何得知？」

「是從松金良美工作的『JOKER』熟客以及老闆娘口中聽來的，只是也尚未取得更進一步的證據。」

有時候，一句重要的話就會改變會議流程，土岐剛說的話正是如此。土岐的發言應該會讓多數調查員都認為方才組對四課調查員的報告是從別處聽來的二手消息，誰真正在「JOKER」打探到這些情報，已不言自明。

原田管理官問土岐：「是否知道那名女性友人以及她交往的黑道之姓名、住址等資料？」

「『JOKER』的熟客與老闆娘並不清楚這些細節，不過據說松金良美本人對於此事曾表示相當煩惱。」

此番發言讓人有如身歷其境，畢竟是實際走訪而獲得的情報。組對四課所報告的事，大部分都是從線人那裡取得，說得明白些，大多都是不需要在搜查會議上拿出來討論的消息。

透過實地探問而獲知的交友關係等情報，大大地推進了搜查行動。

宇田川心想，這才終於變得比較像是針對凶殺案的搜查會議了，想必搜查一課及轄區刑事課的調查員也都有同感。也就是說，會議主導權逐漸移向了搜查一課。

原田管理官像是要尋求奧援，轉頭看向組對四課的瀧田課長。

瀧田課長一如往常沉穩說道：「首先，目前所有的情報都尚未證實，以及重要的是，倘若松金良美的女性友人真的與黑道的人交往，就必須查明該黑道成員是隸屬於哪一個組織。」

宇田川認為，他所說的話是在強調此案自始至終都是黑道組織之間的衝突事件，相信搜查一課的調查員也都有相同感受。

土岐又再開口：「雖然這名黑道分子殺害石田的可能性很大，但命案現場是一名女子的住處，也不排除是情侶間的感情糾紛。」

瀧田課長看著土岐說：「石田伸男屍體上發現的穿刺傷不可能是女性所為。致命傷是一刀深及腹部大動脈。」

土岐深深皺起眉頭。

「這麼說來，是職業殺手所為？」

「推論為具有嫻熟手法之人的犯行較為合理。」

「我們下谷署的人不太清楚月島署轄內案件，請問月島署所發現的屍體死因是否也為穿刺傷？」

「沒錯。」

「那也是同樣的穿刺傷嗎？」

瀧田課長似乎不太明白土岐這個問題的意圖何在。

「同樣的穿刺傷？」

「也就是說，是否同樣都是職業殺手所為？」

瀧田課長點頭，「是，同樣都是一刀斃命。」

「那麼是否有可能為同一人所犯？」

「你在說什麼傻話？」原田管理官搶在瀧田課長之前回答。「明明是黑道鬥爭，為何能斷定兩名被害者死於同一人之手？黑道動刀殺人又不是什麼稀奇的事。」

「是這樣嗎？」土岐歪了歪頭。「依我們的辦案直覺，若出現類似的傷，便會很合理懷疑是否為同一人所為。不過，若說此案不同於一般的命案，也許不適用這種推論。」

兩具屍體有類似的致命傷，每一個負責偵辦強行犯的警察都會懷疑嫌犯是同一人，從犯罪手法著手去搜查，通常成效顯著。

土歧看似漫不經心，但此次發言又將搜查會議主導權更加推向搜查一課。原來他並非只懂得腳踏實地的調查，也知道該怎麼操控會議走向。宇田川再次發覺土歧這個人不容小覷。

昨天才剛加入特搜總部，原本還未抓準搜查步調的搜查一課與下谷署成員，頓時看起來氣勢高漲。

瀧田課長表情絲毫未變並說：「若是一般的凶殺案，我也會這麼推論，不過此案是兩方彼此看不順眼的黑道成員間起衝突，誠如原田管理官所言，以刀械行凶的傷害事件並不少見，慣於使用匕首的黑道分子更不在少數。」

言下之意，黑道以匕首互砍是一件稀鬆平常的事。

名波係長舉手想要發言。原田管理官一臉「怎麼又是你」的表情，點了他發言。

「如您所說，或許有許多慣於以刀械行凶的黑道分子，但是現今使用手槍的人不是更多嗎？若是發現有類似的穿刺傷，還是應該要考慮可能是同一人所為。」

瀧田課長點頭。

「不可否認殺手確實較常使用手槍，但當黑道意圖要取人性命時，依然會使用刀械。」

「我希望能重新檢視鑑識報告。」

名波係長的這句話，讓瀧田課長眉頭皺了起來。能讓他表情生變，還真是不簡單。

「理由是什麼？」

「針對兩名被害者的穿刺創傷特徵，做更詳細的比對。」

這對於命案調查來說是理所當然的事，若是致命傷特徵有許多共通點，就必須懷疑是連續殺人。

瀧田課長與原田管理官交頭接耳低聲討論，最後由瀧田課長開口：「就照你說的去做，不過無法為此再分配人員，就讓預備班執行該項調查吧。」

「謝謝長官。」名波係長說完後坐了下來。

原田管理官隨即說：「搜查會議結束，請各自展開分內搜查行動，下次集合時間為晚上八點。以上！」

全體搜查員都一致起立，出門辦案去。

宇田川跟著土岐準備外出執行訪問調查，這時背後傳來招呼聲。是植松，記得他是被分到調查被害者人際關係的鑑取班。

不過，植松並非是向宇田川搭話，而是看著土岐。

「喲，土岐，趁這個好機會好好教教這個不成材的小子。」

「阿松你平常應該已經教他很多了吧？哪裡有我出場的機會呢。」

「兩位是舊識嗎？」宇田川不假思索地問。

這樣說來，兩人的年紀都在五十歲上下，即使是朋友也不奇怪。

植松說：「也不是什麼舊識，我們是初任科的同期。」

「原來如此。」

「小子我可要先告訴你，要是對土岐掉以輕心，可是會吃苦頭的喔。」

「說這什麼話。」土岐回應：「全世界最不能小看的就是你了好嗎？」

即使是同期入校的員警，分發地點會散落各地，不過，在研修或是特搜總部經常有機會碰到面，彼此之間像是有種特別的羈絆。

這兩個人雖是不同類型，卻也有共通點，他們都是如假包換的硬底子刑警，想必曾經有過一段互相較勁、砥礪成長的時期。不，或許現在也依然如此，這就是所謂的同期。

「趁著昨晚就找到松金良美的工作處，並且查明了她的去向，怎麼看都很像土岐你的作風，你這傢伙從以前就很會搶頭采。」

「我只不過是去喝酒罷了，恰巧聽見有利的情報。」

「不過拜你的情報所賜，組對四課那些人看起來有些慌張。」

土岐緊緊皺起眉頭。

「這樣彼此爭權實在無意義，我一點興趣也沒有，你倒是看得津津有味。」

「話說回來，」植松更加走近土岐與宇田川，繼續說道：「那個組對四課長，你怎麼想？」

土岐一副置身事外的態度答道：「什麼也沒想，我只想做好被交派的任務。」

「哦？分明就別有居心，你總是這樣。」

「完全沒這回事。」

「那個姓瀧田的課長，是個條理分明、能力優異的人，但是他卻從頭到尾都想以黑道鬥爭來處理這個案子，你不覺得嗎？」

土岐仍然一臉淡然處之的樣子。

「你有空去想這些多餘的事，還不如去徹底調查被害人的交友關係，找出些證據來吧。這比起你絞盡腦汁猜想幹部的企圖來得更有用。」

「你還真是一點都沒變，做事不留情面，話倒說得很好聽。」

土岐瞇眼笑了起來。

對宇田川來說，植松是不可違逆的前輩，但連植松也對土岐有三分敬意，宇田川很羨慕他們兩人，感覺他們彼此信賴，這也使他想起了蘇我，如果蘇我也一直當警察，多年後他們兩人或許也會建立起這樣的關係吧。

「瀧田課長也許是想認同我們所說的話。」植松這麼說。「但是他的立場又不允許他這麼做。」

「所以呀，」土岐接話：「得找出讓他無可挑剔的有力消息來才行。」

9

宇田川與土岐到命案現場附近查訪相關情報。雖然機動搜查隊的人已詢問過這棟公寓的住戶，土岐還是再次走訪。他想有些住戶也許命案當天不在家沒訪問到，也或許有人會回想起什麼事忘了告訴機動搜查隊也說不定。

但結果並不如意。

住戶之中，沒有任何一人認識被害的石田伸男，甚至從沒見過，而且案發當天沒有人聽見有任何爭吵聲，也未察覺有不尋常的聲響。新聞媒體已經大肆報導被害者是黑道成員，這些住戶該不會是因此不想被牽連進去吧。

不，依宇田川的觀察，應該是真的沒有任何人注意到命案的發生。預估的犯案時間是星期日晚上十一點到凌晨這段期間。之後，透過詳細的鑑識分析結果與查訪所掌握到的資訊，應該會更加精準確定犯案時間。

「同住一棟公寓卻什麼也沒察覺，究竟是怎麼回事呢？」

宇田川對土歧這麼說。土歧盯著地面繼續走。

「也許曾經聽見什麼聲音，只不過當時沒有發現那就是我們現在正在確認的事情。」

宇田川一時聽不懂這句話。

「什麼意思呢？」

「一個人被殺了，不可能無聲無息，至少會發出倒地之類的聲音。那棟公寓從外面看來是由室外階梯進出，而命案現場在二樓，所以有人上下樓梯，應該就會聽見腳步聲，但不會有人特別去注意那樣的聲響。」

「換句話說，那個聲音太過平凡無奇囉？」

「對，你知道這代表什麼意思嗎？」

宇田川陷入長考。起初，由於案發現場沒有激烈打鬥的痕跡，一度認為是熟人所為，不過即使是熟人犯下的命案，現場在殺人之後也會變得凌亂狼藉。還有，致命傷是一刀斃命。

「您是說，這是職業殺手所為嗎？」

「若是如此，那組對四課長說的就沒錯了呀，在黑道成員之中，的確有不少人擅於使用刀械。」

「那麼說到底，還是黑道之間的鬥爭了吧？」

「可是，」土岐搔搔頭。「為什麼石田會在那間屋子裡呢？他不是從搜索現場逃走了嗎？而且是不惜對你開槍也非得要逃跑的狀況下。」

「是這樣沒錯。」

宇田川感到土岐在責備他讓犯人溜走。

「但石田沒有遠走高飛，而是躲到一個女人的房子裡，還躲在一個可能跟他沒有直接關係的女人家裡，這究竟是為什麼？」

「合理推論下，是有人刻意將他藏起來，應該就是與松金良美的朋友所交往的黑道將他藏匿在那裡的吧？」

「這麼說來，要不就是那名黑道除掉了石田伸男，不然很有可能就是他出賣了石田。」

是這樣嗎？宇田川思考著。

「也可能是被人跟蹤了。」

土歧眼神銳利地看著宇田川，看得他有點驚慌。

「黑道做事不會這麼拐彎抹角，有心想除掉一個人，不會花時間跟蹤。」

原來如此，宇田川心想。

「所以石田是被出賣了嗎？」

「他不是正在逃命嗎？倘若真如組對四課那些人所說，兩邊的組織正在起衝突，不管怎麼想，石田都應該會跟同組織或是同派系的兄弟聯絡吧。」

宇田川無法判斷。

「若是如此，是不是該找出那個跟松金的朋友交往的傢伙，問個詳細？」

土岐看向宇田川，原本以為又要被瞪了，但土岐卻露出笑容。

「那是鑑取班的工作，我想現在應該已經有人在進行了。」

特搜總部的人持續試著聯絡上松金良美，一直到下午兩點她的手機才接通，與她取得聯繫，他們通知她的住處已成為命案現場，並派警車前往成田機場接她，直接將她帶到月島署，由預備班的資深調查員偵訊她關於此案的相關事宜。

她應該相當驚慌失措吧，宇田川這麼想。才從國外旅行回來，就聽說有個人在自己的住處被殺害，還被警察帶到警署問東問西。

宇田川與土岐一同回到特搜總部時，松金良美早已離開月島署。畢竟也不可能回到原本的住處，負責訊問的預備班應該會向她確認暫時的居所，不過實際的情形宇田川並不清楚。

搜查會議在晚上八點展開，討論的第一個議題便是松金良美的供詞及後續查證結果。松金良美與被害者石田伸男素不相識，儘管搜查人員一再向她確認，松金始終沒有改變說詞。當問到她是否因為女性友人與黑道成員交往而深感煩惱，松金馬上就承認了。

她的那位友人名為下澤恭子，是松金良美高中時期的朋友。根據松金的供詞，調查員立刻前往尋找下澤恭子。結果查到下澤恭子在大約三個月前開始交往的黑道成員身分，是名叫村井等的男子，今年三十六歲，與被害者石田伸男同樣都是桂谷組的成員。如此一來，便證實了土歧昨晚所獲知的情報，以及該人物與被害者之間的關係。

「這樣看來，與桂谷組的關聯就更明朗了。」

原田管理官看來有些志得意滿地說道：「證據愈來愈完整了。」

「我可以發言嗎？」土歧舉起手。

原田管理官望向土歧，一臉不悅地開口：「什麼事？」

「我有些疑惑，希望能請您解答。被害者石田伸男向同屬桂谷組成員的村井等求助，於是村井等請女友下澤恭子想辦法，下澤恭子得知好友松金良美要出國旅行，家中無人，於是借用了松金的房子，我這麼推論沒錯吧？」

原田管理官回應得隨便：「沒錯。」

「不過，石田伸男是在那個屋子裡被殺的嗎？」

「是。」

「石田在躲藏之後沒多久就被殺害，您不覺得有什麼地方不對勁嗎？」

「說明石波田組的情報網無遠弗屆。」

「經過周邊查訪的結果，附近鄰居都表示未曾聽過什麼不尋常的聲響，也就是說犯案過程沒有產生超越日常生活中會有的聲音，由此可見兇手的手法多麼高超，而且被害人是一刀斃命，也可藉此判斷是職業殺手所為。」

「之前不是說過了嗎？這是黑道所犯下的案子。」

「若推測是村井等在其中穿針引線，不是比較合理嗎？」

特搜總部內瞬間一片安靜，之後便響起了眾人相互接耳私下討論的聲音。

為了蓋過這些聲音，原田管理官說話了：「為什麼村井要協助他人殺害同組織的兄弟呢？」

「這正是我不解之處，想向您請教黑社會是不是會有這樣的事情發生？」

底下的耳語更加擴大。

原田管理官一臉不悅地說：「要發言的請舉手。」

一名組對四課調查員在舉手之後說道：「與其在這裡憑空猜測，何不直接將村井帶來問話呢？」

負責偵訊的預備班資深調查員接著回答：「村井等目前行蹤不明，組對四課正在蒐集情報，找出他的去向。」

原田管理官像是要重振精神般果決地說：「幾乎可確定的是村井等協助石田伸男逃跑並將他藏匿起來，不過是否涉及殺害石田，將待今後的進一步搜查。其他還有什麼問題？」

植松舉起了手，說：「關於兩名被害者的穿刺創傷，先前說到會比較兩者的鑑識結果，請問目前的情況。」

「原定是由預備班來進行，但臨時必須偵訊松金良美，尚未展開調查。」

名波係長舉手後發言：「我與另一名調查員已經進行分析，並且也徵詢過鑑識專家的意見。」

原田管理官一臉不悅地說：「我不記得曾下過這樣的指示。」

「在上次的搜查會議上已決定要比較兩名被害者的鑑識結果，因此預備班人員便分配了工作。」

所謂的預備班，角色就像是特搜總部當中的參謀，成員是由搜查經驗豐富的係長階級或資深刑警所組成，名波係長當然也是預備班的一員。

「有什麼發現嗎？」

「正如前次會議所談到的，兩名被害者同樣都是一刀斃命。根據鑑識結果，兩人身上的刀傷特徵極為相似，刀痕長，因而判斷凶器是一把細長的刀械。由此可知，兩案的凶器與殺害手法具有共通點，鑑識專家也表示不排除兩案皆為同一人所犯。」

倘若嫌犯真的是同一人，那原本認為是黑道鬥爭的假設就不成立了。

原田管理官湊近瀧田課長耳邊說了些什麼，瀧田課長隨後問名波係長：

「你方才所說的鑑識專家，明確來說是何等人也？」

「是刑事調查官。」

宇田川大吃一驚，其他的調查員臉上也藏不住驚詫的神情。

在搜查一課當中，具有十年以上搜查經驗、官拜警視以上的警官才可擔任刑事調查官，而且還必須在大學等單位研修過法醫學，在鑑識領域可說是專家中的專家。實際上在發現命案，也都是由刑事調查官的判斷來確定是否為他殺。

瀧田課長似乎在思考接下來該說的話。名波係長沒有想要爭奪搜查主導權的意思，以他的性格來說，並不會想在組織內造成對立，只是單純希望搜查能有進展而已。

只是氣氛上可以感覺到搜查一課的發言力道逐漸增強。特搜總部一開始就先入為主地將此案定調為黑道之間的衝突，才會在調查過程中忽略許多原本應該看見的事情，宇田川這麼想。

在座的調查員都等待著瀧田課長接下來的發言，只不過在他開口之前，出入口的門被打開了。

原田管理官突然拉開嗓子大聲喊道：「全體起立！」

所有調查員同時站起，門口出現的人是組對部長。

部長好整以暇地走過調查員的面前，在最前方幹部席的正中央坐了下來。

「雖然知道會議要開始，但有事耽擱了。抱歉，各位請坐吧。」

話音一落，原田管理官響亮地喊出「坐下」。

即使知道特搜總部長是由組對部長擔任，但沒想到部長本人真的會來，宇田川有點意外。

組對部長怎麼看都不像是位現役警官，他戴著無框眼鏡、身著樸素的合身西裝，官僚的氣質濃厚。組對部長名為韮澤晉太郎，現年四十八歲、官拜警視長，是個徹頭徹尾的菁英。

部長的出現使得特搜總部的氣氛頓時緊張。韮澤部長則以與現場氣氛不相襯的輕鬆語氣對瀧田課長說：「會議現在進行得怎麼樣了？」

瀧田課長回報目前為止的會議過程。口中語氣聽來很官僚，而不像是調查員。宇田川不知道瀧田課長是不是高考入警界的菁英，就算是，也一點都不奇怪。

組織犯罪對策部是一個新的部門，據說當初成立的宗旨是為了汰除舊有的積弊，希望能以更靈活應變的方式處理手法日趨多樣化的外籍人士及黑道組織犯罪，警察廳對組對部抱以相當大的期待，因此該部門之中菁英比例也相對高。

瀧田課長的說明既簡潔又切中要點，就如同植松所形容，他確實是一名能力優異的警察。

聽完說明後，韮澤部長開口：「我想必須要向各位詳細說明此案發生前的來龍去脈。首先，針對石波田組與桂谷組的狀況……」

韮澤部長的聲音很有說服力。先不論談話主旨，以那樣的聲音來敍述，使得可信度大增。

桂谷組原本是以東京為據點的黑道組織，因為被關西地區的廣域暴力團給吸收，而成為旗下組織之一。另一方面，石波田組是隸屬於東關東地區（譯註：茨城縣與千葉縣）名為「阪東連合」這個組織當中的領頭羊，歷史悠久。

起初石波田組與桂谷組同樣都是關東地區的組織，各自據守地盤而相安無事，並不是敵對關係。

不過由於桂谷組被納入關西地區的黑道勢力之下，狀況就此大大轉變。形勢上，就等於關西系廣域暴力團在石波田組的勢力範圍內布下一顆棋子，意思就是桂谷組成為了關西系廣域暴力團的灘頭堡，自此之後，石波田組與桂谷組便持續對立至今。

這種程度的現況內情，其實在場的調查員讀過資料都已熟知，只是重點在於部長親口講述，在他有絕佳說服力的說明之下，讓人不由得認為他所說的內容十分重要。

「組對四課長期以來持續暗中調查他們的動作，這次的衝突可說是必然會有的結果，無論何時發生都不奇怪，希望大家能以此為前提進行搜查。另外，由於此案為凶殺案，搜查一課身為偵辦強行犯的專家，所提供的意見我們當然也很重視，但不允許影響整體的搜查方針。我的發言到此。」

就算是名波係長，也無法對部長提出反駁。

宇田川似乎聽見搜查一課有幾位調查員悄悄嘆了氣。一度傾向搜查一課的搜查趨勢，組對部長一口氣反拉了回去，簡單來說，這就是權力優勢。說不定是瀧田課長與原田管理官早就去向組對部長尋求奧援，畢竟沒有一個調查員能夠違逆部長。

宇田川對此深感無力。比起腳踏實地的搜查，更重視暗中調查與資料的累積，這是公安部的作風。植松之前曾說過，比起刑事部，組對部與公安部性質更相像，宇田川此刻可是真切感受到了。

組對四課的人再次恢復士氣，搜查一課及轄區警署刑事課的人則是滿懷疑慮，搜查會議就在這樣留了未解之謎的情況下結束了。

「那我們再到現場去走走吧？」土岐淡然地提議道。

無論搜查會議的風向怎麼吹，還是要腳踏實地進行調查，這就是土岐的原則，宇田川對此當然沒有異議。

「是。」他準備跟著要外出。

「搜查一課的宇田川在嗎？」

負責接聽電話的調查員高聲喊出，似乎是有外線電話打進來。

「不好意思，請等我一下。」

宇田川向土歧這麼說後，前去接電話。

「您好，我是宇田川。」

「我是築地署的宮下，原本是打到警視廳，結果聽說你在這裡。」

是警務課長，之前在碑文谷署地域課曾擔任蘇我上司的那位。

「啊！上次很感謝您。」

「關於蘇我，究竟是怎麼一回事？」

對方的語氣聽來帶有責備之意，讓宇田川感到些許驚慌。

「您的意思是？」

「你來找我以後，我耿耿於懷，多方調查了蘇我的事情，打電話到他之前所在的單位，也向人事部打聽……」

「真是有勞您了。」

「結果之後，就接到了警察廳直接打給我的電話。」

「警察廳打電話給您？」宇田川一頭霧水。

「對，對方再三詢問我為何要調查蘇我的事、與蘇我是什麼關係等等問題，這到底是怎麼回事？」

「我也不是很清楚。我也只是聽到跟我同期的蘇我突然遭到懲戒免職，因而有些疑惑才四處調查。」

「真的只是這樣嗎？」宮下課長的語氣聽來頗為懷疑。

「當然。」

電話那頭維持了一陣沉默，應該是在思考些什麼吧。終於，宮下開口了：

「蘇我遭到懲戒免職的確是太過唐突，理由也不明，一切都太不尋常。」

宮下課長恢復到平穩的語氣：「只是那個打電話給我的人身分特殊，讓我對這其中緣由感到疑惑。」

「警察廳特地打電話給您，確實有些詭異。」

「而且還不是一般的部門，對方說是警備局警備企畫課的人。」

「嗯。」

宇田川一時不覺得有什麼奇怪。

「是警備企畫課喔，猜想對方應該是ZERO的成員。」

「啊？」宇田川不由得提高了音量。

「你雖然不明白前因後果，只是單純展開調查行動，但說不定早就被內部盯上了。」

「為什麼ZERO會……」

「這我可不知道。蘇我不是曾待在公安總務課嗎？或許因此與ZERO有較近的關係。總而言之，我不想繼續跟這件事牽扯下去了，不好意思，今後我就不再插手了。」

宇田川不知道該回答些什麼才好。

「那個……」

「什麼事？」

「關於蘇我，您是否查出什麼線索嗎？」

「結果什麼也沒查到，能看到的只剩下他的出勤紀錄。我勸你最好也不要再涉入比較好。就這樣。」

「啊！」宇田川趕忙說：「造成您的困擾，實在非常抱歉。」

「我只想安穩工作到退休，蘇我的事，此後我不再干涉了。」

電話被掛斷了，宇田川陷入一陣茫然。

接到ZERO打來的電話，究竟是怎麼一回事呢？

ZERO指的是警察廳警備局警備企畫課裡的情報分析室，由於曾將據點設置在警察大學的「櫻花寮」以及千代田區的警察綜合廳舍，過去的代稱為「櫻花」或「千代田」，日本全國上下公安情報都會匯集到這裡來。

潛藏在宇田川心中的疑惑接連地冒出。即使是蘇我遭到懲戒免職之後，也要將關於他的一切隱藏起來嗎？為什麼？蘇我真的被公安部除掉了嗎？公安部與ZERO為了掩蓋這個事實，所以把追查該事的人都做了記號嗎？宇田川感到背脊一陣發涼。

真的有如此恐怖的事嗎？植松雖說過不可能，但是宮下課長才剛著手調查蘇我的事，很快就接到了來自ZERO的電話。而且他還說了，說不定連宇田川也「早就被內部盯上」。

這麼說來宇田川才想起，那個星期五前往中目黑官舍及築地署，隔週的星期一才剛上班馬上就被係長叫過去臭罵了一頓。宇田川原本以為是那位盤問他的地域課巡查部長告的狀，但或許並非如此，而是公安部或ZERO早已盯上他了。只是，為什麼？

宇田川絞盡腦汁思考，但他不可能知道公安在想些什麼，更何況他目前掌握到的線索是微乎其微。不管怎麼想，最有可能的還是蘇我犯下了重大失誤或是背叛，而被公安部給滅口了。

「喂，怎麼站在這發呆？」土岐來問宇田川：「有什麼不好的消息嗎？」

「不，沒什麼事。」宇田川回答，他也只能這麼說。

「那就出門啦！」

「是。」

宇田川在腦中一片混亂的情況下走出特搜總部。公安部、ZERO，都不是他應付得來的。宇田川心裡充斥著不安與恐懼，跟著土岐走向地鐵車站。

10

深夜，宇田川與土歧在案發現場附近查訪。土歧就像之前一樣，走進商店或餐廳藉著買東西或吃東西的名義，不經意地提出問題，被他問到的人總不知不覺地透露出許多消息。

為不讓對方心生警戒，土歧完全不做筆記。宇田川在旁也努力用腦子記住對方口中隨意說出的一些特定字眼。不過，不論再怎麼努力還是很難集中注意力在眼前的誘導問答上。

宇田川對於宮下課長的那通電話仍然耿耿於懷，即使在案發現場附近調查的過程中，也忍不住疑心周圍是否有人正在監視他。

時間接近午夜十二點，宇田川與土歧搭著地鐵回到月島署。不管是在車站或是地鐵車廂當中，宇田川也不禁留心確認後頭有沒有人跟蹤。

抵達月島署後，宇田川感到今天比平時還要累，應是他把心力花在不必要的事情上，使得精神上比身體更加疲勞。

宇田川正打算前往柔道場就寢時，土歧在走廊上叫住他。

「有什麼事嗎？」

「我跟阿松不一樣，不想說些囉唆話，但是……」

「但是？」

「心不在焉是做不好搜查的。」

宇田川瞬間感到頭上被澆了一盆冰水。

「不，我並沒有……」

「打聽線索，勝敗取決於是否專心投入。」

「我完全明白。」

宇田川是真的知道這個道理。土歧是個絕不會把滿腔熱血展露於外的人，乍看只是在現場漫無目遊走，其實是努力打探各種消息，他的每一步，在心中都有盤算，也或者是憑藉著身為刑警的直覺在觀察著。不論是何者，他都是聚精會神致力蒐集訊息，而宇田川也沒有想偷懶打混的意思。

「既然明白，那就要多用用頭腦，我總覺得你好像分心到其他事情上。」

「非常抱歉，如果讓您有這種感覺，我今後會更加注意。」

「我不是要你回答我這種話。」

土岐環顧四周。從剛剛開始，就有幾名記者將眼光飄向他們，並為了聽他們的對話內容而悄悄縮短彼此距離。

土岐背向記者說：「我們或許只在特搜總部才有交集，但還是搭檔。」

「是。」

「心裡有事，就說出來吧。」

這說來話長呀，而且實際上究竟是怎麼回事，連宇田川自己也無法確知。宮下課長的話讓他很介意，連ZERO都出動了，看來說話得要更謹慎，也怕會連累到土岐。

「不，」宇田川開口道：「真的沒什麼事，我並非無心於搜查，今後一定會更加集中心力。」

土岐盯著宇田川，表情看來頗嚴肅。該不會惹惱了這位優秀的前輩？宇田川有些沮喪。

土岐將視線往旁邊一閃，再次移回時，臉上笑了開來。對他的印象有了一百八十度的大轉變，那笑容十分親切。

「我再說一次我們是搭檔，如果有什麼煩惱儘管告訴我，就這樣！」

土岐邁步走向特搜總部，幾名記者想向他搭話，土岐沒看他們一眼，舉起一隻手擺了擺，消失在特搜總部之中。

宇田川對著他的背影，不由自主地低下頭鞠躬。

鑽進被窩裡的宇田川依然難以成眠。他知道再不睡，身體很快會支撐不住，但除了掛心著蘇我，他還憂心著自己也遭到池魚之殃。

蘇我到底是做了什麼而被懲戒免職？公安部與高層似乎想隱藏那件事。

他犯的錯是嚴重到不得不掩蓋起來嗎？宇田川不認為蘇我會做出那種事，他那個人沒有什麼野心，也不會嫉妒他人，總是漫不經心，所有人對他的印象都是如此。

總之，還是先睡吧，明天還得早起。宇田川輾轉反側。

隔天一早的搜查會議沒有太大的進展。將被害者石田伸男藏匿在案發現場的黑道成員村井等目前行蹤依舊不明。組對四課的調查員自信滿滿地說，雖然現在尚未查明去向，但不久後一定會將他逮捕到案。

聽著同仁報告，宇田川依然想著蘇我以及ZERO的事。

目前為止，他還沒有接到從警察廳來的聯絡，可能是他現在整天待在特搜總部，因此他們判斷沒有必要進一步處理吧。或者，宇田川隸屬的單位之所以會參加這個特搜總部，其實是出自高層所下的命令？這也不是完全不可能。想到此，宇田川的內心充滿疑懼。

但就如植松所說，他們所屬的搜查一課第五係一開始就已與此案有關，之後也協助搜索桂谷組事務所，被編入這個特搜總部一點也不奇怪。多想無益，總之現在得將心力專注於搜查行動上，否則將會失去土岐對自己的信任。

由組對四課主導的搜查會議結束後，調查員各自回到崗位。宇田川正打算與土岐一同走向大門時，柚木向他走了過來。

「方便借一步說話嗎？」

宇田川向土歧示意之後，走向柚木。

「什麼事？」

「告訴我你的手機號碼。」

在這個時間點，特地走過來跟他要電話，宇田川不禁有點疑惑，這表示柚木近期會私下跟他聯絡囉？宇田川沒有多問，與柚木交換了手機號碼。

「先走了！」

等柚木離開後，土歧問：「怎麼？在追你嗎？」

「咦？」

「他不是跟你要電話？」

「沒有啦，那是……」

「傻瓜，我開玩笑的。」

昨天被土歧提點過，今天宇田川比剛開始搜查時還更加賣力，配合土歧的搜查步調之餘，也仔細聆聽被訊問者所說的一字一句，若聽到特定的字或是時間點等重要資訊，宇田川會在腦中反覆背誦，以免忘記。

他們打探消息的同時，命案現場的屋主松金良美已被證實與此案沒有直接關係，查明並無嫌疑。刑警的工作不只是追查出嫌犯，像這樣確認案件相關人物的清白也是很重要的一環。

宇田川與土岐在現場附近吃午餐，他們挑了一家定食餐廳。土岐也同樣不著痕跡地向店員打聽消息。

用完餐後，兩人一直在附近調查到傍晚，雖然是很基本的工作，但宇田川認為這才是真正的搜查。在特搜總部裡，調查員不過只是一顆棋子，或是一部大型機器的一個齒輪，在眾人之間搶出頭則會招人厭惡。這天，宇田川比平常更加貫徹身為齒輪的職責，他告訴自己，這就是現在自己該做的事。

黃昏時分，土岐說要返回月島署時，宇田川的手機響了，是柚木打來的。

「我可以接一下電話嗎？」

「這種事不需要一一徵得我同意，快接吧！」

宇田川稍稍與土岐隔開距離，接起電話。

「柚木嗎？怎麼了？」

「我待會要跟線人碰面。」

如果柚木只是單純跟提供他情報的人見面，就不會特地打這通電話來，應該是接到了什麼特別的消息。

「所以？」

「你要不要一起？」

宇田川嚇了一跳。

對公安或組對而言，線人極為重要，每名調查員手上各自都有自己的情報提供者，線人的身分、背景照理來說是最高機密。

「我可以同行嗎？」

「嗯，你相信我所說的和解一事，我希望你也能親耳聽到究竟是誰在居中協調和解。」柚木的語氣十分認真。

「我知道了，告訴我時間地點。」

地點是位於台場的活動會館，該場地以舉辦全搖滾區的演唱會等活動聞名，現場觀眾必須從頭站到尾。

要在那種地方碰面？宇田川覺得有點意外，但其實在哪裡都無所謂，問題是見面的時間竟然約在晚上八點。

「喂，那是調查員結束搜查行動要回來開會的時間呀。」

「那只是原則上這樣規定啦，如果手上有重要的線索要調查，也不必硬要結束搜查行動，對吧！」

宇田川想了一會，應允了柚木，通話隨即結束。

宇田川回來對土岐說：「不好意思，有個地方想繞過去看看，可能會趕不上集合的時間。」

土岐直盯著宇田川，眼神特別銳利。

「怎麼回事？」

宇田川大略說明了與柚木聯絡內容的前因後果。

土岐聽完之後立刻說道：「那可不是你該負責的工作。」

「嗯，我知道……」

「聽我把話說完。從組織上來說，那的確不是你的工作，不過既然已經扯上關係，就該把事情弄個明白。你去吧，搜查會議有我出席就行了。」

宇田川低下頭鞠躬，說：「非常感謝！」

「這不是什麼值得道謝的事，就在這分頭走吧！」

土歧說完後，跨步走向地鐵車站。

相約見面的活動會場正在舉辦搖滾樂團的演唱會，似乎是集結了幾個地下樂團共同演出的活動。混在一群打扮得誇張搶眼的年輕人之中，西裝筆挺的宇田川難免感到有點不自在。他站在場內的後方，突然有人拍了他的肩膀，是柚木。見到他也是一身西裝打扮，宇田川鬆了一口氣。

舞台上早已經開始演奏，震天價響的音樂充盈會場。

宇田川靠近柚木的耳邊說：「這種地方怎麼談話？」

柚木在他耳邊答道：「沒有要長篇大論，就一句話，只問名字而已。」

神神祕祕約在咖啡廳或飯店大廳見面也許反而更引人側目。若這是柚木與他的情報提供者慣用的方法，宇田川只有照著做。

有一名男子走近柚木身旁，穿著打扮看起來完全是個典型的搖滾樂迷，頂著一頭金色短髮，戴著好幾個耳環，看上去並不像是黑道成員，倒像是深夜在超商打工的年輕人。

那名年輕人直直看著舞台方向，對柚木說了些什麼，柚木臉色一變，也回了他話，兩人交談了兩三句話。那年輕人的態度並不尋常，似乎在害怕些什麼，且不是一般的恐懼。

「怎麼了？」宇田川問柚木。

柚木一臉苦惱似地回答：「事到如今，他竟然跟我說他不想說。」

「可以感覺他很害怕。」

「應該是察覺到事情的嚴重性，可見是個足以讓人有此反應的大人物。那小子說，若不小心說出對方的名字可能會被殺掉。」

「但不就是為了避免出事才選擇這個場地碰面的嗎？」

「沒錯，都來到這了，我不打算空手而歸。」

柚木向那年輕人說了些話，看來是在說服他。那年輕人的臉色極差，額頭開始冒汗。

終於，柚木向宇田川示意，要他靠近一點，想必是對方終於願意說出名字了。為了聽見年輕人的聲音，宇田川向他們靠近。金髮年輕人緊張地吞了好幾次口水之後，只說了一句話：「八、十、島、秋、水。」說完後，隨即消失在跟著音樂擺動跳躍的觀眾之中。

柚木呆站在原地，神色奇差無比。

宇田川仔細想了想方才聽見的名字，確實是八十島秋水沒錯，是右翼組織的重要人物，年約六十多歲，以身為右翼團體中的理論派代表人物聞名，與許多黑道幫派的幫主都有交情，也意味著他是最適合主導和解的人。

柚木拉了拉宇田川的袖子，說：「出去吧。」他仍舊一臉緊張，邊警戒著四周邊走出會場。宇田川因為終於能脫離震耳欲聾的音樂聲而鬆了口氣。

柚木頓時顯得慌亂緊張，不停環顧周遭環境。聽到ZERO出現時當下的自己應該也是這樣吧，宇田川心想。

「他究竟說了些什麼？」

柚木沒有回答，快步地往臨海線的東京電訊港車站走去，宇田川只好跟隨在後。直到他們走出地鐵車站，快到月島署時，柚木才終於開口：「真頭痛呀，難怪那小子會嚇成這副德性。」

宇田川回道：「是指八十島秋水嗎？他在黑道的世界裡確實是頗有名氣，但那又怎麼了嗎？」

柚木不可置信地盯著宇田川：「他可是舉足輕重的大人物！」

「你說他是大人物，是只在右翼團體當中吧？」

「只在右翼……」柚木嘴裡喃喃的重複了一次後，搖了搖頭。「你知道我們平時都在與什麼對抗嗎？」

「不就黑道嗎？」

「那只是表面上，說穿了我們是在與日本這個國家的黑暗面對抗。」

宇田川覺得柚木的說法實在太誇張，但他並沒有將感想說出口。

「我好像可以理解你的意思。」

「不管再怎麼取締，黑道都會像雜草一樣不停叢生，原因就在於其根源永遠都在，絕對不會被消滅。黑社會的根源，深深紮根於日本歷史中。」

「你是指具有俠義精神的俠客嗎？」

「博徒系（譯註：泛指經營賭博相關事業的黑道）與神農系（譯註：泛指向攤販收取規費的黑道）都是衍生自日本的歷史。由古至今，在社會之中肩負起某些任務。」

柚木說明日本黑道的由來。之所以稱之為神農系，是由於做生意的小攤商都以神農氏為守護神。

「話說從前，日本的右翼團體主張『大亞洲主義』，不過在街頭抗爭的行動派右翼團體卻不同，他們的特徵是反共產主義。一九六〇年代安保鬥爭時期，保守派的執政黨為了對抗共產主義者而積極利用黑道組織，行動右翼團體便應運而生。那個保守派的政黨，除了幾次例外，自二戰後便一直握有政權，你知道這代表什麼嗎？」

「就像打地鼠遊戲一樣？」

「沒錯，不管警方再怎麼打擊，黑道都無法斬草除根，正是因為他們與握有政權的政黨之間有相當深厚的連結。」

「也就是說，八十島秋水與政治家有往來的意思嗎？」

「不只是有往來，執政黨有些要角還相當崇敬八十島秋水。八十島秋水並不是在六〇年代安保鬥爭之後崛起的行動右翼成員，而是以大亞洲主義為根基的正統民族主義派，那也是博徒系、神農系這些黑道組織存在的理論根據，其影響力非同小可。」

「原來是這樣，你的線人才顯得驚慌失措。不過，我雖然可以理解那年輕人的恐懼，但身為警察的你沒必要害怕呀。」

「光看那年輕人的外表你可能很難想像，他其實混得有聲有色。畢業於以理工科系聞名的大學，在電子資訊產業賺了不少錢，後來被從事經濟犯罪的黑道組織看中，找他做些見不得光的事，賺進為數可觀的金錢，因此在組織中有一定的地位。他在網路這個領域很拿手，藉此撈了大把鈔票。不過他對組織並沒有什麼效忠之心，可說是最適合擔任線人的類型。他在組織裡也是獨來獨往，根本不在乎什麼義不義氣的。但即使是這樣的傢伙，對於要說出八十島秋水的名字卻還是表現出那樣的疑懼。」

「無論他與周圍其他人相處狀況如何，畢竟是在做非法勾當，聽到八十島秋水的名字就害怕也是其來有自，不過你可是個警察吔。」

「你還是沒聽懂，就連公安三課都因為顧忌八十島秋水而不敢有所作為。應該這麼說，為了打壓行動右翼與偽右翼人士，必須默認八十島秋水的存在。」

聽見柚木提到公安三課，宇田川不禁皺起了眉頭。

柚木繼續往下說：「那個線人說他會暫時消失一陣子，反正他只要有電腦到哪都能工作。」

「你會在搜查會議上報告這件事吧？」

「這可不能等閒視之。如果只是哪個組織的頭頭，應該就會馬上回報吧，但若是八十島秋水這種大人物，得要慎重行事。」

「等等，你不需要這樣一個人單打獨鬥，雖然尚未有確切的證據，但只要在搜查會議上說出來，大家再分頭去查證不就好了嗎？」

「你好像不是很了解組對的工作啊。」

「什麼意思？」

「調查員稍有動作，消息馬上就會流到敵對組織那裡去。若是如此，八十島秋水協調和解的事就會永遠石沉大海了。」

「怎麼有這種事!?」

「我們與敵對組織之間的關係就是這麼密不可分，也正因為如此，才能夠獲取情報，反過來，也要擔心走漏消息給對方。願意為八十島秋水捨棄性命的黑道分子要多少有多少，那些人恐怕會為了阻止警方查出八十島秋水而賭上性命。」

「我們又不是要逮捕八十島，只是要向他查證協調和解一事是否屬實而已，不是嗎？」

「警察光只是接近八十島秋水，就可能會刺激那些黑道過度反應。」

宇田川心想是否確為如此。現在雙方仍維持著互助共生的關係嗎？但這也無所謂，宇田川在意的是剛才柚木提到公安部第三課的事。

「你剛才說，就連公安三課也不敢碰八十島秋水？」

「是啊。」

「這個案子，有沒有可能也跟公安部有所關聯？」

柚木驚訝地看了宇田川一陣子。

「這個案子？你是說這兩件凶殺案嗎？」

「當然，我們不就在此案的特搜總部裡嗎？」

「聽了八十島的名字之後，兩名黑道成員的命案也變得沒那麼重要了。」

「兩件命案對我們刑警來說可是重大事件呀。」

「說得也是。」

「我剛剛的問題，你怎麼想？」

「公安是否牽扯在內嗎？這我也不知道。」

「只是推測也無妨。」

「嗯，我想也不是完全不可能，若考慮到部長的話……」

宇田川看向柚木，說：「部長？你是說韮澤組對部長？」
「是呀。」
「你說韮澤部長怎麼了？」
「他原本是公安部的情報員，之前隸屬於ZERO。」

11

宇田川與柚木回到特搜總部時，搜查會議還沒有結束。宇田川悄悄坐進土歧旁邊的位子，柚木則坐在前排的座位。
土歧低聲地問：「查到什麼了嗎？」
「稍後再詳細說明。」
由於是中途才加入，宇田川還不太清楚會議進行到哪了，不過會議依然是由組對部主導，明顯可看出仍舊將此案以黑道鬥爭來處理。宇田川心中雖默默期待著柚木會在會議上說出關於和解一事，但直到會議結束，柚木都沒有發言。

依慣例，土岐在晚上的會議結束後，會再度前往現場搜查，但今晚他似乎不打算出門。

「不到現場去嗎？」

「比起去現場，有些問題得要先整理整理才行。」

「您是指我的事情嗎？」

「沒錯。」

「我自認為今天還滿全神貫注於工作上。」

「我不是要說這個，我只是想知道你究竟在煩惱什麼，如果是你個人私事那就算了，但若是跟工作有關，我可不能袖手旁觀。」

宇田川也覺得應該要說出來。不管是蘇我的事、宮下課長接到警察廳的電話，以及石波田組與桂谷組原本打算要和解，而居中協調的人是八十島秋水……這些事應該要告訴土岐。

宇田川正打算要開口時，聽見有位員警對著電話那頭高聲說著：「什麼！你說逮捕了村井等？確定嗎？」

特搜總部內瞬間慌亂了起來。疑似將被害者石田伸男藏匿在松金良美住處的村井等被逮捕了。這時，原田管理官從幹部席上站起。

「將村井等逮捕到案了？」

接電話的警員立即回答：「是，沒錯，現在正在將他押送到這裡來。」

「在哪裡逮捕的？」

「在桂谷組成員的住家。接到線報，得知村井等躲藏在該處，所以在附近埋伏，見到他出現便上前盤查，而村井見狀拔腿就跑，因此我方人員緊急將他逮捕。」

「很好，馬上做好偵訊的準備，務必讓他供出所有內情。」

特搜總部開始急忙動作，而宇田川也錯過了與土岐說話的時機。

接到電話通知大約三十分鐘後，村井等被押送到特搜總部。宇田川稍微瞥了他一眼，整個人散發出迫人氣勢、感覺相當有威脅性。根據資料，村井今年三十六歲，不過一般而言，黑道分子通常比較顯老，也可能是近年來，

三、四十多歲的男性給人的感覺都比實際年齡年輕。只是宇田川好像也沒什麼資格說這種話，自己也已年過三十，卻仍沒有身為一個大人，可獨當一面的自覺，這也是現今日本男性的特徵之一吧。

將村井等逮捕到案的是組對四課的調查員，想必更加助長了組對四課與原田管理官的氣勢。村井押被送到特搜總部後，隨即由資深調查員展開偵訊，果然也是由組對四課的調查員負責。

「應該馬上就會全盤托出了吧。」原田管理官志得意滿地說：「那些黑道的傢伙口風鬆得很。」

的確，黑道成員在接受偵訊時通常不會做什麼無謂的抵抗，大多都會從實招來，他們以犯罪為業，因此深知反抗警方是百害而無一利，自行招供求輕判才是上策。不過有時也會因其招供的內容，被所屬組織給殺害，所以對於茲事體大的事情是絕口不提，此時便是警察與嫌犯之間的攻防戰。

刑警在面對嫌犯時，絕不容許有一絲推託打混，但是組對四課則會給予某種程度的回應，若是順利的話，或許還能讓對方轉而成為線人。

經過約一個小時，原田管理官有些不耐煩地問：「還沒有進展嗎？」

一名科員慌張地前往偵訊室，應該是去確認情形。沒多久便折返回來，向原田管理官報告：「嫌犯一句話也不肯說。」

「什麼!?」原田管理官拉高音量：「花了一小時，結果什麼也沒問到？」

一般來說，凶殺案的偵訊花上一小時而毫無成果並不足為奇，刑事調查員會耐住性子打持久戰，持續偵訊。相較之下，組對四課還真是沒耐心呀，宇田川心想。之後又經過了一個小時，據說村井仍舊一語不發。

「他不開口？負責偵訊的人到底在搞什麼？」原田管理官忍不住發怒。

此時，瀧田課長緩緩地開口道：「情況有點不尋常，若村井只是把石田藏匿起來，無論他招了什麼，應該不會有問題才對。」

原田管理官接著他的話說：「所以他一定知道什麼重要的事，要是他不坦白招供，可不能就這麼放他走。」

「釋出一些有利條件試試看吧。」

「條件？什麼條件？」

「例如，保護他的人身安全之類的。」

「有必要嗎？」原田管理官看起來相當不滿。

「試試看吧。」

「好吧。」

原田管理官不情不願地吩咐組對四課的科員照辦。負責傳話的人立即前去偵訊室。過沒多久，傳話者便回來向原田管理官報告，管理官再向課長回報：「村井終於開口了，他說沒辦法相信警察。」

瀧田課長一臉驚訝。

「真不像是黑道會說的話。這麼看來，得要詳細問出究竟是怎麼一回事。他若提出條件，在可容許範圍內就答應他。」

日本的警察是絕對不會接受把司法作為交換條件，但組對卻另當別論，這一點也與公安很像。不對，由於組對部長也是公安部出身的人，或許是因此才承繼了這樣的作風吧，宇田川這麼想。

又過了兩個小時，負責偵訊的資深調查員緊皺眉頭走了回來。

原田管理官問：「結果如何？」

「嗯……」資深調查員臉上滿是困惑。

「怎麼了？」

「村井表示，他懷疑有警察涉入此案。」

「有警察涉入？」

「被殺害的石田似乎特別與某名員警有聯繫。」

「石田是線人嗎？」

「目前尚未查明是什麼樣的關係，根據村井的說法，石田並非線人，甚至可能相反……」

「意思是，有人將警方的情報洩漏給石田？」

「村井是這麼認為。村井將石田藏匿在案發的那間屋裡之後，就只將石田所在之處告訴那名警察，也是因為知道石田與該警察的關係才這麼做，他甚至沒告訴同組織的其他兄弟。」

「也就是說，村井懷疑是那名警察殺害了石田？」

「應該是如此。」

「那名警察是誰？村井供出名字了嗎？」

「有。」資深調查員回答。「姓蘇我。」

宇田川差點叫出聲來。他望向植松，植松也回看他。什麼話都別說，植松以眼神無聲地命令他。

宇田川感到一片混亂。這個特搜總部究竟是怎麼了。不，奇怪的是這個事件本身，在搜索現場附近遇見蘇我並非偶然，宇田川腦袋陷入一片渾沌。

此時聽見原田管理官說：「去詳細調查那個叫蘇我的傢伙。」

瀧田課長立刻說：「這個由我來調查。」

宇田川不著痕跡地觀察原田管理官與瀧田課長。

原田管理官驚訝地看向瀧田課長。瀧田課長表情嚴肅，一副不容反駁的神情，原田管理官只好說：「好吧，就這麼辦。」

只見瀧田課長點了點頭。

原田管理官指示負責偵訊的調查員查出村井的其他犯罪事實，若找出可起訴的犯行，便再度將他逮捕，這是對黑道成員的一貫處理方式。

植松走過來對宇田川說：「到能夠安靜說話的地方去吧。」

「是。」

兩人正要走出特搜總部時，後面突然有人叫住他們：「等等，阿松。」是土歧。

「是我先約談他的。」

「那你也一起來吧。」

「好。」

三人走出特搜總部後，便尋覓無人使用的空室，剛好有一間偵訊室空著。

植松開口：「事情變得有點棘手呀。」

「是。」宇田川點頭。

「在那之後，你查到什麼嗎？」

「有一些。」

「說來聽聽。」

「我四處調查蘇我的事情之後沒多久就被係長叫過去，原本以為是曾經盤查我的地域課巡查部長打小報告，但似乎並非如此。」

「怎麼說？」

「蘇我的前上司幫忙打聽蘇我的消息，沒多久就接到警察廳警備局的電話。」

「警備局？」

「是警備企畫課。蘇我的前上司說，應該是ZERO打來的。」

「你說ZERO？」

植松只聽到這裡就了解狀況，言下之意，宇田川本身恐怕也早已在對方的監視之中。

「先暫停一下。」

土岐摸不著頭緒地問：「你們認識那個叫蘇我的？」

「豈止認識，」植松回答：「他跟宇田川是同期，沒多久之前才被懲戒免職。」

「懲戒免職？還真不幸。只是我沒聽過這個消息，通常若是被懲戒免職，媒體會拿來大做文章，我們內部也會引起一陣騷動才對呀。」

「這就是詭異的地方。關於蘇我的懲戒免職，完全沒有媒體報導，也沒有任何針對免職原因的說明。不僅如此，免職後，蘇我便行蹤不明，所以宇田川才到處探查。」

「是這樣警察廳的警備企畫課才會有動作嗎？」

「之前搜索桂谷組的事務所時，這小子追捕正要逃跑的石田伸男而差點被槍擊，這件事你聽說了嗎？」

「我聽過。」

「當時，是蘇我救了他一命。」

土歧皺起眉頭，問：「他在搜索現場附近？」

「是啊，據蘇我本人說是巧合。」

「世上哪有這種巧合。」

「然後，剛剛又在將石田藏匿起來的村井口中聽見蘇我的名字，這一切絕對不是巧合。」

「偵訊官說蘇我將情報洩漏給石田，難道這就是懲戒免職的理由？」

「若是這種理由，應該會正式發布出來才是。」

宇田川說完後，植松與土歧同時看向他。

植松問道：「背後是不是與更重大的事情有關？」

「話說關於和解的事，已經查出居中的調停者是誰了。」

「誰？」

「八十島秋水。」

一瞬間，植松與土歧都沉默不語。宇田川見他們的反應，終於感受到柚木所言不虛。

「我之前聽到時並沒有特別感覺，不過他在黑社會好像地位極高。」

植松點頭：「石波田組與桂谷組雙方都有人喪命，卻沒有引發對戰，我終於明白其中原因了。若是八十島秋水介入，不管哪一方都無法輕舉妄動。」

宇田川問：「但我實在想不通。」

「什麼事？」

「既然確定八十島秋水居中協調，那麼此案就不是黑道鬥爭了呀。」

「是這樣沒錯。」植松又露出思考時的習慣，緊盯著宇田川瞧。

「據說，公安三課也因為顧忌八十島秋水而不敢出手。」

「這也可想而知。」

「這個案子絕對與公安有關。」

「為什麼這麼想？」

「首先，是蘇我的事，我想蘇我應該不是自己主動想接近石田伸男，會不會是因為肩負著某種任務，卻被捲入麻煩之中呢？」

「石田從搜索現場逃走，而蘇我就在附近，也可能是蘇我利用石田在執行某種『作業』。」

所謂的「作業」，是公安的專用術語，不單是指工作，公安調查員以此來稱呼為了對抗黑道組織所做的行動，據說有些「作業」甚至會危及性命，因此公安的調查員將「作業」二字看得很重，不輕易使用。

「公安部是不是想透過這個案子對八十島秋水進行某些作業呢？」

「這麼說來，這個特搜總部自始至終都只是個煙霧彈嗎？」

「據說韮澤組對部長是ZERO出身。」

植松斜眼看著宇田川，這也是植松的習慣之一，當他發現讓人眼睛一亮的情報時都會有此反應。

「喔？」植松說：「倒是從沒聽說過韮澤部長有這段經歷，只知道是與公安有關，原來他曾待過ZERO啊。」

原本在旁默默聽著兩人對話的土岐，這時開口了：「突然提到ZERO，還真讓人摸不著頭緒。」

「你呀，只要聽到組織架構就一點也不感興趣。」

「不管上面的人怎麼想，實際執行調查的還是像我們這種基層的人啊。」

「基層就只是被利用罷了。話說ZERO，對全國的公安警察體系具有莫大影響力。ZERO所舉辦的年度集中講習會被稱為『櫻花研修』，是全國公安調查員的目標。由都道府縣各警署各推選出一名，再從其中只挑出二十名的菁英參加講習。負責領導ZERO的最高主管為理事官，參加講習的人稱之為『校長』。每個得以參與講習的人，都抱持著作為公安警察中的菁英之抱負，此架構也在全國警界形成了一個獨特的網絡。」

土岐微微聳起肩並說：「你們這些本廳的人，或許都對警察組織很感興趣，但我可不是。」

「你還不明白嗎？」植松有些不耐煩地說：「韮澤部長可能是為了要模糊焦點而利用特搜總部。也就是說，他一再將這個案子以黑道鬥爭來處理，這麼一來，就能達到他隱藏在背後的目的。」

「那他的目的是什麼？」

「我也不知道，但是就像宇田川說的，或許是想對八十島秋水進行某些作業也說不定。」

土岐沉思了一會兒後才開口：「這層級拉得太高，我可跟不上。我只不過是個轄區員警，被編進特搜總部，只想做好被賦予的職責，僅是如此而已。」

「你這傢伙從以前就是這副德性，明明比我還優秀，就是這種個性才會至今還只是個轄區的巡查部長。」

「不行嗎？」

「我替你覺得可惜！」

土歧注視著植松。原本總是泰然自若的土歧，此刻卻讓人感覺他幾乎是咬牙切齒地問：「何謂警察？警察又該做些什麼？警界是一個為了出頭而互相爭權的地方嗎？是各單位進行政治鬥爭的地方嗎？對我而言並非如此。我是一名調查員，調查犯罪就是我的工作，我為此竭盡心力，絞盡腦汁、使出全力，這有什麼不對？」

「一個優秀的調查員，總有一天得要成為一名優秀的指導者、優秀的指揮官。倘若不這樣的話，警察根本沒有未來。」

「那就交給你們這樣的人啦。」

「我早就被剔除在升官路之外了，就算把我放到本廳，我也還是會到現場調查，我只想知道真相，絕不允許少數人獨占事情的真相。」

「哼，就讓那些了不起的人去搞呀，反正他們終究要為爛攤子收尾。」

這兩個人一樣都是能力優異的調查員，不過彼此都深信著自己與對方是不同類型的人，這樣的爭論想必不會有休止的一天吧。

土歧對著宇田川說：「看來你跟阿松都對特搜總部的辦案意圖有所懷疑。你是不是認為像我這樣的調查員跟不上你們的腳步，才如此漫不經心？」

「絕非如此。」

「調查和解一事，並不是我們查訪班分內的工作。」

「我很抱歉。」宇田川回答：「跟我同期的蘇我突然遭到懲戒免職，之後又消失無蹤，我對這件事情一直無法忘懷。」

土歧一言不發。

宇田川接著說：「我預想到最壞的情況是蘇我會不會已經被暗中除掉，而公安部的高層極力想隱瞞此事。」

「被除掉？」土歧臉色一變。「警察不可能會做這種事。」

「不見得是警察做的。柚木曾說，在黑道之中，多的是願意為了八十島秋水賭上性命的人。」

「你的意思是，黑道殺了蘇我，而公安對此視若無睹？」

「雖然我也不相信會有這種事。」

土岐陷入深思。

經過一陣短暫靜默，植松開口說道：「說不定是這小子想太多了。不過蘇我肯定發生了些什麼事，這是無庸置疑的。再者，這次的事件若只是黑道之間的衝突，不合理的地方也未免太多了。」

土岐看來仍舊處於思考狀態。

植松繼續說：「還有就是組對部刻意將這個案子定調為黑道鬥爭來處理，這點也很明顯。」

土岐開口：「我想問的是你想怎麼辦？我們能怎麼辦？難不成你想槓上組對部長嗎？」

植松咬了咬下唇而後說：「我也不知道怎麼辦，但是我已經牽扯進這個案子裡來了。」

「每年都有數不清的案件發生，這不過是其中之一。」

土岐是發自真心這麼說嗎？宇田川想問，那聽起來像是在說服自己。

宇田川說：「對我來說，這個案子是特別的。因為跟我同期的蘇我不但被免職，還失去了行蹤。」

土岐聽此言，大大深呼吸了一口。

「我能做的就只有透過腳踏實地四處走訪，探查出真相，如果你不喜歡就不用跟著來了。」

宇田川一句話也說不出來，也無法說服眼前這位前輩，他心中正感到失望的同時，土岐繼續說：「總之就是，等待時機到來。」土岐展露出他和藹的笑容。「就如同我的名字一樣（譯註：土岐的日文發音與時間相同），靜候時機吧，該展開行動的時機一定會到來。」

12

隔天晚間的搜查會議上，發送了關於蘇我的資料。工作履歷只寫了公安部總務課，並沒有提及懲戒免職一事，僅記載著於今年離職。

雖然詳盡列出工作經歷也沒意義，但未免也太過簡略了，怎麼想都覺得是在隱瞞蘇我的詳細身分。在目前這個時間點，並不能將蘇我列為嫌犯，僅是關係人，但明明是搜查會議的參考資料，對於一名前警察的相關敘述竟然僅止於此，實在太不自然。附上的照片也並非正規證件照，看來像是用一般照片裁剪後的圖片。宇田川想起之前詢問人事第二課時，對方告訴他已經沒有蘇我留存的資料，讓人很難不去想是否為刻意隱匿蘇我的資料。

在特搜總部當中，有人認識蘇我也不足為奇。警察經常會有職務上的調動，很可能在某個工作場合有交集。

不過，除了宇田川以外，似乎沒有其他人與蘇我有直接往來。不，或許瀧田課長認識蘇我。先前會議上提到要調查蘇我時，瀧田課長馬上就說由他來負責，那讓宇田川感到有些不尋常。

調查員對於蘇我的資料太少而明顯表現出不滿，畢竟資料愈詳盡愈有利於調查，而且調查員個人一定也對這件事深感興趣。曾經身為警察的同仁可能殺害了黑道分子，自然也會想要深入了解箇中原因。

瀧田課長此時補充說明：「蘇我和彥自從離職後便去向不明。不過由於查出了他與桂谷組成員之間的關聯，也許能夠透過這條線索找出他的行蹤。已將蘇我的照片發給查訪班的同仁，請以此詢問目擊情報。以上。」

宇田川感到更加不對勁了。通常要找出關係人或嫌犯的行蹤，會由鑑取班來進行，這是刑案調查的常識，然而瀧田課長卻沒有下這樣的命令，再加上資料上頭並沒有記載住址或戶籍地，是否代表人事第二課連這些紀錄都已刪除了呢？

搜查會議結束後，宇田川繼續跟著土岐前往現場查訪。土岐依照瀧田課長的指示，拿著蘇我的照片詢問當地居民是否曾見過他。宇田川也老實跟著做，如果腳踏實地的調查是土岐的作風，他也只能跟隨在後。

由於情報量會隨著時間流逝而遞減，這種調查方式得在案件發生後沒多久，趁著附近居民的記憶還鮮明之時勤走訪，才容易蒐集到目擊情報。

即使看了蘇我的照片，附近居民或商家的店員要不一臉疑惑，就是搖頭否認。對於沒有獲得任何目擊情報，宇田川不禁鬆了口氣。若是有人說曾看過他，那蘇我就可能從關係人變成嫌犯。

「一點收穫也沒有。」

土歧聽見宇田川這麼說，淡然地回答道：「在一千人當中，若碰巧有一人知道些什麼，才顯得珍貴難得；倘若一百人之中有一人知道，只能算是份輕鬆差事；如果問了十人，就有一人知道，這工作便毫無成就感可言了。」

「大家應該都覺得很奇怪吧？」

「什麼事？」

「關於蘇我的資料呀，內容實在太少了。既然曾經是警察，應該會留下更多詳細資料才是。」

「警察一般都不樂見家醜外揚。蘇我不是被懲戒免職的嗎，而且還可能與凶殺案有關，這樣的消息肯定會被媒體大肆報導，所以才想掩蓋情報。」

「但這可是用於調查的資料，如此不充分顯得很不尋常。」

「這我也明白，不過我們能怎麼辦？那是組對四課課長發的資料，你能跟他抱怨嗎？」

很像是土歧會說的話。昨天以前，宇田川都認為土歧是一個唯有認真這點可取的資深刑警，倘若是從前的宇田川聽到他說出這句話，可能會感到失望，然而現在宇田川明白土歧比他想像的還要更堅毅不屈。

土歧應該也察覺到其中反常之處，只是現下無計可施，只能按部就班做好他分內的工作，除此之外別無他法。

「若接下來也沒有發現目擊情報，也許就能洗清蘇我的嫌疑了。」

宇田川這麼說，土歧一臉嚴肅地回答他：「要洗清他的罪嫌，就必須像這樣四處查訪，盡可能問到愈多人愈好。如果沒有人看過蘇我，便能一掃蘇我的嫌疑。不過，這只是一般的想法。」

宇田川很在意土歧的說法：「您是要說，這並非一般案件嗎？」

「你不也是這麼想嗎？植松素來不喜歡將事情想得太複雜，但他不是個笨蛋，也許他的話並沒有錯，只是……」土歧看著宇田川：「不管有誰在盤算著什麼，都比不上實地走訪得來的事實。倘若真的有人要加罪於蘇我，那我們就必須極力蒐集到足以推翻其罪嫌的證據。」

宇田川聞言一驚：「您是指警界高層嗎？」

「就目前的情形看來，不無可能。你不也認為蘇我可能已被除掉了嗎？」

「那只是最壞的打算。」

「萬一真是如此，要加罪於他就簡單了。」

宇田川稍微想想，土歧說的固然沒錯，但究竟是誰、又為什麼要這樣做呢？從宇田川的立場來看，想要查明背後真相為何，他的力量實在太渺小了。

韮澤部長似乎在策畫些什麼，此案可能也跟警察廳的ZERO有關，若是如此的話，肯定與警視廳公安部脫不了關係。

韮澤組對部長是高考出身的警視長，公安部長也同樣是高考出身的警視監，他們在宇田川眼中都是高不可攀，還有與此案有關聯的八十島秋水，據說在黑社會中是個舉足輕重的大人物。在他無法接觸的地方，某些事正在進行中，宇田川對此感到害怕，猶如古代人對眾神懷抱著戒慎恐懼的心情。

宇田川想著，蘇我輕易地被免職，就此失去行蹤，甚至可能被滅口了，這種事不知道什麼時候會發生在自己身上。他才剛開始調查蘇我行蹤沒多久，警察廳的警備企畫課就有動作了，自己宛如是如來佛祖掌中的孫悟空。警視長或警視監那些高高在上的長官或許早就掌握了自己的一舉一動，宇田川一思及此，不由得生出徒勞的無力感。

然而，土歧的話卻讓宇田川有了一線希望。

在現場蒐集到的事實，任誰也不能忽略，而這或許能成為他們的武器。有了這一層的考量，宇田川更加努力進行查訪工作，邊在心中祈禱著不要有目擊者出現，同時也賣力詢問，真是一次奇妙的經驗。

宇田川與土歧一直在現場附近查訪，直到搜查結束都沒有出現任何一名目擊者，宇田川鬆了一口氣。

隔天一如往常，在晚上八點召開搜查會議。

幹部席上的瀧田課長與原田管理官一臉認真地正在討論些什麼。調查員都已經入座，會議卻遲遲未開始。調查員觀察著瀧田課長與原田管理官的樣子，在底下交頭接耳。

宇田川與土歧相鄰而坐，植松則坐在土歧的另一側。

終於，原田管理官宣布會議開始。

「首先，課長有事要向各位報告。」

瀧田課長從座位上起身開口道：「針對村井等供詞進一步追查的結果，得知石田伸男曾說過自己可能會被蘇我和彥殺害。」

全場陷入靜寂。

宇田川感到強烈衝擊。

怎麼回事？瀧田課長到底在說什麼？

腦中彷彿有電流通過般一陣酥麻，瀧田課長的聲音此刻顯得很遙遠。

「另外，石田伸男曾向村井說過，高田衛也可能是死於蘇我和彥之手。正如之前有同仁提到，這兩件凶殺案的手法相同，倘若同樣都是蘇我所犯，那麼手法相同這一點也相當合理。」

宇田川呆若木雞，土歧也像被按下靜止鍵般直盯著瀧田課長。

為什麼會變成這樣？宇田川茫然若失，不知道該相信什麼才好。

此時，植松前傾身子，在前排的名波係長耳邊說話。名波係長神情凝重地搖了搖頭。

調查員間的討論聲愈見擴大，原田管理官高聲喊著：「發言請舉手。」

宇田川有話想說，但是不知道該說些什麼。

土岐舉手，原田管理官一臉不悅地點他發言，那表情似乎是在警告要他注意自己的措辭。

土岐以一種與現場氣氛不符的輕鬆語氣說：「嗯，意思是說，那個名為蘇我的前警察是兩件凶殺案的嫌犯囉？」

原田管理官略不悅地回：「你沒聽清楚課長的說明嗎？當然是這樣。」

「在此之前不都是朝黑道鬥爭的方向在調查嗎？」

原田管理官看來更加不耐煩。從他的表情來看，說不定他其實也無法接受瀧田課長的說法。

原田管理官像是在尋求協助般地看向瀧田課長。瀧田課長以如常的沉穩口氣說：「一旦發現了新的事證，當然也會轉換調查方向。」

「我們在現場附近進行查訪，並沒有任何一個人曾經看過蘇我和彥的身影，不曉得其他負責查訪的調查員是否得到任何目擊情報？」

全場無人發言，代表著沒有目擊情報。

瀧田課長直直盯著土歧問道：「你到底想說什麼？」

「也就是說，斷定蘇我是嫌犯的證據太過薄弱。推論的依據就只有村井的供詞對吧？而消息還是他從被害的石田伸男口中聽來的，就連石田說的話絕大部分也是推測得來，這些話究竟能相信多少？」

「負責偵訊的人跟我都判斷是有相當的可信度。」

「所以就無視我們查訪班的調查結果囉？」

原田管理官怒吼：「注意你的發言！你以為你是在對誰講話！」

瀧田課長伸手制止原田，「不會無視，會納入參考。只不過比起無目擊情報這種消極的證據，我認為透過偵訊所得來的有力情報應更優先採信。」

土歧似乎還想再說點什麼，但原田不讓他繼續發言，直接問其他人：「有沒有其他問題？」

土岐只好坐下。

接著舉手的是名波係長，宇田川很期待他的發言。

原田管理官看著名波係長說：「提問請簡短。」

名波係長從位子上站起，說：「即使手法相同也不見得就是連續凶殺案，這是特搜總部先前的見解，而您現在的意思是要全盤推翻這樣的說法嗎？」

瀧田課長面不改色地答道：「這是參考貴單位意見所做的推論。由於作案手法相同，可認為這並非是黑道鬥爭，而可能是連續殺人，此話不正是你說的嗎？」

被反將一軍！宇田川在心中暗想。

名波係長繼續說：「所以將這兩件命案視為黑道鬥爭的看法就被推翻了，對嗎？」

「我想並不是完全否定，組對四課仍會繼續調查石波田組與桂谷組，而另一方面，此案也可能是連續凶殺案，這部分我期待搜查一課與轄區刑事課各位同仁進一步追查。」

「我明白了。」

名波係長說完後便坐回位子上。宇田川原本以為名波係長會再繼續問下去，但對方也許已經占了上風，而且突然宣布蘇我可能是這兩件命案的兇嫌，瀧田課長這番發言來得太過突兀，名波係長沒有充分時間思考該怎麼反駁。

於是，調查行動分為兩個方向，組對四課的部分成員繼續朝黑道鬥爭的方向調查，只不過配置的人員大幅縮水，看起來只是做做樣子，同時明顯可看出主要偵辦方向已轉為將蘇我視為嫌犯的連續凶殺案。

原田針對新的調查方針做出詳細的指示，這些應該是事前就已與瀧田課長商討後的內容。

「事情到底會如何發展呢？」

宇田川對土岐這麼說。衝擊之後，湧上的是一股憤怒。

「此刻我們別無選擇。」土岐說。「我也不知道今後會如何演變，只有一點能夠確定，那就是瀧田課長隱瞞著些什麼。」

周圍的調查員都已走出總部，宇田川、土歧、植松三人仍坐在位子上。

植松低聲地說：「瀧田課長也許下錯棋了。」

宇田川不禁反問：「這話是什麼意思？」

「這種強硬的作法是行不通的，有可能聰明反被聰明誤。」

土歧開口：「若是如此就好了。若依你之前的看法，此案應該牽涉到更高層的人，這麼看來，瀧田課長或許只是無法違逆高層旨意也說不定。」

植松一臉深思的表情，直盯著土歧。

這時，有人叫了宇田川的名字。轉頭一看，瀧田課長示意要他過去。

「是！」宇田川站起並走向幹部席。

「有些話對你說，跟我來。」

聞此言，宇田川便跟著瀧田課長走出了特搜總部，穿過等在總部前的記者群，被帶進一間小會議室。

瀧田課長並未落座，維持站姿開口：「蘇我和彥被懲戒免職一事，你知道吧？」

「當然。」

「搜查會議上雖然沒有提及，但有幾位調查員都知道這件事。」

「是。」

即使搜查會議上無人提到這一點，但內部曾正式公告，有人知道也不足為奇。

「你與蘇我是同期，對嗎？」

「是的。」

「據說，蘇我遭到免職之後，你曾經追查他的行蹤？」

他究竟是從哪裡聽來的？

瀧田課長的上司韮澤組對部長出身自ZERO。植松曾經說過，參加過ZERO講習會的公安情報員遍布全國，形成一個獨特的網絡。

宇田川謹慎地回應：「在同期當中，蘇我算是交情比較好的朋友，我想知道他的去向，所以才……」

「在搜索桂谷組事務所時，你在那附近遇到了蘇我，是嗎？」

「被害者石田伸男當時從搜索現場逃離，在追捕之際，他向我開槍，是剛好經過那裡的蘇我救了我一命。」

瀧田課長始終維持著沉穩態度，點了點頭說：「蘇我會在搜索現場附近，很難讓人覺得是巧合。」

宇田川想，他得更加謹慎地回應，瀧田課長或許是想從他這裡套話。

「現在想起來，似乎是這樣沒錯。」

「你追查他的去向是否有什麼結果？」

「驚覺到自己雖然與蘇我是同期，但卻對他個人的事情一無所悉。以前一起喝酒的時候並未察覺，但他消失後，才發現就連要確認他身在何處的線索都沒有。」

「僅如此而已嗎？」

「是的，被編進這個特搜總部，我也無暇繼續調查他的事情。」

「你沒有任何能找到他的線索？」

「有的話，會在搜查會議上報告。」

很標準的說法，不過宇田川認為這是面對瀧田課長最不會出差錯的回答。

瀧田是很典型的主管，他的話乍聽似是能體察人心，但卻難以得知他實際的想法。不，或許真如土岐所說，瀧田也是高層與基層之間的夾心餅乾。當韮澤部長那些高層的想法與土岐及名波係長等基層的意見產生對立時，雙方差異所形成的壓力自然就落到瀧田的身上。

「我在考慮要讓你卸下特搜總部的工作。畢竟蘇我救過你，辦案時你難免會有些個人情緒出現。老實說我還在猶豫，想聽聽看你怎麼想。」

事到如今怎麼能離開特搜總部。離開之後恐怕不但會被打入冷宮，還會受到監視吧，宇田川心想。

「不，我希望能夠為此案盡心盡力調查到最後一刻，不會將個人情緒帶入工作之中。」

瀧田課長像是要看穿宇田川似地注視著他，或許是在考量著宇田川能夠被運用到什麼程度，以眼下狀況來說，所謂的「運用」並不是指能幹與否，而是有多聽話。

「我了解了，那就如常繼續進行工作吧。」

「遵命。」

瀧田課長語氣一轉，「交情甚篤的同期成為了殺人兇手，一定不好受吧。在警察生涯之中，會遭遇到各種不同的狀況，希望你能挺過這次難關，成為一名更優秀的警察。」

「感謝您的教誨，我會銘記在心。」

瀧田課長微點了頭後，先行走出會議室，宇田川默默地跟隨在後。

回到特搜總部後，植松隨即叫住宇田川。

「喂，他找你說了什麼？」

土岐也向他走近。

宇田川對兩人說：「他知道我跟蘇我是同期，也聽說我在蘇我被懲戒免職之後追查他的行蹤。」

植松問：「是公安的關係嗎？」

「感覺像是在對我刺探些什麼。」

「實際上就是在刺探你啊。」土歧說。「你呀，對瀧田課長來說也許就像個炸彈。」

「我嗎？」

「你是跟蘇我最親近的人，而且他一定知道你在追查蘇我的事情之後，警察廳的警備企畫課就有行動了。」

植松詢問宇田川：「你跟瀧田課長提到這件事了嗎？」

「您是指警備企畫課的事嗎？」

「對。」

「我沒說。」

土歧接著：「不過想必瀧田課長早就知道了。」

「是這樣嗎？」植松側頭細想。「瀧田課長有可能只是負責這個案子的一小部分而已。」

土歧隨即接問：「這話怎麼說？」

「組對部長、警察廳警備企畫課，再加上八十島秋水，牽扯的層面未免也太廣了。瀧田課長也許並不知道內情，被派來主導這個特搜總部，只是單純遵從韮澤部長的指示也說不定。」

「你不認為他也是其中要角嗎？」

「是嘛？韮澤部長是公安出身的對吧，公安的原則就是嚴守祕密。」

「這麼說來，警察廳的警備企畫課明白地表露身分，又是怎麼回事？未免太輕率了吧！」

「應該是想直接施加壓力，擺出高姿態讓底下的人不敢輕舉妄動。」

宇田川回應：「實際上，他們現在也的確是束手無策。」

「但是啊，」土歧接著說，「我認為不可能加罪於蘇我，檢察官也不是笨蛋，要起訴也必須有明確的證據。」

植松一臉嚴肅地說：「如果是公安，製造證據這點事是難不倒他們的。你應該知道什麼叫『假摔公妨』吧。」

所謂的「假摔公妨」是指公安刻意羅織罪名的逮捕手法。是在上前盤查嫌犯時，故意假裝被撞飛、摔倒在地，便能用妨礙公務罪將對方逮捕。

「若以其他罪名來逮捕他，涉案內容就不同了呀。」

「不管怎麼樣，宇田川沒有對瀧田課長提到關於警備企畫課的事，不知是吉是凶。」

當宇田川正在思考這句話的涵義時，土岐進一步解釋：「也就是說，不知道瀧田會認為你是謹言慎行、守口如瓶，還是對他有所隱瞞。」

「原來如此。」

宇田川感到莫名憤怒，無法接受方才面對瀧田課長時採取迎合態度的自己。只要當個聽話的人，就能免除麻煩事，宇田川感覺自己成為警察之後，就一直是以這樣的心態在工作，活脫脫就是亟欲討老師歡心的優等生心態。

如果沒有發生這樣的事，自己可能會一直以這樣八面玲瓏的態度在警察組織裡生存下去吧。不，過去也曾發生過不尋常的重大公安事件，只是都跟自己沒有關聯。不過現在，他已經無法再當個優等生了。

宇田川曾經認為，只要被上司賞識就能順利晉升，不論工作與生活都會安穩有保障，相信大部分的警察都是抱持著這樣的想法。

只是他今後無法再說出類似的話。原本他對植松總是冷眼看待警察組織的態度感到疑惑，現在似乎能夠理解箇中原因。還有，像是心灰意冷、只專注於自己能力所及之處的土歧，他的態度，與植松的心境應是一體兩面。

「唯一能夠肯定的便是蘇我被捲進了某件事之中。」宇田川這麼說。「但是，在我的立場上，就連要了解究竟他是被捲進什麼麻煩都做不到，只能思考到底該怎麼辦才好。」

植松盯著宇田川看，這是他一如往常的思考習慣。

「你打算怎麼辦？」

「跟上面的人討論，再策動他去跟更高一層的人討論。若不像爬梯子一樣一層層往上攀，就無法知道這件案子的全貌。」

「上面的人？你指的是誰？」

「就只有名波係長了。係長很明顯對組對四課的作風感到不滿，也許會認真聽聽我們想說的話。」

「這太危險了。」植松開口說。「愈少人知道這件事比較好，別打草驚蛇。

若不謹慎行事的話，我們可能會被逐出特搜總部，結果什麼事也做不了。」

「那跟現在的狀態有何不同，反正一樣都是束手無策。」

「看來這小子在策略上變精明了。」土岐說道。不知何時開始，土岐也跟著稱呼宇田川為小子。

「說得沒錯，現在這個狀態也無法有什麼作為。」

「你這傢伙不是教他要等待時機嗎？」

「可能已經無法再等下去了。不曉得蘇我目前的安危，說不定正如小子說的，已經被除掉，不過如果根據村井的證詞來推想，至少他在石田伸男被殺害之前都還活著。」

植松陷入沉思。名波係長是預備班的人，所以還待在特搜總部，植松看向名波係長的方向。

這時宇田川開口：「就算兩位反對，我也會去找係長。」

植松神情嚴峻。

「等等，就算要去找他談也得有適當說法，我正在想怎麼說才妥當。」

「我打算據實以報，這應該是最好的方法。」

植松低聲自喃，土岐看了便反問：「怎麼，你不相信你們的班長嗎？」

「事情牽扯的層級愈高，就愈無法輕易相信他人。名波係長是一名有風骨的調查員，也是一位可信賴的長官，只是畢竟他還身負係長的職銜。」

「小子不也說了嗎，現在只能一階一階往上爬才能夠傳達到上面。」

宇田川已下定決心，雖明白植松為何會如此謹慎小心，但就如同土岐所說，他很擔心蘇我的安危，同時也在意事態已延燒到自己身上。

「我現在便去找名波係長。」

植松一臉認真地說：「好吧，我也一起去。」

13

名波係長依序看著宇田川、植松、土岐，露出疑惑的表情，因為他們三人的神情都相當凝重。

「你剛剛說有話想講，是什麼事？」

植松開口道：「可以的話，盡量不想被他人聽到。」

名波稍微想了一下而回應：「找個地方吧。」

宇田川提議到剛剛瀧田課長找他談話的那間會議室，於是眾人一同前往。

看見係長的身影，記者紛紛圍了上來。

「無可奉告。」名波係長直直看著前方，快步走向前。

進到會議室後，係長隨即落座，宇田川等三人也分別找位子坐了下來。

名波係長問植松：「到底是什麼事？」

植松答：「關於蘇我的事。據宇田川那小子說，似乎交雜許多因素而變得很複雜。」

名波係長看來有些無奈：「組對四課真不知在想什麼。我原本就認為不可能是黑道鬥爭，現在卻大逆轉，說蘇我才是連續殺人的嫌犯，亂來也該有個限度。」

植松繼續說：「瀧田課長會這麼強硬，也許背後是有原因的。」

「什麼原因？」

植松看向宇田川，意思是要他來說明。宇田川想著該從何說起，最後決定從最開頭敘述起，或許能夠透過說明的過程，也整理一下腦中的思緒。

「蘇我遭到懲戒免職後便失去行蹤，我為了找出他的去向而四處追查。」

「哦，我不是叫你忘了那件事嗎？」

植松問名波：「班長是從哪裡聽說宇田川四處尋找蘇我的呢？」

「這事我沒必要說吧。」

「有可能是很重要的資訊。」

「為什麼？」

宇田川回答：「我去拜訪蘇我的前上司，也就是現在的築地署警務課長，姓宮下。宮下課長本來說他會去調查蘇我的事，但之後沒多久便改口說他不想再與此有所牽扯，理由是他接到了警察廳警備企畫課打來的電話，教他不要碰跟蘇我有關的事。」

名波係長緊皺起眉頭問：「你說警備企畫課？」

「是的。宮下課長說，應該就是ZERO。」

「太令人訝異了！」

「我猜係長您會知道我的行動，或許就是因為我已在公安的監視之下。」

「我是接到搜查一課課長的指示，並不是從公安那裡聽到了什麼。」

植松接著問：「課長是怎麼傳達這件事的呢？」

「喂，你們是在偵訊我嗎？」

「只是希望能正確掌握事實而已。」

名波再次來回看了三人之後緩緩開口說：「其實我也想知道事實真相。」

「課長說了些什麼呢？」

「課長告訴我：『你的科員在假日到官舍和轄區警署閒晃，給他人帶來困擾，你想想辦法』。」

「課長是否提到蘇我的名字？」

「嗯，他說『那個科員似乎是在找蘇我』。」

「課長應該也是接到上面的指示吧。」

「但是蘇我為什麼會成為兩件命案的嫌犯，真是搞不懂。」

土岐說道：「宇田川推測，有可能是被污衊陷害了。」

名波係長看著土岐說：「你是下谷署刑事課的人，對吧？」

「我姓土岐，現在跟宇田川搭檔調查。」

「你說是被陷害的？」

植松接著說：「這個特搜總部，或許只是個幌子。」

「說什麼蠢話！」名波係長睜大眼睛。「你知道設置一個特搜總部要花多少金錢跟人力！沒有一個笨蛋會為了製造幌子而做這種事。」

「倘若案子規模超出常理，就另當別論了。」

「規模超出常理？」

係長看向宇田川，要他繼續說明。

「植松前輩吩咐我到組對四課蒐集情報，因而得知石波田組與桂谷組原訂要和解一事。明明已經打算要和解，組對四課課長卻仍堅稱是黑道鬥爭，這一點讓我感到很不合理。」

「是不是和解最後沒談成？如果居中協調者不夠有力，也不是不可能。」

「居中協調的人是八十島秋水。」

名波再次瞪大雙眼：「你說什麼!?」

植松補充說明：「若是八十島秋水這樣的大人物出馬不可能會談不成。」

「這事我怎麼沒聽說。」

對名波係長的疑問，宇田川回應：「我也是剛聽聞不久，尚未有適當機會跟您報告。」

「如果真是八十島秋水協調雙方和解，那麼確實不太可能會引發衝突。為什麼沒有在搜查會議上報告這件事？」

「這是組對四課調查員透過個人管道得到的消息，顧及道義，我無法擅自發表。」

「現在是該說這種話的時候嗎？」

「針對這點，」植松接著說：「當初瀧田課長極力想將此案導向黑道鬥爭來處理，就算說出八十島秋水的名字也一定會說這毫無根據而被忽略吧。」

「不試試看怎麼知道。」

「想將此案以黑道鬥爭來處理的或許不是瀧田課長，而是更高層的人。」

「如今想起來，」宇田川說：「蘇我會出現在搜索現場果真不尋常。推測他是在監視桂谷組或是他與桂谷組之間有什麼關聯，應該比較合理。」

名波係長像是重複確認般喃喃自語：「去追查蘇我的行蹤，結果警察廳的警備企畫課就有了動作……」

「還有，」宇田川繼續說：「組對部的韮澤部長據說曾經待過ZERO。」

名波係長來回看了宇田川與植松：「這到底是怎麼一回事？」

植松回答：「我們也想知道。」

「你們希望我怎麼做？」

「班長您比我們更容易獲得高層的情報。」

「我只不過是個係長，能做什麼？」

「跟我們比起來，能做的事一定更多呀。」

名波係長垂下視線，陷入思考：「我也覺得這個特搜總部有點奇怪，但……」

宇田川說：「若繼續這樣下去，蘇我便會被扣上罪名，不但被懲戒免職，還會成為一名罪犯。」

名波係長對宇田川說：「說不定真的是他殺害了那兩人。」

宇田川將話嚥回喉嚨，他從來沒有想過這個可能。

眾人之間一陣沉默。

最後，土岐開口了：「萬一真是如此，也必須經過徹底的查證。若一開始就照著總部的方針去走，根本就算不上什麼調查。」

名波係長再度陷入無言的思考之中：「那你們想怎麼做？」

植松回應：「我們想知道真相，但現在蘇我在行蹤不明的狀態下，又被當作是兩件命案的嫌犯。」

「你們想阻止這樣的情況嗎？」

「雖然還不知道會有什麼樣的結果，但是我們不願意在不知情的狀況下遭人利用。」

「若對手是警察廳的警備企畫課，可不能輕率行事。」

「這個道理我們也明白。」植松說。「我們了解必須完全提高警戒，要不然所有人都會成為第二個蘇我。」

「真是的，」名波係長說：「讓我捲進這樣不得了的狀況裡。」

植松淡然地說：「早就被捲進來了，從我們前往晴海運河調查那具浮屍的那一刻開始。」

名波係長看向宇田川：「你想採取什麼行動？」

宇田川心有覺悟地答道：「我打算去尋找蘇我。」

「也許有人正在監視你喔。」

「蘇我現在是嫌犯，調查員追查嫌犯的行蹤，應該是合情合理。」

「嗯，可以說得過去。」

「這麼說來，」植松說：「瀧田課長可能下錯了一步棋，不，應該說是瀧田課長的上頭……」

「我知道了。」名波係長語帶諷刺地說：「要我去尋找有可能會不小心洩露情報的長官就是了吧。」

「宇田川那小子說，就像爬梯子一樣，一階一階往上爬。」

「所以我就是那梯子的第一階？」

「我們能夠依靠的只有班長了。」

「是在拍馬屁嗎？」名波係長輕嘆了一口氣。「反正瀧田課長的作法確實也讓我有些不滿，不過我可不知道能做到什麼程度，別太期待。」

植松低頭敬禮：「非常感謝。」

見此，宇田川也將頭低下。

名波係長對宇田川說：「你打算從哪裡著手？」

宇田川一時答不上來，稍微想了一下後才回答：「我想還是應該從桂谷組事務所的周圍找起。」

名波係長點點頭：「那就馬上去進行吧。」

「是！」

「我也一起去。」土岐說，「我們可是搭檔呀。」

抵達赤坂後，土岐問宇田川：「接下來要去哪裡？」

宇田川想起曾與蘇我去吃過的那家西班牙餐廳。

「要不要先去用餐呢？」

土岐一瞬間露出了驚訝表情，隨即又笑了開來：「現在是在學我嗎？」

「是的。」

到了店裡，已記住宇田川的店經理笑臉迎上前來：「歡迎光臨。不好意思，現在已到了最後的點餐時間，可以嗎？」

宇田川答：「我們不會待太久的，沒關係。」

經理為他們帶位。這天是星期五，店內客人還滿多的。一入座，經理便在宇田川耳邊說：「有一些跟您工作上有關的事要傳達給您。」

宇田川看向土岐並答道：「他也是警察，但說無妨。」

「這樣呀，其實是有人委託我傳話給您。」

「傳話？是誰？」

「蘇我先生。」

「咦!?」宇田川不禁叫出聲。

土岐也一臉驚訝地看著店經理。

「他說什麼？」

「他請您用店裡的電話撥打這個號碼。」

經理遞上一張紙條，上頭寫著看來像是手機號碼的數字。蘇我沒有手機，也或者是蘇我之前一直沒告訴他的手機號碼，也可能是借用他人的手機，或是使用預付卡。

「電話在這裡，請用。」

宇田川跟著店經理前去打電話，獨留土岐在位子上。他以擺在收銀機旁邊的電話撥了紙條上的號碼。話筒傳來等候的鈴聲，最後轉進了語音系統。

宇田川有些警戒，沒有留言即掛上電話。

他走向店經理，問：「請問這個消息是什麼時候接到的？」

「三天前，就是您來用午餐之後的隔天。」

「蘇我親自來到店裡嗎？」

「不，他是以電話傳達的。」

「還有沒有特別說什麼其他的事情？」

「沒有，就跟平時並無兩樣。」

宇田川道謝後，回到座位。

土岐馬上開口問他：「怎麼樣？」

「打通，但沒人接聽。」

「是嘛。」土岐看來並沒有太失望，似乎在他預料之內。

「據說是三天前打電話到這家店裡委託傳話。」

「這不是太好了，代表蘇我還活得好好的，即使沒人接電話，但那個號碼應該能成為線索。」土岐讀著菜單一邊搖頭：「唉，不行，這種料理我真是不在行，你就隨意點一些菜吧。」

宇田川邊回想著與蘇我來用餐時的事，點了幾道菜，但完全食之無味。

蘇我為什麼要將訊息留在這家店？為什麼沒有人接電話？宇田川的腦中不停地想著這些問題，土岐也同樣一言不發，兩人在沉默之中用著餐。

從第一道菜上桌開始大約過了三十分鐘，宇田川不經意抬頭，那瞬間他驚訝地差點握不住刀叉，土岐也順著宇田川的視線回頭看，有個人就站在那裡。

「呦！」就像是那天在警視廳的大廳相遇時一樣，蘇我一副稀鬆平常的態度，舉起單手向宇田川打招呼。

14

宇田川不知道這究竟是怎麼一回事，眼前光景令他頓時失了方寸。人在意料之外的事發生當下，與其說是驚嚇，腦中更是一片空白。

土岐一臉疑惑地問：「你怎麼了？」

後方傳來聲音回答了他的問題：「我是蘇我。」

這次輪到土歧露出驚愕表情：「你是說蘇我？」

土歧再次回頭。在那當下，蘇我已經走到了兩人的桌邊。這間餐廳鋪設著復古風的拼木地板，照理來說，走路時地板都會發出聲響，但蘇我幾乎沒有一點腳步聲。

宇田川心中充滿著想說的話以及該說的話，但卻一句也說不出來。

蘇我開口：「聽說你很想見我呀？」

那語氣聽起來就跟從前他們一同把酒言歡時沒什麼兩樣，漫不經心的感覺也沒變，只是宇田川覺得眼前這個蘇我，跟那個與自己認識已久的同期是完全不同的人。在這種狀況下，若能絲毫不變才奇怪。

「你知道嗎？」宇田川終於想起該說什麼話。「你現在可是兩件命案的嫌犯！」

「喔。」蘇我的表情不為所動，像是與自己毫無相干似，沒有一點興趣。

「喔什麼喔？我們可是負責追緝你的特搜總部成員！」

「你為什麼想見我？」

蘇我的反應讓人懷疑他到底有沒有聽見宇田川說的話。

「問我為什麼？」宇田川頓時詞窮。「你突然被懲戒免職，之後又失去行蹤，我當然會擔心呀。」

「我還以為是想跟我討債咧。」

「我是跟你說真的！」

蘇我指著旁邊的座位問土岐：「我可以坐這裡嗎？」

「可以。」

土岐稍稍移動椅子，起身離開了他的位子，於是就變成蘇我坐在宇田川對面。

「你說我是殺人嫌犯？」蘇我開口說。「這是哪門子的玩笑？」

「不是玩笑。之前去搜索桂谷組時，不是有個黑道成員對我開槍嗎？我們後來發現了他的屍體，而此案的嫌犯就是你。不僅如此，在晴海發現的死者是石波田組的幹部，你也被認為是兇手。」

蘇我依然是一副事不關己的表情。

「那傢伙又把事情搞得一團亂啊。」

「是啊，一團亂。」

宇田川發現跟蘇我對話時，很容易整個節奏都被他打亂。蘇我雖不多話，卻總能掌控談話的方向跟步調。宇田川的腦袋終於開始運轉，各式各樣的疑問排山倒海湧現。

「你認識石田伸男吧？」

蘇我口氣悠哉地回答：「那是誰呀？」

「下谷署轄區內被殺害的桂谷組成員，也就是朝我開槍的那個人。」

「為什麼我非得要認識他不可呢？」

「石田逃跑後，靠一個叫村井的將他藏匿起來。這個村井跟石田同為桂谷組成員。特搜總部逮捕村井後進行了偵訊，村井供稱你跟石田是舊識，而石田曾說過他可能會死在你手上。」

「這樣啊。」蘇我這麼說，看來果然沒認真聽。

宇田川又再一次提出問題：「你認識石田伸男吧？」

「嗯，要說認識也算認識啦。」蘇我乾脆地說。

「所以你會在搜索現場附近出現並非偶然？」

「針對這點我可沒辦法回答。」

「就算不回答我也知道，你該不是為了讓石田逃走而等在那裡吧？」

「你的想像力還真是驚人。」

「我一直認為是你救了我一命，不過當時若不是你把我撞倒，說不定我早就逮捕到石田了。」

「喂！」蘇我苦笑：「那時石田可是確實將槍口對準你，要是我沒出手，你可能就當場殉職了。」

「我很感謝你出手相救，但是從另一個角度來看，也能說是你幫助石田逃離了現場。」

「我當下也是拚了命救你，那種情況下很有可能下一個被槍擊的就是我，現在竟然聽到你說這種話，實在對我太不公平。」

「我不是在責怪你，只是要弄清楚到底發生了什麼事，想知道真相。我也不願意在不知情的狀況下被他人利用。」

「你想太多了。」

「不，我沒有，甚至覺得自己想得還不夠。我猜，你應該是肩負了某個任務才去接觸桂谷組的吧。」

「沒那回事，我是公安部的人，又不是組對部，沒有什麼要去接觸黑道的任務。」

「但是，你剛剛說你認識石田。」

「我只說認識他，並沒有說是因為工作的關係。」

「你突然被懲戒免職，我猜也跟這個案子有關。」

「看來是因為我是嫌犯，這樣的話當然有關啦。」

「別開玩笑！我們身處的特搜總部雖然是由組對四課在主導，但實際上或許也跟公安脫不了干係。」

「不就是組對部而已嗎？」

「菲澤組對部長據說是出身自ZERO。」

「曾經待過ZERO又不是什麼稀奇事。」

「我在追查你的去向之後沒多久，警察廳警備企畫課就介入了，應該就是ZERO吧。」

「這是誰說的？」

「我不說名字，只能透露他是某個轄區警署的課長。」

蘇我沉默了一陣。宇田川心想，要從他這裡想問出什麼就趁現在。

「你為什麼留言給我？」

「因為聽說你到處在找我。」

「從哪裡聽到的？」

「我之前是公安呀，總有一些管道。」

感覺蘇我在隱瞞著什麼。

「跟我見面後呢？有什麼打算？」

「想跟你說一句話。」

「說什麼？」

蘇我維持他一貫慢悠語氣說：「別再管我的事。」

宇田川頓時語塞，直直看著蘇我。

蘇我接著說：「我被懲戒免職了，跟這樣的人扯上關係，對你的未來發展也不好，今後你就不要再找我了。」

不知為何，宇田川心中湧上一股怒意，也許是感覺到蘇我跟瀧田課長及韮澤部長站在同一邊。

「你為什麼會被懲戒免職？」

「這種事我沒必要說吧。」

口氣雖平淡，但明顯表示出完全不打算要回答任何問題。

宇田川為了壓抑怒氣，深呼吸了幾口氣。

「原本以為，在同期當中我算是跟你比較要好的朋友。」

「我也這麼想，不過，我現在已經不是警察了。」

「聽聞你被懲戒免職之後，我四處尋覓你的去向，這才發現對你根本一無所知，非但不知道你的出身地，就連現在的住處以及聯絡方式都沒有。」

「雖說是同期，畢竟也只是外人。」

「好不容易再次見面，你願意告訴我嗎？」

「說什麼？」

「你的生平呀、今後聯絡你的方法之類的。」

「也不是什麼值得從頭說一次的事情。」

「我就想知道。」

蘇我聳聳肩，接著開始述說：「我生長在東北的小鎮，父親也是警察。在我上小學之前，雙親便在一場交通事故中喪生。我雖輾轉在幾位親戚家中寄住，最後還是被送進天主教設立的孤兒院，在那裡長大。高中就讀與孤兒院同體系的教會學校，當時都住在宿舍裡，大學也是天主教學校，一路靠獎學金讀完大學。之所以會當警察，對我來說是非常自然，因為我父親原本是警察，而且當警察有宿舍可以住，就不用擔心生活了。」

語調聽來像是在閒聊，但宇田川聽了卻大感震驚，在這之前，他完全沒感覺到原來蘇我有如此不幸的成長過程。

只是現在回頭來看，蘇我的確是不輕易相信他人，連成長經歷都不曾對宇田川提起，或許也是希望跟他保持距離。

獨來獨往、孑然一身，自幼便失去雙親，那會是什麼感受？宇田川難以想像。蘇我找到與那份悲傷共存的平衡點，也或許是為了接受自己是孤獨一人的事實，而必須阻絕自己與他人的進一步關聯。

「不過，也由於我沒有家人牽絆，早早就被拉進公安部。」蘇我說。「公安的工作對我來說很有趣，或許工作性質很適合我吧。」

宇田川這才發現，以公安的角度來看，像蘇我這樣的人才確實是非常理想，畢竟公安的情報員必須吞下許許多多難言之隱。祕密是最容易向親近的人外流，家人就是最親近的人，另一方面，從敵對組織的立場來看，家人也是最容易掌握的弱點。

蘇我說他會當上警察很自然，該不會是警方在蘇我大學還沒畢業時就想吸收他進警界？宇田川心想。若是ZERO或公安部，做出這種事也不足為奇，畢竟像蘇我這樣的絕佳人選可沒這麼容易找。

「總之，就是這樣。我應該會暫時消失一陣子。」

「你還沒告訴我怎麼聯絡你。」

蘇我稍微想了一下後才回答：「如果有什麼想聯絡的事情，就像今天一樣，在這家店留言，這樣行了吧？」

「可以打剛剛的那個手機號碼嗎？」

「就算打來我也不會接喔。」蘇我從位子上站起。「我走了。」

「等等！」宇田川說。蘇我維持著站姿看著他。

「你是兩件命案的嫌犯，而我是負責此案的特搜總部成員，你知道這代表什麼嗎？」

「什麼？」

「就是我必須要將你逮捕歸案。」

蘇我完全沒有顯露出絲毫慌張神情，「我可不會乖乖被抓，會使出全力抵抗喔。」

「我們有兩個人。」

「那也得試試才知道。」

宇田川牢牢盯著蘇我看，覺得蘇我似乎是認定自己不可能會抓他。

倘若蘇我是這麼想，宇田川雖然不甘心，但也得承認確實是如此。

身為一名調查員，讓嫌犯從手中溜走是絕對不能犯的錯誤，只是宇田川並不想把蘇我帶回特搜總部。

正當宇田川想著其中原因的時候，土岐開口了：「你該不會還繼續在進行公安的工作吧？」

蘇我臉上浮現的表情就像是現在才想起土岐坐在旁邊。

「你也是特搜總部的調查員嗎？」

「我是這小子的搭檔，下谷署的土岐。」

「我早就被趕出警界囉，怎麼可能還繼續公安的工作呢？」

「據宇田川的說法，你的懲戒免職處分是十分奇怪的特例。」

「我不知道宇田川對你說了什麼，但我被懲戒免職是千真萬確的事。」

「剛剛在一旁聽你們的對話，總覺得一直在隔靴搔癢，你們兩人好像都沒有說出心裡想說的話。」

蘇我微微地笑：「你說我有話想說？你覺得是什麼？」

「那小子應該也察覺到了，你的身分很特別。」

「怎麼個特別法？」

「你是不是正在執行臥底任務？」

宇田川猛然看向土岐，然後馬上又將視線移往蘇我。

蘇我臉上的微笑不變，完全不為所動，土岐的話卻如一支箭射中了靶心。

蘇我說：「若是每次要執行臥底調查都得要開除人，那優秀的公安調查員豈不是很快就消耗完了嗎？」

「說得也對。」土岐回道。「我也從來沒聽過為了臥底而將調查員懲戒免職這種事，不過即使發生了也不奇怪。欺騙敵人之前，得先從自己人騙起。」

「我要告退了。」蘇我對著土岐說。「我好像在這裡待太久了。」

宇田川仍直盯蘇我，問土岐：「要逮捕他嗎？」

土岐回答：「交給你決定。」

蘇我將視線轉回到宇田川身上，始終不變地一派輕鬆，彷彿是不把對方放在眼裡。那種態度讓人生氣，但宇田川卻仍然壓根不想逮捕他。

如果把蘇我送回到特搜總部，瀧田課長一定會用盡各種辦法將他入罪。倘若就如同土岐所說，蘇我是在進行臥底任務，那麼高層應該也不樂見他入獄才對。蘇我究竟是不是真的在臥底呢？還有，瀧田課長對整件事情到底知道多少？

蘇我人就在眼前，但即使問了，他也不會回答吧。若真是在執行臥底工作，就算想回答也有口難言。也許這種透過在店裡留言的方式，已經是蘇我所能展現的最大誠意了。

宇田川的怒氣迅速冷卻下來，他問蘇我：「你知道我的手機號碼嗎？」

「應該知道。」

宇田川拿出名片，在上頭寫了手機號碼。

「雖然我不認為你會打給我，但還是拿著吧。」

他遞出名片，蘇我看了一陣子，最後收進襯衫口袋裡。

「也就是說，你要放我走囉？」

「我沒見過你，今後也不會再跟你有牽扯，這樣可以了吧？」

宇田川隱約瞥見蘇我眼中瞬間閃爍著疑似悲傷的神情。

「這樣就行了。」

宇田川點點頭，蘇我便離去了。

沉默地看著這一切的土岐說話了：「今晚就當作什麼事也沒發生，對吧？」

宇田川詫異地看向土岐，這才驚覺自己絲毫沒有考量到土岐的心情。

「非常抱歉，我其實沒有資格決定該如何處置蘇我。」

「我說了由你判斷啊，這麼做也無妨，我也無法認同在現在這個時間點將蘇我逮捕歸案。」

「我腦中一片混亂。」

「我也有同感。不過總之蘇我還活著，光是知道這件事就夠了，不是嗎？況且，這家店也是一個收穫。」

「收穫？」

「蘇我剛剛不是說了嗎，若想與他取得聯繫，就在這家店留言。換句話說，這家店是與蘇我之間的聯繫窗口，若有必要，就從這家店調查起。」

聽土岐這麼說，宇田川的心情稍稍輕鬆了些。

土岐接著說：「我們回總部吧，明天還要早起呢。」

宇田川雖然想請客，但拗不過土岐，最後只好各付各的。土岐在這些小地方上的堅持也真的很有警察之風。

在電車上，為防不慎洩露消息，兩人絕口不提今晚發生的事。宇田川與土岐各自沉浸在思考之中，就這樣抵達了月島。

步出車站，兩人朝月島署的方向走去。宇田川在確認過周圍沒有任何人之後，對土岐說：「蘇我是真的在臥底嗎？」

土岐好一段時間沒有回答，正當宇田川想再問一次時，他才開口：「這樣一想，各種疑點就能說得通了。只是，蘇我說得也沒錯。」

「怎麼說？」

「為了進行臥底調查，得將調查員開除，那優秀的公安調查員不就會愈來愈少了嗎？被懲戒免職不可能再復職，就算是認為在職員警身分不適合擔任臥底，通常也會轉調到其他地方以掩人耳目。」

「是這樣沒錯。」

被懲戒免職要付出的代價非常大，就連退職金跟退休俸等等未來的保障都化為泡影。

「可是，」宇田川說：「倘若是一件非同小可、超乎常理的重大案件，會這麼處理就不奇怪了吧？」

「對，如果是不能等閒視之的案件，而且調查對象的戒心又特別強的情況。」

「比方說，八十島秋水那樣的人。」

「身為一名刑警，我不喜歡這種臆測的言論。」

「我明白。」

「不過，我想你說的應該沒錯。」

這代表著土歧某種程度是肯定的。

「今天遇到蘇我的事是不是該告訴植松前輩比較好？」

接著又是一陣沉默。土歧思考著，宇田川默默等待他的回答。

終於，土歧回答了：「看情況吧，祕密是愈少人知道愈好。」

「我知道了。」

有種把植松排除在外的感覺，宇田川有些愧疚，只是就如同土歧所說的，很難預測祕密會從什麼地方洩漏出去。

宇田川一回到特搜總部，馬上就鑽進了柔道場的床鋪裡，卻難以成眠。

蘇我還活著。

宇田川曾經以為，蘇我該不會已經消失在這世界上了吧？他一直把這當作是最壞的狀況，但現在他認為那絕對不會是最壞的狀況。

蘇我成為臥底執行任務中，卻被安上殺人罪名。倘若真是如此，那可能是比被除掉還要更棘手的情形。所謂的懲戒免職，不僅使他喪失了警察的身分，更是名譽掃地，在這情況下還被安上罪名，連個人的名譽都賠上了。

換作是自己，能夠承受這樣的狀況嗎？宇田川沒有自信。

蘇我教他不要再插手，不過他已經完全涉入這當中了，況且蘇我成了嫌犯，宇田川作為特搜總部的一員，今後更是不得不去碰這個案子。

我們究竟在調查些什麼呢？宇田川想。

這個特搜總部不是為凶殺案而成立嗎？如果調查目的很明確，那麼不管身體再怎麼疲勞困頓，也都能不以為苦。然而眼下的狀況令人心焦煩躁。比起調查凶殺案，宇田川更想知道這個特搜總部的真正目的到底是什麼。

自從當上警察以來，第一次這樣想。宇田川感覺到這是一場戰鬥。

為了什麼而戰鬥呢？宇田川自問。

或許這是一場為奪回警察榮耀而奮起的戰鬥吧，他想。

15

熬過又一個難眠之夜後，迎來黎明。就連對睡眠不足習以為常的宇田川也感到有些支撐不住。待在特搜總部裡，使人特別容易神經疲勞，宇田川想早點跟土岐一同出去打聽消息。

才走到土岐身邊，他便以稀鬆平常的口吻說：「名波係長要你回本廳一趟喔。」

「係長這麼說？」

這麼說來，此時的確不見係長身影。

土岐點點頭：「植松好像也被叫去了。係長吩咐，要不著痕跡地跟植松分頭回本廳。」

「是什麼事呢？」

「去了就知道了呀。」

「那植松前輩呢？」

「不知道，接到係長指示後就個別行動去了。」

總之還是先動身前往。宇田川與土岐兩人裝作要到現場採證，走出了特搜總部。一路轉乘地鐵，前往本廳。正值早上的通勤尖峰時間，也不適合在車廂裡談論公事。到了警視廳後，搭上低樓層專用電梯抵達刑事部搜查一課。

宇田川對土歧說：「雖說要我們避人耳目，但進到本廳這種事，遲早也會傳入瀧田課長或原田管理官的耳朵裡呀。」

「應該是認為本廳是很好的掩護吧。」

「掩護？」

「若是特別約個啟人疑竇的地方偷偷見面，更會讓瀧田課長起疑心，而刑警去本廳毫無可疑之處呀。」

「原來如此。」

宇田川認真地想真的是這樣嗎？

名波係長在自己的座位上等著兩人到來，看來心情並不是很好。

「植松正在趕來的路上，等他到了再說。」

呆站在係長位子旁邊也沒意義，宇田川坐回自己的位子，而土歧則是坐植松的座位。

其他的科員都到特搜總部去了，係長完全沒有要開口的意思，宇田川與土岐只有靜靜等待植松的到來。大約比他們晚了十五分鐘植松才到。

名波係長站起身，說：「跟我來。」

植松與宇田川對看了一眼，很明顯的，絕對不會有什麼好消息。

名波係長直直地往課長室走去。宇田川十分緊張，進到長官辦公室總是讓心中緊張感倍增，而且今天的名波係長比平時更加嚴肅、不苟言笑。

一進門，搜查一課的田端課長眼睛掃過名波係長等四人，他的臉色看起來比係長還要差。

宇田川、植松、土岐三人立正站得直挺挺的。

田端課長開口了：「名波班長把事情都告訴我了，你們這些傢伙到底在搞什麼鬼！」

突然落下平地一聲雷。

宇田川從未被課長這麼生氣地怒罵過，頓時感到十分倉皇無措。

田端課長怒氣未消地繼續說：「你們是被徵召到調查凶殺案的特搜總部，不是要你們去追究那些不必要的細節！」

宇田川偷偷將眼神看向名波係長。名波係長完全不跟宇田川等人對上眼，直盯著牆壁看。

「就算對組對四課的作法再怎麼不滿意，但你們這樣肆意妄為，整個警察組織還成什麼體統？不是應該把犯罪調查放在第一優先嗎？腦子裡只想著鎖定凶殺案的嫌犯、將犯人逮捕歸案，才是身為一名刑警的本分！」

被這麼當頭怒斥了一頓，宇田川原本心中那股想要查明真相的衝勁瞬間消退。才剛下定決心不再當個唯命是從的優等生，此刻卻輕易放棄了。

「你們正在做的事，是對警察工作的逆行倒施。回到特搜總部之後，別再想這些多餘的事，專注心力在凶殺案的調查上！」

宇田川深深感到自己的想法太天真了，還以為只要像攀爬梯子一樣，一階一階往上追溯，真相就能夠水落石出，然而所謂的組織並不是那麼簡單。如同課長所説，如果每個調查員擅自行動，特搜總部就無法運作了，所有人齊心協力朝同一個目標行動，特搜總部才有存在的意義。

所謂的主管，一如字義，就是要主責管理屬下，必要時得強硬下達命令，此刻或許正是主管該這麼做的時候。

與蘇我的重逢，讓宇田川對這個案子抱有更深一層的疑問，但是被課長這麼訓斥了一頓，心中似乎覺得那其實也沒那麼重要了。

植松與土歧都靜默地聽課長說話。他們也只能這樣，不容許以下犯上，是警察組織的鐵則。比起宇田川，兩人的資歷更深，更是深切明白這個道理。上意下達是最重要的原則，這部分跟軍隊很相似，比起一己的意見，更重視組織的規範。也就是說，識時務者為俊傑，得要唯命是從才行。

「組對跟公安在想些什麼，都跟你們沒有關係！若是不滿意組對的作法，就正正當當地用刑警的方法將嫌犯給逮捕到案。」

宇田川心頭襲上一陣不可思議的感受，原本消退的那股想要查明真相的渴求，伴隨著怒氣又再度湧現。

他想起了蘇我。

蘇我展現出來的態度，像是不把宇田川或土歧放在眼裡似的，不知是被懲戒免職而變得毫不在乎，抑或是手中握有宇田川等人不得而知的祕密而心生優越感。宇田川覺得是後者，因此有些惱火。

田端課長讓他感到很失望，而這同時也是對於警察組織的失望，這點也讓宇田川憤怒。只能乖乖聽著田端課長訓話的植松與土岐，一樣使他燃起怒火。宇田川邊感受著心中逐漸高漲的怒氣，直盯著田端課長。

「這兩件凶殺案背後與什麼案件有關聯，根本不關你們的事，做好你們身為刑警的本分就夠了！」

宇田川感到自己就快要無法抑制滿腔怒火，同時也對各種事物感到失望，腦中甚至浮現將前途拋在腦後的想法。

「恕我直言……」終於，宇田川開口了。眼角瞥見植松與土岐驚訝地看向他，原本死盯著牆壁的名波係長也緩緩地將視線轉過來。

「我無法認同。」

田端課長睥睨著宇田川，而宇田川也果敢地回看，心想著即使被罵個狗血淋頭也不在意，乾脆就讓他跟蘇我一樣被懲戒免職吧，宇田川甚至有這種想法。

「你說你不能認同是什麼意思？」

田端課長這麼說。據說他以前還是調查員時，眼中的狠勁不輸給黑道流氓，現在看來果然氣勢驚人，但宇田川此刻一點也不感到畏懼。

「是的，蘇我突然遭到懲戒免職卻完全沒有說明其理由，現在又成了兩宗凶殺案的嫌犯，這兩件事都讓人無法認同。」

課長室內的緊張氣氛瞬間昇高，可明顯看出植松與土歧情緒也有些波動，名波係長則看來更加不悅，不過宇田川抱著豁出去的心情，絲毫不以為意。

田端課長以更嚴峻的眼光射向宇田川，然後開口道：「我也是。」

宇田川頓時間不明白他這句話的意思。

「就連我也沒有辦法認同。」

意外地，田端課長的眼神變得不那麼銳利。宇田川此時有種一鼓作氣向前衝刺，卻被絆了一腳不由得往前傾倒的感受。

「剛剛所說的都是些場面話，以我的立場，總是得要對你們訓誡一番。」

宇田川看見植松與土歧霎時鬆了口氣，名波係長維持一貫表情，繼續盯著牆壁看，但跟剛才比起來，心情好像沒那麼糟了。

宇田川只得靜靜站在原地。

田端課長繼續說：「我從名波係長那裡聽來，特搜總部起初是朝黑道鬥爭的方向進行調查，卻突然間改變說法，指稱蘇我就是嫌犯。」

田端依序看著宇田川、植松、土岐。

該有人來回答田端課長的問題，但那並非是自己該做的事，宇田川心想。

宇田川沉默不語，植松便開口回答：「是，搜查會議在事前就已有定論。」

「宇田川你認為蘇我被懲戒免職這件事與這個案子之間有關？」

宇田川對於課長喊出他的姓名感到意外。搜查一課有兩百人以上的科員，沒想到課長竟然會記得最基層的自己。

宇田川答道：「是的。不管是被懲戒免職或是被當作嫌犯，都讓人感到相當不尋常。」

「聽說ZERO也出動了？」

宇田川瞄了名波係長一眼，名波微微點了個頭示意。

「但這並未經過查證，以我的身分，無法進一步求證那是否真為ZERO。」

「你早就在做超過你身分該做的事了。」

田端課長的語氣聽來並非是在指責宇田川，而是帶有些調侃的輕鬆語調，讓宇田川對自己方才的滿腔怒火感到有些羞愧。

課長接著說：「韮澤部長的確曾隸屬於ZERO。如果沒記錯的話，組對四課的瀧田也曾參加過ZERO的研修，他們都對那段經歷引以為傲。ZERO的人出面，並不是什麼值得大驚小怪的事。公安或組對的那些傢伙有什麼盤算，都跟我們刑事部無關。他們如果私下在進行些什麼計畫，那就讓他們去做。不過有幾點不可否認的事實便是，名波班被召去協助搜索現場，接著又被編入特搜總部執行調查，而這個特搜總部也許是受高層的旨意所操縱，換句話說，我們根本被耍得團團轉。」

此時的田端課長展現出迫人的氣勢，宇田川早已忘了幾分鐘前的失望，由衷感到安心，同時也覺得自己真是個見風轉舵的人。

「我們的人被貶低至此，我當然不能坐視不管。對於蘇我被懲戒免職一事，我也感到有些奇怪，想聽聽你們手上已經掌握到哪些線索了。」

宇田川猶豫著該不該說出昨晚與蘇我見面的事。明明遇見了嫌犯，卻沒有將他逮捕歸案，身為一名調查員，沒有比這更失職的狀況了。但顯然將所有情報都告訴課長，才是上策。如果現在不說，之後若以其他形式曝光，也許會演變成無法挽回的事態。雖然土歧曾說過知道這個祕密的人愈少愈好，不過與足以信任的夥伴之間應該共享手上握有情報才對。

宇田川看向土歧，土歧察覺到他的視線，回看了一眼，似乎看出他此刻的想法，閉上眼睛點了點頭，像是在說「沒辦法了」。

宇田川朝向田端課長說：「我昨晚與蘇我見過面，土歧前輩也在場。」

「你說什麼!?」

說出這句話的既非課長也非係長，而是植松。

「你這傢伙，我怎麼沒聽說這件事！」

「是我叫他別說的。」土岐出聲相助。「畢竟蘇我是凶殺案的嫌犯，若有個差錯，我們很有可能會被處分，沒告訴你是不想把你捲進來。」

植松不悅地說：「問題不在這裡吧！」

田端課長臉色凝重。

「喂，阿松，你現在知道了啊，這不就好了。」

課長看著宇田川並且問道：「昨晚是什麼樣的狀況？」

宇田川說明了與蘇我見面的來龍去脈。田端課長聽完後，雙手盤在胸前。

「這麼說，是蘇我主動跟你接觸的囉？」

宇田川點頭，「若非如此，應該見不到他。」

「那蘇我說了些什麼？」

「他說，從今以後別再管他的事。」

田端課長低吟著一長聲「嗯」，名波係長靜靜地觀察著他的表情。

宇田川繼續說：「土岐前輩猜測，蘇我該不會正在進行某項臥底任務。」

「你說臥底？」田端課長搖搖頭，「我從未聽過為了臥底而將調查員懲戒免職這種事。以調查員的立場來說，損失未免也太大，不可能會有人願意接下這種任務。」

「我可以發言嗎？」土歧請求發言。

田端課長鬆開交叉在胸前的雙臂，以手示意。

「不必一一請求指示，大家自動發言吧。什麼事？」

「我當初的想法也是如此。我們首先得是一名警察，才能夠承擔各種任務。要一個被免職的人去執行臥底調查，怎麼想都不可能。但那小子，啊！不好意思，我說的是宇田川，他的看法是，如果是規模非同小可的大案子，也不是不可能會有這樣的事。」

「非同小可的大案子？」田端課長一臉沉思的表情這麼說。「組對部、公安部以及警察廳的ZERO都出動了，肯定是件不容小覷的案子，更何況，還與八十島秋水有關，那他跟這個案子的關係是？」

宇田川回答：「目前並不清楚，情報是來自組對四課一個名叫柚木的調查員，據說八十島秋水介入原本被認為是敵對關係的桂谷組與石波田組之間，協商雙方和解。」

「八十島秋水促成和解呀，」田端課長開口說：「若是如此，那麼此案就不可能是黑道鬥爭了。」

「而且，這兩起凶殺案的手法，幾乎可說是相同的。」

宇田川說完後，植松隨即補充說明：「名波係長也曾提出兩案很有可能是出自同一人之手，組對部反而利用這個論點，指稱蘇我是這兩起凶殺案的嫌犯。根本是利用我們說的話，來加深蘇我的嫌疑。」

「八十島秋水的角色看來不只是居中協調和解那麼簡單。」田端課長說。

「應該與這個案子有更密切的關聯才對。」

植松接著說：「會是八十島秋水殺害這兩名組員嗎？」

「八十島秋水不可能會弄髒自己的手，再怎麼說他都是以右翼及黑道義理作為後盾。」

「不，我的意思是，可能是有人領著八十島的指示去殺害那兩人。」

「目的是什麼呢？」

「不清楚。」植松的音調轉趨低落。「現在真是走進一團迷霧中。」

田端課長看向宇田川與土歧。

「身為特搜總部的調查員，與嫌犯碰面卻沒有將他逮捕歸案，這一點雖然是個大問題，但我也能夠想像如果現在把蘇我帶到特搜總部會發生什麼事，所以你們曾與蘇我見面的事，我就當作沒聽過。」

名波係長微微地嘆了口氣，大概是感覺責任又回到自己身上了吧。

田端課長繼續說：「你剛剛說八十島秋水的情報是從組對四課的哪個調查員聽來的？」

宇田川回答：「他姓柚木。」

「很好，你試著去跟柚木查探是否有進一步的消息。」

「是。」

「你們目前加入的特搜總部畢竟是由組對四課在主導，我不會插手干預，我所能做的事情有兩件，第一是對你們在進行的事睜一隻眼閉一隻眼；第二，觀察組對部長及警察廳的動向，看有沒有什麼情報，除此之外我不會插手，就這樣。」

除了名波係長以外的三人都點點頭，與課長的談話就此結束。

走出課長室後，名波係長開口了：「我不想積極介入這當中。」

宇田川認為他很坦率，在課長面前一句話都沒有說，應該就是明白表示他的態度吧。

名波係長接著說：「不過，都是因為你們這些傢伙，讓我不得不介入，從今以後所有的情報都要一一跟我報告，知道沒？」

「是！」

植松代替其他兩人回答。

與植松分別後，宇田川與土岐來到犯罪現場附近蒐集證言，果然沒有任何一個人見過蘇我。

一如往常，兩人在晚上八點回到特搜總部。搜查會議開始前的短暫時間，宇田川前去找柚木想跟他聊聊。

柚木見到他開口第一句話卻說：「我什麼都不知道。」

宇田川一驚。

「說什麼都不知道，取得八十島秋水相關情報的不就是你嗎？那可是非常有力的消息呀。」

「那件事並未獲得證實，我並沒有能夠驗證的方法。」

「怎麼會這樣？」

「做好自己的工作吧，你不是查訪班的嗎？只要做好蒐集證言的工作就行了。」

柚木的態度有了一百八十度大轉變，可能是受到上頭的壓力，也或許是聽見八十島秋水的名號而感到恐懼。

「總之，今後我不會再涉入其中。」

瞬間失去了消息來源，失去了柚木的協助，不過從他那裡得知八十島這條線索就已經很值得了，宇田川心想。

搜查會議結束後，宇田川正想著是否要繼續前往現場調查，或是今天就這麼收工，原田管理官此時走到他身旁。

「土岐在哪裡？」

「應該是去上洗手間了。」

「瀧田課長找你們，待會跟土岐一起過來。」

原田管理官說完後就轉身離開。

究竟有什麼事呢？

宇田川找到土岐後，告訴他：「瀧田課長找我們過去。」

土岐瞇起眼睛：「那就去看看吧。」

前去瀧田課長所在之處後，他只瞥了他們一眼，並未與他們對視，開口說：「跟我來。」

兩人依言隨行，瀧田將宇田川與土岐帶到偵訊室。即便不是嫌犯，宇田川的心情卻也難免不安了起來。

「坐。」

宇田川與土岐並排坐下，瀧田課長隔著桌子坐在兩人對面，接下來要說的顯然不會是什麼好事。

宇田川與土歧悄悄對看了一眼，此時瀧田課長緩緩開口：「聽說你們與蘇我見過面了。」

宇田川當下就像是背後被潑了一盆冰水。

「明明見到嫌犯了，卻未當場逮捕歸案，是難以原諒的失職。」

瀧田課長的態度看似沉穩，卻比平時更加冷漠。他的語氣雖不激動，但明顯可感覺到怒氣。

宇田川拚命想找藉口，偏偏此刻什麼也想不出來。瀧田課長說得沒錯，站在特搜總部的立場來說，宇田川與土歧的行為的確是犯了大忌。

沒有想到會這麼容易就被發現，他們太小看公安及組對的情報網了。到了這個地步，就連ZERO都出動了，行事應該要更加謹慎小心才對。

當下還有其他更好的方法嗎？他們走進西班牙餐廳之後就接到了蘇我的留言，怎麼可能置之不理。

宇田川與土歧不發一語，瀧田課長繼續往下說：「所有調查員都拚了命追緝嫌犯，你們輕易讓他從眼前逃走，這對特搜總部同仁甚至對全體警察來說都是一種背叛。」

背叛警察，宇田川對這句話感到不平。他和土歧及植松如此辛苦奔走究竟是為了什麼？不就是為了挽回警察的榮譽嗎？特搜總部的調查方針讓人無法苟同，而蘇我突然遭到懲戒免職，警方所採取的行動也滿是疑點，宇田川只是想知道真相，植松與土歧一定也是這麼想。瀧田課長掩藏真相，塑造出一個調查體制的空殼，這樣的舉動，不才是對警察的背叛嗎？

瀧田課長的話還沒說完：「除非有什麼特殊理由，否則我必須對你們的行為加以處分。為什麼與嫌犯碰面卻沒有將他逮捕，請說明理由。」

宇田川思考著什麼該說或不該說，此時土歧開口了：「唉，要說什麼理由？我們也是嚇了一跳，完全出乎意料，因為是對方主動來接近我們的。」

瀧田課長冷冷地回問：「你說是對方主動接近？」

「是。我們在那家店用餐時，蘇我突然出現了。」

「用餐？特地到離辦案現場這麼遠的赤坂？」

「那時已經開完搜查會議了，要在哪裡吃飯是個人的自由吧。」

「是這樣沒錯。」瀧田課長語氣依舊冷漠。「不過，你們會到赤坂那家西班牙餐廳，絕非偶然。」

宇田川心中有了這樣的想法，必須要有一定程度的覺悟才行。他們完全不知道瀧田課長手上握有多少情報，但是現在應該要先假設他知道的不少。

「蘇我常去那間餐廳，在他被懲戒免職之前，我最後一次與他見面，就是在那家店。」

瀧田課長一臉深思的表情盯著宇田川看了一會兒。宇田川雖一度將眼睛錯開，但還是努力與他對視。

「我能理解一名調查員會想前往與嫌犯有深刻淵源的地方，而且你的想法也一舉中的，確實在那裡遇見了嫌犯，問題是你卻沒有當場逮捕他。」

宇田川將視線移開，轉而看向土歧，而土歧也回視。

瀧田課長追問：「請敍述與嫌犯見面的經過。」

宇田川心想，這是自己的職責。

「我們去那家餐廳用餐，沒想到店員轉達有人留話給我。我以店內電話回撥到留言裡的號碼，卻轉進了語音信箱，便把電話掛了，結果沒多久蘇我就出現在我們面前。」

「你們隸屬於查訪班，照理來說該在命案現場附近搜集證言才對。」

「是這樣沒錯。」土岐回答：「但就像我方才跟您報告的，當時是在晚上的搜查會議結束後，要到哪裡吃晚餐，是每個人的自由。」

「你們是為特搜總部效力的調查員，在鎖定嫌犯並逮捕之前，理應認知到那些所謂的自由都是有限度的。」

「當然，這點我們明白，但那時心想，偶一為之應該也無妨。」

「你們既然得知那家餐廳是嫌犯常去的店，難道不是設想著或許能取得情報才去的嗎？」

「畢竟我們身為調查員，也不能說完全沒有這樣的打算。」

土岐搔搔頭，還真是裝得有模有樣，宇田川心想。

「但這並不是查訪班的工作，你們該做的是把這個情報轉給鑑取班，由他們來負責調查。你們當初若是這麼做，也許早就逮捕嫌犯了。」

宇田川剛察覺到瀧田課長的怒氣時，想著要乖乖聽訓，默默地接受斥責，展現出反省的態度。只是聽著聽著，他怎麼也按捺不住想反駁的衝動。對於被視為嫌犯的蘇我，沒有採取逮捕行動，以一名調查員來說的確有失職之處，但他實在無法認同他們這樣強加罪名的作法。

「我們並不認為自己怠忽職守。」宇田川這麼說。

瀧田的表情不為所動：「你們讓嫌犯在眼前逃走，還能這樣大言不慚說是善盡職責嗎？我甚至可以說你們是刻意放嫌犯一馬。就如同我剛才所說，這是對警察的背叛。」

「我對於蘇我被視為嫌犯的這一點感到質疑。」

「你的說法有誤，不是被視為嫌犯，而是他確實有犯罪嫌疑。」

「但並無根據。」

「先前已經說明過了。」

「您是指村井的供詞吧？可是用來作為犯罪證據未免太過薄弱。」

「那只是你個人的意見，所有調查員都為了驗證村井等的供詞而努力不懈。」

「我認為那只是白忙一場。」

「這同樣純屬你個人的見解。」

「蘇我說他沒有殺人，而我們也認為蘇我並非犯下兩起命案的兇手。」

「那兇手又是誰？推論此案並非黑道鬥爭的不就是你們刑事部？確如你們所說，這是一起連續凶殺案，而嫌犯就是蘇我，我們必須盡速將蘇我逮捕到案。你們面對如此重要的局面竟失職，我必須祭出懲處讓你們有所警惕。」

懲處。

若是在進入這次的特搜總部之前，宇田川肯定會對懲處二字感到害怕，不過現在的他卻不這麼想，有種心境一開的感覺。

「這個特搜總部在偵辦的究竟是什麼案件？」

宇田川可以感覺到身旁的土岐驚訝地猛然轉過頭來看著他。

瀧田課長一臉不可思議：「是兩宗凶殺案。」

「若是凶殺案，那麼就應該由刑事部而非組對部來主導特搜總部的偵辦方向。」

「針對這點，目前高層正在討論當中。但由於兩名被害者都是黑道組織的成員，起初認為很有可能是雙方鬥爭，才歸到組對四課的權責之下。」

「不過，現在已可看出這並非黑道鬥爭。」

「但是也不能完全排除可能性，搜查會議上應該也說明過了。」

「課長您難道不是從一開始就知道這並非黑道的鬥爭？」

瀧田課長緊皺起眉頭：「你這話是什麼意思？」

「石波田組與桂谷組的確曾經是敵對的，但透過某位人士的居中協調，正在進行和解。有那位中間人，就不可能會引發衝突，雙方都是心服口服。」

「居中協調和解，你話中所指的是誰？」

此刻是進攻的時機，宇田川這麼想。到了這個地步，懲處什麼的都不重要了，倘若就這麼閉口不言，真相也許會永遠石沉大海。

宇田川抱著破釜沉舟的決心開口說：「八十島秋水。」

瀧田課長睜大了眼睛。雖然反應僅止於此，但宇田川認為已足夠，確實讓他起了反應，也是第一次見他失去冷靜的模樣，但究竟是驚訝於宇田川知道八十島秋水的事，還是因為第一次聽到這消息則不得而知。

瀧田課長沉默了片刻後，終於開口了：「八十島秋水原本想促成石波田組與桂谷組的和解，這個消息正確嗎？」

「這不是應該由組對部進一步查證嗎？」

原本想說出柚木的名字，最後還是不說了。柚木之所以收手，似乎是在害怕些什麼，雖然不知道他恐懼的原因，但如果因此又加重他的壓力就太可憐了。

瀧田課長看似有些倉皇，或許是第一次聽到這個消息吧，宇田川暗想。

「如果這情報屬實，」瀧田課長強作平靜地說：「就說明這並非黑道鬥爭，而是連續兇殺案，證明了特搜總部的新方針並沒有錯，而嫌犯就是蘇我。」

「蘇我或許跟此案脫不了關係，在搜索桂谷組辦公室時，他人剛好出現在現場，這確實很不尋常，而他也承認先前就認識被害的石田伸男，不過我認為他並不是殺人犯。」

「你與蘇我是同期，才會那麼想，出自於私心的推論並不客觀。」

「蘇我被懲戒免職之後就突然消失了行蹤，我才剛開始追查他的下落，警察廳警備企畫課隨即介入。」

「警備企畫課？所謂的介入，具體來說是什麼事？」

「我去拜訪蘇我的前上司沒多久，他就接到了警備企畫課打來的電話，據他推測，應該就是ZERO。」

瀧田課長的眼神更加閃爍不定，宇田川這才想起田端課長說過，瀧田課長曾參加ZERO的講習，並引以為傲。

瀧田課長看來不停地在思考著，持續了好長一陣沉默。

土岐開口：「就算我們當場逮捕蘇我，他也不會被移送檢察機關吧。」

瀧田課長直直盯著土岐看，而土岐則是絲毫不受影響。

「即使押送至檢察機關，很快就會因證據不足而獲不起訴處分，接著這個案子就此終止，若不是照著這樣的劇本……」

瀧田課長臉色驟變，表情混合了困惑與怒氣：「怎麼可能會有劇本！」

「是嗎？」土岐繼續說：「在我看來，蘇我的行為舉止都像是訴說著某種可能性……」

「什麼可能性？」

「臥底調查。」

「絕對不可能！臥底並非如此，一般來說，公安調查員應先被編入警察廳的警備企畫課後才會進行臥底任務。」

「針對這一點，我們也討論過，確實不大可能讓一個被踢出警界的人來執行臥底任務。不過，倘若要調查的對象是個地位極高的大人物，且性格極為謹慎、城府極深的話，也許情況就不同了。」

「你話中指的是誰？」

明知故問！宇田川心想。瀧田課長分明是不想由自己的嘴巴說出口。

「八十島秋水。這個案子可不單純只是宗凶殺案，我認為八十島秋水可能原本就跟ZERO脱不了關係。」

瀧田課長的態度恢復一向的沉穩：「這並非是一介調查員該想的事情。調查員必須恪守特搜總部的方針，並且忠實執行自己的職務。」

宇田川心想，瀧田課長應該是終於想起了自己該做的事。他的職責就是遵照韮澤部長以及其他高層人士的指示來操控特搜總部。

「這我完全明白。」土岐說：「所以無論是什麼樣的訓斥我們都會虛心接受。」

「只是訓斥並不足夠。」

瀧田課長的語調更加強硬，「我剛才應該說過要處以嚴厲處分。」

到底想要怎樣？宇田川無畏地與瀧田課長對視。

瀧田課長說：「我要你們離開特搜總部，明天起全面退出本案的調查。」

土岐嘆了口氣。

那嘆息該不會是代表著鬆了一口氣吧？宇田川心想。

待在特搜總部其實是份苦差事，被剔除在外根本算不上是處分，有些調查員可能反而感到高興，終於能回到日常生活了。

就像是看出宇田川心中想法似的，瀧田課長接著說：「當然，這並非處分。關於處分，之後你們就會接到通知，現在馬上離開特搜總部。」

瀧田課長從位子上站起，一副不用多說的態度，走出了偵訊室。

宇田川一言不發地坐在原位，土岐也維持沉默。

不知道這樣的狀態持續了多久，宇田川突然心生不安地問土岐：「我是不是不該將那些話告訴瀧田課長？」

土岐滿腦子應該是在想其他事，意外地回問：「你指的是什麼？」

「八十島秋水跟ZERO的事情。」

「說都說了，也挽回不了。」

「真抱歉，我太衝動了。」

「不必道歉，不過可能免不了會被植松責怪你太過輕率。」

「我已做好會被罵的心理準備。」

「但你當下不說，情勢可能會更為不利，說不定還會被認為我們與蘇我有串供之嫌。」

「瀧田課長究竟知道多少呢？」

「這我也不知道。」土歧歪著頭：「但剛剛感覺到他似乎對於八十島秋水以及ZERO的事都不知情。」

「我也有同感。」

「也許他並未被告知內情，只是依照韮澤部長的吩咐辦事。」

「他把我們踢出特搜總部，我們也只有離開了。」

土歧再度嘆了一口氣，「我比較擔心之後的事情，可能會被減薪，這對一個有家庭的人來說真是難受呀。」

16

一回到特搜總部，植松馬上靠了過來。

「喂，聽說你們被瀧田課長找去，他說了什麼？」

宇田川回答：「我們被踢出特搜總部了。」

植松瞪大了眼睛：「怎麼會這樣？」

土歧不著痕跡地觀察了四周後說：「這裡不便說話。」

「找個能談話的地方吧。」

植松這麼說，但土歧搖了搖頭：「他命令我們立刻離開特搜總部，在外頭見面吧。」

植松想了一會後回答：「好，我知道了。」

特搜總部並不會為每個調查員設置固定位子，通常不會有太多東西，頂多就是盥洗用具及換洗的內衣褲，他們很快地就將個人用品打包好，此時名波係長走了過來。

「我從植松那裡聽說你們被趕出特搜總部了？」

宇田川點頭：「是的。」

「你是我手下的人，豈能讓人這樣隨意呼來喚去！不需要離開，就繼續待著。」

土歧對名波係長說：「我能夠了解您的心情，但現在或許不該在特搜總部內持續加深對立緊張。」

名波異常地激動，他定睛看著土歧，語氣激昂地說：「我不能讓組對四課繼續為所欲為下去。」

土歧接著說：「我想此時聽令離開比較好，畢竟我們也有不對之處。」

「剛剛他到底說了些什麼？」

「我們現在正要跟植松在外頭見面詳談，您也一起如何？」

名波係長稍微想了想後便點頭答應。

說到月島，就讓人想起文字燒。

在這之前宇田川全心思考著特搜總部的事，根本無暇顧及，直到土歧提議要到文字燒店，才突然想到若是到餐館櫛次鱗比的鬧區用餐，難免要提防身旁的耳目，所以他們來到勝鬨站附近尋找較沒那麼多人的文字燒店。

進到店中，兩人坐在角落的位子，宇田川聯絡植松，土歧馬上就點了啤酒及什錦文字燒，看來是餓了。宇田川點了啤酒及泡菜豬肉文字燒，卻毫無食慾。

土岐沉默地喝著啤酒、邊煎文字燒。宇田川也默默地坐在旁邊跟著喝起啤酒。等到文字燒煎好時，名波跟植松也剛好到了。

「看起來挺開心的嘛。」

植松的口氣有些嘲諷，土岐淡然地回他：「既然都來到月島了，我之前就一直想吃吃看月島燒。」

植松與名波也點了啤酒。

「那麼，」名波率先開口：「瀧田到底是哪裡不滿意，要把你們趕出特搜總部？」

土岐回：「他知道我們與蘇我見過面。」

名波與植松都將身體向前傾，想知道是怎麼回事。

名波急切地問：「是透過公安的管道嗎？說詳細點！」

土岐看向宇田川，意思是要他來解釋這番過程。宇田川從頭到尾說明，名波與植松一語不發地聽著。

宇田川才說完，植松便開口：「所以你把我們手上的情報都丟出去了？」

宇田川沮喪地低下頭：「我很抱歉！」

「別怪他了，阿松。」土歧說：「這也沒辦法，倘若不把八十島秋水跟ZERO的事說出來，就無法弭平瀧田課長的怒火吧。」

「但你們最後還不是被趕出去？」植松緊接著說。「這不就代表他的怒氣根本沒有平息嗎？」

「他只是強作鎮定，那傢伙臉上雖然看不出來，但內心肯定很驚慌。」

土歧語氣似乎有些竊喜，熟練地將文字燒倏地放進口中。

「他為什麼會感到驚慌？」名波係長問：「因為我們探查到事件的核心？還是第一次聽到這事而感到驚訝？」

土歧答：「我想應該是後者，小子也是這麼覺得。」

植松以他一慣的思考習慣，直盯著土歧的同時說：「換句話說，瀧田課長可能真的只是照上面的指示來行動而已？」

「他可能全心認定蘇我是嫌犯。」土歧說：「這人看來精明，不過直覺似乎不怎麼敏銳。」

「嗯。」植松接著說：「我原本還期待他不是個蠢蛋。」

「我了解了。」名波係長插話說道：「問題是今後該怎麼辦。」

植松點頭：「宇田川與土岐被逐出特搜總部，說不定反而更為自由了。」

「喂！」土岐一臉驚異地說：「已經不需要我了吧！」

「怎麼可能？八十島秋水、ZERO、蘇我，你都已經知道這麼多內幕，事到如今，豈能就這麼收手？」

土岐面色凝重地喝了一口啤酒後，說：「我一點也不想被捲進這些事情裡，只要能安穩走完警察生涯，我就別無所求了。」

聽到這句話，植松從鼻子哼了一口氣，笑了出來：「你不是那種怕事平庸之輩，這我清楚得很。被逐出特搜總部，嘴上說落得輕鬆，但夜深人靜躺在被窩裡，你肯定是不甘願到睡不著覺！」

植松這麼說，宇田川一點也不感到意外。

土岐不管怎麼看都只是個平凡的警察，很容易會被認為是腦子裡只想著領退休金與俸給、想安穩工作到退休的那種類型，但是實際上卻不是如此，說不定他還比植松更加熱血且堅毅，宇田川忍不住這麼覺得。

土岐什麼也沒說，依舊是繃著一張臉，將小鏟子上的文字燒給吸進嘴裡。

宇田川原本在煎的文字燒已經變得乾硬。

植松見狀便說：「哎呀，真是的，怎麼把文字燒煎成這樣，鏟子給我。」

「是。」

名波開口說：「總之，我會在後天星期一的一大早去找課長，問問他接下來該怎麼做。」

宇田川接著說：「我是否也要一起出席呢？反正我也是要回去本廳上班。」

「也是。」名波回道。「那就一起來吧。」

植松以鏟子煎著文字燒，邊問名波：「課長會怎麼指示呢？」

「這個我也不知道。」名波答：「不過我希望課長能夠讓組對那群傢伙知道我們刑警可不是傭兵，能讓他們這樣呼來喚去。」

不只是土歧，名波係長其實也是滿腔憤慨熱血呀，宇田川忍不住這麼想。

宇田川好久沒回家了。雖然他住在單身宿舍，屋裡也只是擺著極為簡單的幾件家具，家徒四壁、毫無品味可言，但回到這裡還是感到放鬆。

眾人在文字燒店分開後，名波與植松返回特搜總部，土歧則是回家。土歧極度疲憊地說自己已經很久沒回家了。

宇田川也同樣感到疲累。特搜總部的工作本就是勞心勞力的苦差事，再加上還得要煩惱ZERO等等各式各樣的問題，被逐出特搜總部，似乎也不是多壞的事，但那也只是一瞬間的感受。想起植松剛才說土歧鑽進被窩後，會不甘心到難以成眠，宇田川的心情其實也一樣。

他對瀧田課長的處理方式感到憤怒，不，正確來說是對瀧田課長上面的那些高層不滿。今天與瀧田課長一來一往的對話中，發現他可能也只不過是個被操控的傀儡罷了。

是否真是如此，雖然不得而知，但宇田川認為應該八九不離十。身為刑警，應能夠看穿他人的心思，既然土歧也有著相同的感覺，代表這樣猜測應該沒有錯。

蘇我難道是跟操縱瀧田課長的那群人站在同一陣線嗎？還是說，蘇我也跟瀧田課長一樣，都只是聽命於人呢？

被逐出特搜總部，確實令人不甘心，但比起那裡硬梆梆的地鋪，宿舍的床真是舒服千萬倍，宇田川此刻濃厚的睡意更勝過那股不甘心感受，沒多久便陷入沉睡。

星期一早晨，宇田川才抵達本廳，立刻就跟著名波係長前去田端課長的辦公室。

田端課長聽完名波係長的報告之後，帶著沉鬱表情說：「曾與蘇我見面這件事走漏了消息，還真是要命。」

名波係長回答：「是透過公安的耳目得知的嗎？」

「倘若蘇我真的是在執行臥底調查，會有這種結果也不意外，但我不能確定。」田端課長陷入深思。「如果蘇我確實是在臥底，那他要是被逮捕，指派他去調查的那些人豈不是很困擾嗎？」

宇田川不知該不該接話，猶豫了一會兒之後還是說了：「關於這點，土岐前輩也曾經懷疑他們是不是已經寫好了劇本，即使蘇我遭到逮捕，也會因為證據不足而不會被起訴。」

田端課長想了一下才開口：「不打算起訴，逮捕他又有什麼意義？」

「土岐前輩推測該不會是藉由讓蘇我變成嫌犯，而將這個案子壓下來。」

「怎麼可能會有這種事！」

「若是公安，也並非是完全不可能，畢竟那些人認為公安案件永遠比刑事案件更重要。」名波係長說。

「而且，」宇田川接著說：「蘇我若是被逮捕，或許更能消除目標人物的疑心，增加可信度。」

「你指的是八十島秋水？」田端課長問。

宇田川點點頭。

「倘若目標人物真的是八十島秋水，他是不可能讓警察靠近身邊，才讓蘇我被懲戒免職，不過也許這樣還不夠，如果再讓蘇我被逮捕，他在社會上的地位變得更岌岌可危，說不定比較容易接近八十島秋水。」

田端課長與名波係長陷入長考。突然一響電話鈴聲打破了沉默，田端課長拿起話筒接聽，他應和著對方，神色愈來愈凝重。

掛上電話後，田端課長對宇田川說：「是人事第二課打來的電話，談到你的職務異動。」

宇田川一語不發地看著田端課長，田端繼續說：「要把你調到昭島署轄區內的派出所，你想去嗎？」

宇田川說不出話來，當初他是懷抱著要成為刑警的志向而進入警界，經過好一番努力才到達現在這個位置。

這就是瀧田所說的處分嗎？

的確，不管有什麼內情，明明已與嫌犯見到面卻無意將他逮捕，這的確是不可否認的事實，被懲戒也無可厚非，土岐應該也接到類似的職務異動通知了吧。

「你若想去，我沒有任何意見，在與地方緊密連結的派出所執勤也不是什麼壞事，派出所也希望能夠多一點充滿幹勁的年輕人加入。」

宇田川抬起頭：「作為一名刑警，我還有很多未竟之業要完成。」

田端課長說：「暫時到區域派出所工作也沒什麼不好，也許會有一番新氣象也說不定。」

也許是太得意忘形了，宇田川這麼想。如果別去管蘇我的事，像從前一樣扮演一名循規蹈矩又認真的警察，今天也不會受到這樣的處分。

後悔了嗎？宇田川自問，然而心中卻沒有絲毫懊悔，自己也感到不可思議。不想就這麼結束，不管是什麼樣的形式，至少要有個明確結果。

宇田川回答：「就算職務異動在所難免，我也希望能夠將蘇我這件事處理完。」

田端課長直直凝視著宇田川，之後再將視線轉向名波係長，問他：「喂，這小子之前是這麼有骨氣的人嗎？」

「人總是會成長的。」

「有這樣的人才你覺得如何？」

「他還會繼續成長呢，我這個班可不想失去這樣的人才。」

「說得也是。以搜查一課來說，也希望能留任優秀的調查員。話說回來，組對橫行霸道到干涉我們的人事，這可一點也不好玩。」

「沒錯。」

田端課長看著宇田川：「我會盡全力阻擋這項職務異動，但也可能力有未逮，若還是沒辦法，就原諒我吧。」

宇田川花了一些時間才聽懂他們兩人的對話內容，整個人都聽傻了。也就是說，田端課長會幫他擋下來。

宇田川這才慌張地深深敬個禮：「非常感謝！」

「不用謝，說不定你以後會後悔沒去昭島。」

田端課長對名波係長說：「接下來該怎麼辦？我們這邊的底牌都掀給瀧田那傢伙看了。」

「所有消息都沒有確實依據，至少得有一條確定的情報。」
「具體來說該怎麼辦？」
名波係長對宇田川問：「你覺得呢？」
宇田川果決地說：「我認為應該試著去見八十島秋水。」
「嗯。」田端課長深思。「要是這麼做，就真的不知道組對或公安會怎麼說了。」
名波係長說道：「如果公安、組對以及警察廳警備企畫課的共同目標就是八十島秋水，他們一定是在未直接接觸他的狀況下，暗中布局。」
宇田川接著說：「一切都是為了讓蘇我能接近他。」
田端課長開口：「倘若莽撞地去見了八十島秋水，也等於是打壞了他們原訂的計畫。若事情演變到那個地步，公安跟ZERO絕對不會坐視不管，可能會連我的烏紗帽都不保。」
「但公安或組對若早點讓情報更加公開透明，事態也不至於變成現在這樣。」

聽見宇田川這麼說，田端課長嘆了口氣：「公安就是如此，他們以全力保守國家機密為己責。」

「國家機密？」

「沒錯。日本不像美國有中情局或國家安全局那樣的諜報機關，唯一有能力的就是警察了，而成績最為顯著也最具有執行力的，並非是警察廳的警備局，而是東京都警察總部——警視廳麾下的公安部。」

這一點，宇田川也知道。日本政府的情報單位像是內閣情報調查室、公安調查廳、外務省國際情報統括官組織、防衛省情報總部等等，主要是收集與分析情報資訊，就如田端課長所說，實際執行任務的單位是警視廳的公安部，就連警察廳的警備企畫課也只是進行情資的蒐集工作。

名波係長接著說：「倘若八十島秋水涉入國安層級的犯罪行為，最好避免貿然接觸。」

「我們難道就束手無策了嗎？」

田端課長說：「這跟權責分工有關，別無他法。」

難道毫無對策？宇田川感到沮喪。即使想緊追不捨，卻因對手太強大而一點辦法也沒有。真的沒有其他方法了嗎？宇田川絞盡腦汁。

「如果不能接近八十島秋水，那從其他地方追查線索應該可以吧？」

宇田川話一落，田端與名波同時將頭轉向他。

田端課長率先開口：「什麼意思？」

「我原本打算即使見不到八十島秋水，但只要負責這個案子的公安、組對或ZERO的人聽到我要去見八十島的消息，一定會有動作。」

「我總覺得你要是被他們逮到一切就結束了。」

「至少也一定會引他們做些什麼動作。否則這樣坐以待斃，就什麼也不會改變。」

田端課長詢問名波係長的意見：「你覺得如何？」

「我都快搞不清楚這番討論的原意何在。倘若是對於我們被利用而感到不滿，那麼只要以宇田川跟土岐被逐出特搜總部為由，刑事部全體退出特搜總部便可達到目的。」

名波係長的話確實沒錯。並不是說組對部或公安部在進行著什麼壞事，他們潛伏著，打算揭發出某件重大內幕，對他們造成妨礙是萬萬不可。對瀧田下指示的那些高層人士應該是認為宇田川及土岐的行動對此案已造成妨礙而將他們移走。

見田端及宇田川沉默不語，名波係長繼續說：「但我這班的毛頭小夥子完全無視於自己的立場，拚命想跟八十島秋水見上一面，某種程度來說也是沒辦法的事，畢竟與自己同期的朋友也牽扯其中。」

田端課長盯著名波看了一會兒，最後嘴角露出微不可見的笑容：「那就試試吧。」

宇田川感到熱血沸騰。

田端課長接著說：「但是！只限於放出風聲，絕對不能夠主動去跟八十島秋水接觸，明白了嗎？」

「遵命！」

名波苦著臉說：「恐怕是我們想見也見不到他吧。」

17

隔天起，宇田川謹慎地挑選對象，刻意談起八十島秋水，大多數人都意興索然，但還是有幾個人感興趣。

名波係長則一直待在特搜總部，他應該已經將與課長的談話內容傳達給植松了吧。

幾名宇田川情報來源的歌舞伎町街頭皮條客之中，聽見他提到八十島秋水的事，也僅有一人顯得興味盎然。雖然新修訂的風俗營業相關法令禁止攬客行為，但這類人是絕不會消失的。

那名皮條客叫浩司，年約二十多歲，雖非黑道成員，但既然是在夜生活鼎盛的歌舞伎町打滾，絕對跟黑道脫不了關係。

「你為什麼想見大師呢？」

浩司稱呼八十島秋水為大師，不直呼他的名字。

「感覺是位很了不起的人，他是個大人物吧？你不會想跟他見一面說說話嗎？」

浩司意味深長地笑了笑，說：「警察大人說想見面，肯定不只是想說說話這麼簡單吧？」

「不，真的只是想見上一面。」

「喔。」

「你有什麼管道可以安排一下嗎？」

浩司瞪圓了眼睛：「怎麼可能會有，大師可是遠在天邊的人吔。」

「說得也是，跟你說了些無聊的話，別放在心上。」

宇田川邁步離開。夜晚的歌舞伎町，與從前相比，現今治安確實已改善許多，不過陰暗狹窄的小巷當中還是滿溢著危險的氣息。

比起黑社會的人，此刻的宇田川反倒得要提防那群棘手的傢伙——公安，說不定公安的人現在正在他身後跟蹤，盯著他的行跡。

宇田川也是警察，對於跟蹤這件事並不陌生，換句話說他能夠察覺是否有人在跟蹤，只是目前似乎還沒有跡象，也可能是公安監視的手法比宇田川想得更高明。

宇田川走在新宿KOMA劇場舊址附近，突然想到了監視錄影器。歌舞伎町的許多角落都裝設有監視錄影器，他第一次對這件事感到毛骨悚然，腦中想像著公安那群人正透過錄影畫面仔細觀察著自己的一舉一動。

想太多。

宇田川在心裡對自己說，離開了歌舞伎町。

宇田川連續三天都到歌舞伎町打探消息，還待在特搜總部裡的名波與植松沒有任何聯絡。土岐現在怎樣了呢？也許就像是什麼事也沒發生過，照常在轄區派出所認真工作吧。處分是肯定免不了，他能夠忍氣吞聲地接受嗎？

在下班時間過了一小時之後，宇田川才離開警視廳，決定今天也到外頭去探查關於八十島秋水的事。他想去六本木一間只接受警察入場，得要出示警察手帳才能進去的會員制俱樂部試看看。

宇田川前往地鐵車站的途中突然感覺到背後有動靜，一回頭發現有一名身穿黑西裝、個頭不高的男子就跟在他身後。那人一看就知道絕非善類，沒有誇張裝扮也未戴著墨鏡，留著短短的小平頭、年約四十歲的男子，一定是黑道沒錯。

宇田川感到緊張。雖身為警察，但隻身一人面對黑道分子，難免還是感覺不舒坦。

「有什麼事？」宇田川開口問。

「不好意思，您是宇田川先生沒錯吧？」

用詞雖然客氣，卻氣勢十足。

「是又如何。」

對方已知自己的身分，特意來搭話。

「能不能借您一點時間，跟我走一趟呢？」

宇田川心裡更加緊張了。

「要我跟你走一趟？面對警察還真是有膽量，你是哪裡派來的？」

對方露出淺笑：「宇田川先生，您不是想見八十島大師嗎？」

宇田川大驚，頓時語塞。

「你到底是誰？」

「我只不過是個微不足道的小卒，並不重要。若您願意的話，我可以帶您到大師的所在之處，您意下如何呢？」

怎麼看都不像是個小卒，散發的氣勢不容小覷，應該是某個組的幹部吧，就這麼跟著去沒問題嗎？宇田川有點迷惘。

之前不知是誰曾說過，黑社會裡願意為了八十島秋水奉獻性命的人不知凡幾，眼前這名男子肯定是黑道，說不定打算狠狠教訓宇田川一頓，讓他打消跟八十島秋水見面的念頭。宇田川想到最壞的狀況，可能是被殺掉。

「那是，」宇田川開口說：「八十島秋水的意思嗎？」

男子點點頭。

「大師請我領宇田川先生過去。」

「為的是什麼？」

「您這話真有趣，不是您先提出想跟大師見面的嗎？」

看來可以回絕，是不是就此逃跑比較好？不過這也可能是千載難逢的大好機會，應該要冒險一試。

「我能打通電話嗎？」

「您請便，不過是要打給誰呢？」

「我得跟上司報告要與八十島秋水見面一事。」

宇田川原本以為他會說不行，但出乎意料地，對方很乾脆地說：「請。我在這裡等您。」

宇田川走到離男子稍微有點距離的地方拿出手機，撥給植松。

植松接起電話，劈頭就說：「什麼事？」

「有一名男子來找我，自稱是奉八十島秋水之命，要帶我去見他。」

植松大驚，提高了音量：「你說什麼!?對方的目的是什麼？」

「我想前去一探究竟。」

「等等，我們也一起去！等我們到再說！」

「看來時間上並不允許，而且八十島只說要見我一人。」

「太危險了，不要去！」

「這是一個好機會，我想去看看。」

宇田川聽見植松在電話那頭叨唸著：「如果情勢不妙，就想辦法告訴我會談的地點，知道嗎？」

「我會努力的。」宇田川掛上電話。

「可以了嗎？」男子問。

「是。」

宇田川跟在男子後頭，一輛全黑轎車停在前方，兩人朝那輛車前進。

坐上那輛車之後，就沒有後路可退了。

宇田川感覺膝蓋微微地顫抖著。

18

一坐上後座，便能馬上感受到這是一輛高級車。座椅表面是柔軟的麂皮，應該是真正的鹿皮製成的吧，宇田川心想。

負責開車的是一名光頭的年輕男子。

跟宇田川搭話的中年男子坐在副駕駛座。車子開動之後，更給人一種高級感，完全聽不到車子的引擎聲，懸吊系統機能想必十分卓越；車窗上加了黑色霧面處理，從外面看不到車內，應該也是特別訂製的吧。

宇田川完全不知道他們要把他帶到哪裡，落單的警察也不過是個常人，他此刻深深體會到這個道理，感到心跳急速撞擊著胸口。

一般來說，黑道對警察會有所顧忌而不至於有什麼動作，因為他們明確知道警察組織的力量，也有專門針對黑道所立的《暴力團對策法》（譯註：規範黑道組織成員的法律，簡稱《暴對法》），跟警察起衝突，怎麼想都不划算。

不過，若有八十島秋水當靠山，情況可就不同了。

此去會不會無法活著回來了？不安與恐懼感在宇田川心中蔓延。

「喂！」宇田川對副駕駛座的中年男子說：「不幫我戴上眼罩嗎？」

對方連頭也不轉，只看著前方說：「您是不是看太多無聊的電視劇了？我們只不過是要帶您去見大師而已。」

「這是為了什麼？」

「為什麼？這問題真是奇怪，不是您說想見大師的嗎？」

「是這樣沒錯，但我沒想到會特地被請去跟他會面。」

副駕駛座的中年男子在這之後沒有再回一句話。

什麼都不說真教人不安，但對方似乎並沒有要陪他聊天的意思。

宇田川看向窗外，車子經過了國會議事堂前，彎進了青山通，正值傍晚的下班尖峰時間，他們塞在車陣當中。只不過是從赤坂穿過澀谷，平常只要十分鐘車程，但他們足足耗了四十分鐘，這段期間宇田川保持著沉默，反正不管他問什麼，副駕駛座的男子都不會回答吧。

到了這個地步，只能教自己要有所覺悟了，此時心情有如俎上肉。

由於塞車，車子行進的速度相當緩慢，讓宇田川能夠仔細觀察熙來攘往過馬路的行人。跟他年齡相仿的一群人興高采烈地走過，其中是五名男性與三名女性。他們西裝筆挺，應該是附近公司的上班族吧，看來待會就要去喝酒聚會。另外有一對年輕情侶從國連大學朝表參道方向前進，邊走邊聊天，臉上的笑容讓宇田川覺得自己彷彿是從另外一個世界來的人。

我到底在這裡做什麼呀，為什麼會坐上黑道的車呢？

我應該像那群上班族或是那對情侶一樣，工作結束之後，也有權利開心享受下班時間才對。公司同事之間的聚會不見得完全與工作無關，但不管怎樣都比他坐上黑道的車，被帶著去見右翼派系的大人物來得好吧。

這一切都是從搜索位於赤坂的桂谷組事務所開始的。不，這個案子，似乎早在更久以前就被巧妙安排了。

若當個聽話的棋子，或許這個案子會就這麼無風無浪地結束也說不定。完全依循瀧田課長的指示辦案，照當初的方針以黑道鬥爭去辦就行了。這就是所謂識時務為俊傑，想必絕對不會遭人非難。現在變成這樣，究竟是哪一個環節出了差錯呢？

但是他能夠棄蘇我於不顧嗎？宇田川捫心自問，他發現自己並不後悔。

我並沒有做任何不對的事情，宇田川有這樣的自信。

也許公安部及警察廳的警備企畫課正打算揭發一樁規模極大的犯罪，雖然不清楚他們究竟布下什麼樣的局，不過可以確定的是，他們並非心懷不軌，要做什麼壞事，但他們不把刑警放在眼裡這一點也是不容否認的事實，宇田川對此感到憤怒。他們的態度讓人感覺到只有他們手裡的案子才重要，刑事案件根本不值得一提。宇田川並不是要阻礙公安或警備企畫課的重大案件，而是希望他們夠改變作法。

車子終於脫離了澀谷區，在三軒茶屋的十字路口彎進了世田谷通，再右轉進環七（譯註：東京都最外側的環狀道路）。過沒多久，車子便駛入住宅區。宇田川看了電線桿上的地區標示，是在赤堤一帶。

太陽已西沉，路邊的街燈亮起。車子開進一條窄得只容一輛車出入的小巷了後，在一個鋪滿碎石的停車場裡停下來。

「到了。」副駕駛座的中年男子這麼說。

宇田川走下車，看來是神社的停車場，位於住宅區一角的神社。

負責開車的年輕人留在車上，中年男子對宇田川說：「請往這邊走。」他朝鳥居的方向走，在鳥居前敬禮後才穿過去，宇田川跟在他的身後。

正前方是供一般信眾參拜的拜殿，右手邊是社務所，似乎也是神官的住所。拜殿整體漆成紅色，宇田川從來不知道赤堤有一間這樣的神社。

跟普通神社不同的是，在社務所的角落及鳥居的邊側都站著幾名看來並非善類的男子。

有一名身穿神官裝束的男子正用竹掃帚掃著地上的砂礫石。

為宇田川帶路的中年男子向那名男子行禮，對方也禮貌地回禮。他看上去年過六十、體型瘦小，給人弱不勝衣的感覺。宇田川恭敬地行個禮，拿著竹掃帚、身穿神官服的老人也緩緩地對宇田川回禮示意。

猜想是這個神社雇請的人員吧，應該不是宮司或禰宜等重要職位，宇田川根據對方謙讓的態度如此猜測。

領路的中年男子越過老人後，往社務所方向走。

「帶我到這地方到底想做什麼？」宇田川對領路的中年男子這麼問。

「不是說過了嗎，大師找您過來。」

「在這裡可以見到八十島秋水？」

中年男子停下腳步，回過頭來看著宇田川，表情十分嚴肅。

「我從剛剛就很在意，您這樣直呼大師的名諱似乎有些不太妥當。」

「稱呼名人時不都是直接叫全名？就像是講到藝人或作家等等……」

中年男子表情絲毫不變，迅速將頭轉回正面，繼續往前走。脫下鞋子進到社務所後，再往裡頭走，來到一間鋪設榻榻米的房間，在背對著茶之間的上座放有座墊。中年男子指著坐墊對宇田川說：「請在這裡稍等一下。」

原來如此，看來對方至少是把我當客人對待。宇田川盤腿坐上坐墊，而那名中年男子跪坐在宇田川面前，下座的斜後方位置。來到這裡之前，還能感受到他渾身散發出的暴戾之氣，但現在的表情卻變得肅敬。

過了一會兒，聽見走廊傳來腳步聲。中年男子雙手支地垂下頭來。

是八十島秋水嗎？宇田川緊張了起來。

腳步聲停在紙拉門外，拉門打開了。

「久等了。」

站在那裡的，是方才以竹掃帚打掃環境並做神官打扮的老人。以外表來看，他的身型瘦小、頭髮半白，雖年邁但沒有禿頭。

宇田川瞠目結舌地看著那位老人。雖稱呼他為老人，但外貌看來並不是那麼枯槁，不過年紀很明顯已經超過六十五歲。他走到宇田川的正對面，也就是下座的位置，連座墊也不放，以正座姿勢跪坐下來，接著將兩手撐在地上，禮貌地低頭敬禮後說：「我是八十島。勞您走這一趟，真是誠惶誠恐。」

他就是八十島秋水!?

跟宇田川原本想像的人物形象迥然不同，令他大感震驚，急忙改為正座姿勢，雙手支地行禮。

「呃，我是宇田川……」

這是自己太輕忽的結果。早知如此，事前應該對八十島秋水做更詳細的調查才對。

「您請隨意，坐得舒服一點無妨。」八十島秋水說：「腳麻了也無法專心談話吧。」

宇田川沒有改變姿勢，跪坐在八十島斜後方的中年男子也文風不動。宇田川心想得盡量忍耐，維持正座的姿勢。不僅坐在上座，而且只有自己使用坐墊，讓他相當不自在。

「耳聞警視廳搜查一課的刑警先生想要見我這個老頭子。」

八十島秋水的體型瘦弱，說話時的表情很柔和。

原先聽聞八十島秋水是右翼派的重要人物，還以為會是個很有威嚴的人，如今見到本人，才知竟是如此親切、和善。

宇田川察覺自己不知不覺間放鬆警戒，急忙繃緊神經。

「為了增進學識，因此希望能夠與大名鼎鼎的大師您請益。」

「真是感到無上光榮，您是否讀過拙文了呢？」

宇田川頓時慌了，根本沒看過他的著作。以自己身為警察的經驗來判斷，這種情況下還是別想蒙混過關，坦承不諱比較好。

「實在非常抱歉，尚未拜讀您的大作。」

「哦，那您為什麼會對我這樣的老人感興趣呢？」

「我是一名警察，基於我的職業而對您深感好奇。」

「看來並不是那麼友善的好奇心呢。」

「不，我並不是公安警察，因此與思想方面的案件並無相干。話說從頭，整件事的起源是我參與了搜索桂谷組的行動。」

「桂谷組？同席的仁志也是桂谷組旗下分支的人。」

宇田川看向將他帶到此地來的中年男子。

八十島繼續說：「他是桂谷組的幹部，名叫仁志。不是東西南北的西，而是仁義的仁加上志氣的志（譯註：西與仁志的日文發音相同），在西荻地區帶領自己的組織。」

身為桂谷組的幹部，還有自己的組織，果然不是等閒之輩。這麼說來，在這神社裡駐守的那些黑衣人，應該都是仁志的手下吧。

「約在神社見面真是一番巧妙設想呢，您甚至還喬裝打扮。」

宇田川一說完，只見八十島秋水一臉驚訝地問：「喬裝？」

「是，就是您身上的神官打扮。」

仁志忍俊不住地笑了出來，宇田川一頭霧水。

八十島低頭看了看自己的服裝，對宇田川說：「這可不是喬裝。」

「您的意思是？」

「我們八十島家代代都是這間神社的神主。」

「啊……」宇田川感覺自己又失分了。「是這樣呀，我真是太失禮了。」

「您作為一名警察，卻好像對我的事情不是很熟悉呀。」

語氣聽來像是調侃，但也說不定真的是在跟他開開玩笑。

宇田川冷汗直流：「正如我剛才所說，我雖然是名刑警，但主要是負責偵辦強行犯，方才提到的桂谷組搜索行動，是為了支援組對四課，才前往協助。」

八十島沉穩地看著宇田川，像是默默地要他繼續往下說。

他在催促著我說話，宇田川感受到一種無法違逆的壓力。

「我們之所以到桂谷組進行搜索，主要是針對在晴海運河發現一具他殺屍體而前往調查。那名被害者是石波田組的幹部，組對四課將這個案件的搜查方向定調為桂谷組與石波田組間的衝突，但是根據某位調查員的情報，使這個搜查方向顯得有些詭異。據情報顯示大師您當時正居中調解桂谷組與石波田組的恩怨。」

宇田川學仁志稱呼八十島為大師，他覺得這樣應該比較妥當。

八十島緩緩點了頭：「的確沒錯。無謂的爭端愈少愈好，為此我願意出面仲裁，即使是現在，我的想法仍沒有改變。」

「然而事實上，在那之後即使桂谷組亦有成員遭殺害，桂谷組與石波田組也未有更進一步的衝突。關於第二起凶殺案，當初特搜總部內也曾認為有可能是石波田組的報復，但現在看來也幾乎可以否定這個可能。」

我為什麼把這種事都說出來了，對外洩漏調查情報可是大忌呀。只是一坐在八十島的面前，便不由自主地全盤托出。想必八十島也只是想要驗證情資罷了，畢竟宇田川曾是兩宗凶殺案的特搜總部一員，這件事他一定也調查過了。說謊就一定會被看穿，這樣做應該比較正確。

八十島轉向右後方，問仁志：「他剛剛說的這些，你怎麼看？」
「是。」仁志畢恭畢敬地回答：「我們確實曾經與石波田組對立，但自從大師您出面以來，彼此便相安無事。」
「意思就是說，已經不再是敵對狀態了？」
「是的，畢竟已不容許彼此互鬥的情況存在了。」
「多餘的話不必說。」音調聽來雖平穩，但仁志就像是觸電般挺直了背脊，下個瞬間就把頭低到榻榻米上。「非常抱歉！」
宇田川看著眼前這一幕，深刻體認到像仁志這樣的黑道分子與八十島之間的權力關係。話說回來，不容許互鬥的狀況，究竟是什麼意思呢？
八十島將頭轉回宇田川的方向，並說：「將石波田組的高田與桂谷組的石田之死歸咎於黑道間的衝突，對某些人來說是再好不過的事。」
「您所指的是？」
「當然是致他們於死地的人。」
言下之意是要表示不是你嗎？宇田川在心裡低喃。不過，倘若是八十島殺害了兩名黑道成員，目的又是什麼？這點他仍想不通。

見到八十島本人之後，實在不覺得他是會與凶殺案扯上關係的危險人物。

「但是您之前待的那個特搜總部，似乎已鎖定嫌犯了呢。」

聽見八十島這麼說，宇田川絲毫不感到驚訝，畢竟情報是他的武器，即使他手上掌握到細如調查進度的情報也不足為奇。情報的來源也許是記者，也有可能是警察內部。

既然都已經來到此地，就得要從八十島秋水這裡問出一些內情才行。理想的狀況是希望能夠從他口中聽到這個案子的全貌，只是一定沒有那麼簡單，但至少希望也能夠獲得一些新的線索，為此稍微洩露出一些調查情報也是不得已的，宇田川這麼判斷。

「沒錯，主導特搜總部的是組對四課，但他們卻斷言這個案子是連續凶殺案。」

八十島一言不發地聽著，宇田川猜不透他此刻的想法，只得繼續說：「有一名與我同期的公安警察，前陣子遭到懲戒免職，事情發生得相當突然。他姓蘇我，特搜總部的幹部宣稱蘇我就是這兩件連續凶殺案的嫌犯。」

倘若蘇我真的是要進行臥底調查，方才所說的這段話應該不至於對他造成反效果，宇田川做了這番盤算。

「蘇我和彥。」八十島喃喃地說。

果然，他早就知道蘇我了。

「你跟蘇我是同期的啊？」

八十島表情突然變得有些沉鬱，宇田川察覺到這個變化，等待他再開口。

八十島抬起眼眸，直直盯著宇田川看。他的眼神帶著驚人的氣勢，宇田川不由自主地將眼睛別開。

「您見過蘇我嗎？」

「不，至今還沒有見到面。」

「還沒有？」

「也許已經失去了見面的機會。」

宇田川不禁緊皺起眉頭。

「您這話意思是？」

八十島依然以強勁目光看著宇田川，對他說：「蘇我可能已經跟高田及石田遭遇同樣的下場。」

宇田川背脊一涼。高田衛與石田伸男都是凶殺案的被害者，所以他的意思是蘇我跟這兩人一樣被殺害了。

宇田川心想，此時得找些問題來問才行，只不過霎時間不知道該問什麼，他在腦中死命尋找話題，最後問出口的是最直接的疑問。

「這到底是怎麼一回事？為什麼高田衛與石田伸男會遭到殺害？又是誰殺害他們的？您應該知道所有問題的答案吧？」

「也不全都知道，只是某些跟我有關的事，我應該還算掌握得透徹。」

「高田衛與石田伸男是被同一個人所殺害嗎？」

八十島乾脆地點頭：「是同一人沒錯。」

「蘇我也是那個人的目標嗎？」

「以蘇我的立場來說，被鎖定也並不奇怪。」

「殺害那兩人的究竟是誰？」

「是受委託的殺手，所以就算逮捕到他也沒什麼意義。」

「身為警察，不可能就這麼任由殺人兇手逍遙法外。」

「說得也是，您就善盡您的本分即可。」

「這是當然。為此我需要一些線索，如果您知道殺害那兩人的兇手是誰，希望您能告訴我。」

「我不知道。」

宇田川分不清他是裝傻還是真不知情。雖然之前認為八十島一定知道所有內幕，但或許也不盡然，有可能他是真的不知道下手的人是誰。

在來到這裡之前，宇田川認為下令殺害那兩人的非常有可能是八十島，假如真是如此，那麼他不知道實際犯案者是誰也說得通，因為只要派出像仁志這樣服膺他的人去處理就行了，他根本不必弄髒自己的手。

「那麼您知道是誰委託殺手去殺害那兩個人的嗎？」

「當然知道。」

「請告訴我，究竟是誰……」

八十島嘴角微微揚起：「您覺得我會把這種事告訴警察嗎？」

「您不是為此才把我叫到這裡來的嗎？」

「您這可是天大的誤會呀。我只是因為您宣稱想見我一面，才特地邀您走一趟，我可沒有任何想要對您說的話。」

「我不可能從知道內情的人這裡什麼都沒問到就空手而歸。」

「那打算怎麼辦呢？把我帶回警局嗎？」

「有必要的話，我會這麼做。」

「儘管一試。」

八十島秋水臉上維持著笑容，但宇田川卻瞬間感到背脊寒涼，或許是被他散發出的無形強大氣勢所震攝。

他是不可能乖乖就逮，對此八十島有強烈的自信，要從此地把他帶走，首先就過不了仁志及其從眾這一關，就算能夠將他帶到特搜總部，也絕對會遭遇到來自各方有形無形的壓力。

「我很清楚自己的立場。」宇田川以一種近乎落敗的心情這麼說。「之所以想跟大師您見一面，是因為我懷疑在這兩宗凶殺案背後或許隱藏著某個重大案件，而您一定知道那是什麼。」

「我不相信警察。」

「這我能夠理解，但日本是法治國家，犯罪就必須要以法律來制裁。」

「請記住一點，有些犯罪是超乎法律範疇之外的。」

宇田川對這句話想了好一會兒。八十島說得沒錯，警察的力量畢竟有限，而且在面對強大敵人時，非但不能團結一致，還各自祕密行動，這次的案件就是一個很好的例子。刑事部被拒於門外，公安部與組對部聯合一氣、暗地行事，宇田川感到很無力。八十島說他不相信警察，雖然意思有點不同，但宇田川似乎也變得無法相信警察了。八十島是因為對警察抱有敵意，而宇田川則是感到被背叛。

「即使如此，我還是得做好我該做的事。我必須要知道事實，也無法棄蘇我於不顧，因為我跟他是同期。」

「同期，」八十島自始至終都維持著沉穩語氣，問宇田川：「是那麼重要的事情嗎？」

「我不知道其他人怎麼想，但對我來說很重要。」

在那當下，宇田川是真心這麼想的。與他同期的人有很多，但他特別在意蘇我，或許是因為他擅自在心中將蘇我視為競爭對手的關係吧。

搜索桂谷組的那天，蘇我應該是正在對桂谷組進行某些調查作業，然而他捨身救了宇田川一命，這是無可否認的事實。之後蘇我突然被懲戒免職，宇田川對這件事還沒辦法完全接受。土岐曾說，蘇我可能是在進行臥底調查，倘若真是如此，蘇我不僅被懲戒免職，被視為凶殺案嫌犯，最後還被殺害，這一切根本不合理。

八十島觀察似地盯著宇田川，說：「我也認為應該避免無意義的殺害。」

這麼看來，下令殺害兩名黑道成員的應該不是八十島，宇田川這麼認為。假如是八十島派人去殺害那兩個人的話，那麼隸屬於桂谷組的仁志不可能還坐在這裡，而且怎麼想也想不出八十島非得除掉那兩人的理由。

宇田川說：「若能夠解決案件，就不會再有其他犧牲者出現。為此，我必須要知道殺害高田衛與石田伸男的兇手以及下令要殺手犯下此案的人究竟是誰。」

「還真是滿腔熱血，看到您這樣的年輕人，讓我不由得想為您加油。」

「那麼，就請說出您知道的事吧。」

「這是兩碼子事，我不可能協助警方辦案，但是有些事情的利害得失是與警察相同的。」

「這是什麼意思？」

「就是字面上的意思。在某種情況下，我與警察的目的也有可能是一致的。不過我不可能協助警察，也不可能仰賴警察的協助。」

「假如目的相同，為什麼無法互相合作呢？」

「這是由於彼此的國家觀不同。警察是為了維護國家權力而存在，換句話說是為了保護當今這個國家，然而我並不認同現今的日本。」

「我不是為了國家權力而善盡警察職責，而是為了全體國民。」

八十島笑了出來：「警察是為人民服務這種話只不過是口號，無論什麼時代或是在哪個國家，警察的本質都不曾改變。您剛才說警察是為國民服務，那請問，三里塚抗爭事件（編按：一九六六年，日本政府爲擴建成田機場，強制徵收周圍農田，引起農民群起抗爭，政府派出鎮暴警察，採取強制驅離、拆除民宅等強硬手段，引發激烈衝突，雙方均有人傷亡。）之時，警察機動隊對農民做了什麼？在學運紛爭的時代，警察又對學生做了什麼？那才是所謂警察的本質。」

宇田川深切體認到自己實在太天真無知。

「那個時代所發生的事情我不太了解，我只希望自己在現在這個時代能竭盡心力做好我能力所及的事。」

「以一個警察的身分嗎？」

「是的，以一個警察的身分。」

八十島臉上再度露出笑容：「今日的談話十分愉快。有勞您專程來到此地，非常感謝。」八十島禮貌地雙手支地行禮。

請等一下！宇田川真想這麼說，但說不出口。八十島的態度雖謙遜溫和，卻散發出一種不容違逆的獨特氛圍。結果這場談話還是什麼都沒問出來。宇田川打算站起身來。這樣的狀況，通常應該由客人先起身才對吧。

「啊！」宇田川這才發現雙腳完全不聽使喚，徹底麻掉了，雙腿彷彿不是自己的，血液這才開始順暢流通，此刻根本無法動彈。他雙手抵在榻榻米上，痛得他緊咬牙，耳邊卻傳來大笑聲，八十島笑得開懷。

「所以剛剛才請您坐得舒服一點啊！」

宇田川抬起臉，看見八十島早已站起，仁志也站在一旁。

真是太丟臉了，宇田川只好再度將頭低下。痠麻的腳在恢復的時候最難受，暫時還沒辦法自由伸展。

這時聽見八十島語帶著笑意對他說：「真是愉快的一天，這種日子總讓人容易想多說點話呢。為了感謝您特地跑這一趟，就透露個消息給您吧。」

宇田川就以雙手雙膝抵著地板這令人難為情的姿勢，仰頭望著。

「您聽過『安保祕密組織』這個名詞嗎？」

「安保祕密組織？」

「倘若不清楚，建議您去查一查。」

「跟這次的案件之間有什麼關係嗎？」

八十島看來並沒有要回答的意思，維持站姿向宇田川行個禮後說道：「今日承蒙您來訪，實感愉悅。」

「我還有一個問題，若您知道的話，請務必指點迷津。」

「什麼問題呢？」

「我們去搜索桂谷組時，石田伸男帶著某樣東西從事務所逃走。在警察執行搜索行動時做出這種事，想必是極為重要的物品，我想知道那究竟是什麼。」

宇田川原本並不認為八十島會回答他這個問題，若真是重要的物品，八十島絕對不會告訴他。不顧警察正在搜索，也要將東西帶走，肯定是至關緊要之物。

八十島又笑了出來：「是個無聊的東西。」

「不可能。石田為了保護那樣東西，甚至不惜向警察開槍！」

「確實如此，耳聞您差點就被槍擊中，真是令人同情。」

八十島完全瞭若指掌，其實他什麼都知道吧。宇田川心中先是一陣恐懼，而後是感到驚愕。

「正如同方才所說，的確是無聊的東西。」八十島說道。「他從事務所帶出來的是我寫給桂谷社長的兩封信，一封是委請桂谷社長傾力協助，另一封則是我感謝社長允諾請託。」

「信？」真是令人意外的答案，宇田川有些難以置信。「在警察執行搜索行動時，冒著這麼大的風險，只是為了將信件帶出來嗎？甚至不惜開槍。」

「是的。我也認為有些小題大作。」

這時，仁志開口了：「那是大師您的親筆信函，對桂谷社長來說極其珍貴，絕對不能落入警察的手裡。重點並不在於內容，那是賭上性命也必須要保護的重要物品，就我們的立場，任誰都會這麼想，所謂黑道就是這樣。」

「總之，事情就如他所說。」八十島說：「哎呀，今天好像說得太多了。俗話說禍從口出呀，今天就聊到這裡吧。」

宇田川雙腿的痠麻終於退得差不多，好不容易能起身。談話結束了，得打道回府。宇田川突然想到，能夠毫髮無傷地離開是不是該感謝老天爺呢？

八十島在玄關處對宇田川說：「就送您到這裡。」

宇田川不知該說些什麼好，只默默地低頭示意。

走出神社範圍，來到鳥居附近，原本走在正後方的仁志開口了。

「我就不送您回去了。」

宇田川點點頭。

「無妨。」

仁志原本打算就這麼轉身離開，突然想起什似地對宇田川說：「很少見到大師像今天這樣開心，大師應該很欣賞你。」

「那還真是我的榮幸。」

「大師剛才說的話很重要，請務必去查。」

「這是我的工作，不用你提醒我也會做。」

仁志帶著意味深長的笑容說：「我也想模仿一下大師的作法。」

「什麼意思？」

「身在此道，總是有門路，我們也多少會收到一些情報。」

「意思是，你願意透露一些消息？」

「關於那兩件命案的兇手，說不定你們警察早就已經接觸過了。」

宇田川直盯著仁志：「這是什麼意思？」

「我並不是有什麼確證才這麼說，只不過我想依警察的力量，應該能夠查證其真偽吧。」

「你指的人是誰？」

「這就由您來推想了。在此告辭。」

仁志轉身邁步走回社務所，宇田川佇立在原地。這時應該要上前叫住仁志的，但他應該不會再說出更多線索了。

宇田川注意到駐守在鳥居旁的黑道成員正盯著他，於是也不服輸地看回去，對方立刻就將視線轉開了。

宇田川邁出腳步離開神社，打算到外頭招輛計程車。

19

宇田川的手機有好幾通未接來電，都是植松打來的。

他邊尋找著比較容易招到計程車的大馬路，邊回撥電話給植松。

「你還活著呀。」植松接起電話的第一句話這麼說。

「在我上了對方的車那瞬間也做好了無法活著回來的打算。」

「與八十島秋水當面說到話了嗎？」

「是的。」

聽見植松在話筒那頭的叨念：「我們這裡可是騷動不已。」

「我們是指？」

「我把事情告訴係長跟課長了。」

「應該沒有告訴組對的瀧田課長吧？」

「當然沒說，但我想被他知道也只是遲早的問題。我跟係長現在要回本廳，你也一起來。」

宇田川看了看手表，才剛過晚上八點半，與八十島秋水的談話時間，其實還不到一個小時，宇田川卻覺得極為漫長。

「我知道了，現在就去。」

宇田川掛上電話繼續往前走，竟然徒步走出了環七，正好是下班尖峰時間的尾聲，環七路上交通壅塞，也很少有空的車經過，好不容易坐上計程車，已經是八點五十分了。宇田川在行進緩慢的計程車中思考著，八十島為什麼會想見我呢？雖然也預想過自己積極放出想跟他見面的消息早晚都會傳到他耳中，原本以為對方應該不會理會。

宇田川內心早有覺悟，想見到八十島秋水肯定得要用盡各種方法，沒想到竟是杞人憂天，完全出乎意料，真可說是被八十島牽著鼻子走。但宇田川不認為他是一個會浪費氣力做些無謂之事的人，其中必有目的。

而那個目的是什麼呢？

奔馳在夜晚的環七道路上，眼前盡是無數的汽車尾燈，對向車道的汽車頭燈耀眼得刺目。這幅景象有些不真實，宇田川這麼想著的同時，也邊回想著與八十島的對話。

宇田川一抵達本廳，就立刻被叫到課長室。田端課長、名波係長、植松以及土岐都在那裡等著他。四人同樣以複雜的表情看向他，彷彿是見到鬼了。

田端課長率先開口：「你們談了些什麼？」

宇田川廢話不多說：「八十島秋水說犯下這兩宗凶殺案的是同一人。他雖不知道兇手的身分，但應該知道背後主謀的是誰。」

「另有高人在後？這說法真有意思。」

「從談話內容當中，我感覺到似乎並不是單純只有一個人。」

「不只一個人？」

「應該是某個集團吧。」

「不是黑道組織嗎？」

「這兩宗凶殺案顯然不是黑道鬥爭。來帶我去見八十島的，正是桂谷組旗下組織的黑道成員。」

田端課長聽完後想了好一會兒，最後，開口說：「關於那個主謀的集團，八十島秋水有沒有透露出一些訊息？」

「他問我是否聽過『安保祕密組織』。」

「安保祕密組織！」田端課長神色變得凝重。

宇田川不太清楚那個名詞的意義，大概知道是與《日美安保條約》相關的官員，看來接下來要好好深入調查才行。

植松開口：「他指的應該是前陣子因逃稅被捕的『日美和平文化交流協會』的專務理事之流吧。透過自己設立的財團法人組織與美國的法人組織，向國防相關企業不法收取會費或顧問費。」

田端課長的表情看來更加嚴峻。

「那案子只不過是被切割的犧牲品。地檢特搜部早在之前就針對軍售利益加以徹查，懷疑有龐大資金經由這些所謂國防相關企業流到政界，本來就不是個以逃稅為由便能終了的案子。」

「前防衛事務次官就是因為與國防裝備有關的收賄案件而被逮捕。」

「那也只是斷尾求生的招數。原本應該會成為一件貪污收賄的大案子，卻在逮捕前事務次官後就這麼落幕。」

「八十島所說的就是日本與美國之間在國防方面的龐大利益結構嗎？」

田端課長點點頭說：「沒錯。一般所謂的安保祕密組織，指的是『日美共同委員會』。但是在與《日美安保條約》相關的國防軍需企業周圍有許多像『日美和平文化交流協會』那樣的特殊法人，而那些組織正是構成這股龐大利益的溫床，也被一併統稱為安保祕密組織。」

宇田川感到有些混亂，他連那些團體名稱都有點搞不清楚。

「很抱歉，是我知識太淺薄，您剛剛說的『日美共同委員會』，是什麼樣的團體？」

名波係長瞥了宇田川一眼後便向他說明：「那是基於《日美地位協定》所設置的委員會，設立宗旨是討論駐日美軍的基地運用方式及美軍法律上的身分等等事項。」

宇田川突然靈光一閃：「請問委員會的成員都是什麼樣的人呢？」

「日本這邊的代表是外務省北美局長，而美國方面的代表則是駐日美軍副司令官。其他成員的話，日本是以外務省及防衛省的官員為主。每個月開兩次會，地點會在外務省的會議室或是美軍的新山王飯店。」

「也就是說，《日美安保條約》實際上的運作方式是由此會議來決定的囉？」

「正是如此。《日美地位協定》會牽動極大的預算支出，像是美軍從沖繩搬到關島的費用也都是由日本負擔，而錢便會因此流入周邊相關的各種特殊法人組織及美國法人組織。」

「關於國防企業的收賄或特殊法人組織的逃稅行為，防衛省也受到調查，而外務省則是毫髮無傷。」

「唉。」田端課長突然看來十分疲憊。「外務省比防衛省更難對付，官商之間的利益也不像防衛省那麼單純。」

宇田川說：「八十島秋水曾說過，在某種情況下，他與警方的目的也有可能是一致的。」

田端課長微微低下頭來沉思，並以這個姿勢抬眼看向宇田川：「他的意思是指安保祕密組織的利益結構吧。從八十島的立場來看，他的目標應該是要拉下地位最高的外務省官員或是接受資金的政客。」

名波對田端課長說：「您剛才說地檢特搜部正在追查從國防企業流向政客手裡的資金，我不認為公安部對此會默不吭聲。」

田端再度點點頭：「也就是說，這次的案子可推測為是公安與組對聯手想查明安保祕密組織周邊的利益構造，應該是想引誘牽扯其中的外務省官員及政客上鉤吧。若是如此，就難怪公安不得不這麼慎重了。」

植松搖搖頭：「這太誇張了，聽起來毫無真實感呀。」

土岐對植松說：「我們也只能做好我們能做的事。既然身為刑警，首要之務就是逮捕真正的兇手，要不然，蘇我就會被當作犯人了。」

「話雖如此，」植松接著說。「蘇我被當作嫌犯遭到逮捕，不就是公安高層的策略嗎？」

土岐緊皺起眉頭：「什麼意思？」

「假設就如你所說的，為了讓蘇我隱藏身分而將他懲戒免職，以便在八十島身邊臥底，那麼特搜總部將蘇我列為連續凶殺案的嫌犯，對公安來說應並不樂見這樣的發展。」

「這麼說也對。」

「不過，特搜總部不可能做出違逆公安辦案方針的舉措。這麼看來，就只有一種可能，那就是公安也察覺到蘇我可能會有生命危險，將蘇我逮捕歸案會不會是一種拯救措施？只要被警方逮捕的話，就不必擔心遭殺手滅口。」

名波回道：「有必要這麼大費周章嗎？若是要救蘇我，想辦法助他遠走高飛不就行了，肯定有更簡單的作法。」

植松答：「或許是蘇我已經相當深入到對方陣營之中，所以別無選擇？」

「對方陣營？是指八十島秋水嗎？」

「或是八十島旁邊的人。」

植松詢問宇田川：「你說八十島身邊有桂谷組旗下的黑道成員對吧？」

「是的。他們有些人駐守在八十島居住的神社四周，似乎是在保護他的安全。」

植松對名波係長說：「我們去搜索桂谷組時，在那附近遇見了蘇我，雖然他說是巧合，但實在令人難以信服。應該可以合理的推斷，蘇我與桂谷組有很深的關聯。」

宇田川想起了搜索當天的事，說：「八十島提到，那天石田冒險攜出的物品，是他寫給桂谷社長的兩封信，一封是委請桂谷社長協助，另一封則是對於桂谷社長允諾協助的感謝函。」

「八十島寫的信？」田端課長說。「的確，對黑道的人來說或許是至關重要的信物。」

宇田川接著說：「只不過是信件，就能讓石田冒這麼大的風險嗎？」

「黑道把信用看得比什麼都還重。」植松說：「倘若信件落到了警察手裡，警察便會知道八十島正想要藉由桂谷組進行某些計畫。」

「即使警方沒有拿到信件證物，也能得知八十島與桂谷組之間的關係不是嗎？」

「以桂谷組的立場來說，重點在於情報是否從他們手中流出去的，這就是所謂的信用。」

宇田川還在思考著這段話的時候，課長桌上的電話響了，是內線打來的。

田端課長拿起話筒，聽了之後表情顯得驚惶。

「宇田川在這裡沒錯。」

宇田川看向田端課長，並與他對視。

田端課長掛上電話後說：「警察廳的警備企畫課長想見你。」

課長室內的氣氛瞬間凝結。田端課長繼續說：「看來是得知了你與八十島秋水見面的消息。公安的最高層要召見你，立刻過去。」

宇田川點點頭，「我先告辭了。」

帶著虛浮的不真實感，宇田川走出課長室，邁向電梯。

20

從警視廳走到警察廳所在的中央共同廳舍二號館，距離相當近，警察幹部經常奔走來往於其中。

宇田川快步走向警察廳，但雙腿就像踩在雲端上使不上力氣。他受仁志之邀而坐上轎車時也十分不安，但現在比起那時似乎更加緊張。

根本不記得自己一路上是怎麼走的，回過神，已經抵達了警備企畫課，馬上就被叫進警備企畫課長室。進到室內，宇田川的緊張更是高漲。

裡頭不只坐著警察廳的警備企畫課長，總共有四名高層幹部等著他，分別是公安部長、組織犯罪對策部長，以及組對四課的瀧田課長。

沒記錯的話，菲澤組對部長與公安部長的官階是警視長與警視監。公安部長名為吉田誠次，乍看倒比較像是個銀行員，不像是警察。

瀧田課長應該是從地方員警一步步爬上警視的厲害角色。

宇田川雖然不清楚警備企畫課長的官階，但既然是警察廳的課長級幹部，應該跟菲澤一樣是警視長才對。

對警察幹部來說，時間只是拿來參考用。現在已經是晚上九點四十五分，但在這房間裡的人似乎都不以為意。當然，此刻也不是宇田川在意這種問題的時候。

「我是門前。」

警備企畫課長對宇田川這麼說。身為菁英官僚的警察廳課長竟然先報上自己的名號，讓宇田川有點驚訝。門前看來明顯比其他兩位部長年輕，年紀大約是四十出頭吧。

「之所以請你到這裡來，是聽聞你去見了八十島秋水。」

就算詢問門前是從哪裡聽來這個消息，他應該也不會回答吧。宇田川明白公安的消息管道很靈通，也許是他被跟蹤了，又或許是與八十島親近的調查員傳話。可以想像對於八十島，他們掌握了多元的情報來源。

宇田川等著門前的下一句話，門前就像是在聊日常工作般語氣淡然說：

「你為什麼去見八十島秋水？」

門前的外表雖看來冷靜，不過應該很不高興吧，宇田川心想。韮澤組對部長及吉田公安部長的眼神銳利地看著自己。很明顯的，他們肯定在心中責罵著，其實很想對他破口大罵吧，門前警備企畫課長或許也是一樣的心情。

「為了調查。」

「調查什麼？」

「凶殺案。」

「你說的是月島署成立特搜總部正在偵辦的案子嗎？」

「跟那相關的案子。」

「相關？這回答真是曖昧。據瀧田課長說，你早已經被調離特搜總部之外。你若繼續調查該案，便是踰越了本分的越權行為。」

越權？宇田川不由自主地在心中重複了這句話，為什麼門前不乾脆直接說他「做了不該做的」。

「我並非是在調查凶殺案，只是在調查蘇我和彥的事情。」

瀧田課長看來無法抑制怒氣地開口道：「蘇我和彥是兩起凶殺案的嫌犯，而你不但跟嫌犯碰面，還輕易讓他逃走！」

門前抬起單手像是在教瀧田課長別這麼激動。

「你因此而被逐出特搜總部，我們正在檢討進一步的懲處，你明白自己目前的處境嗎？」

聽到懲處兩個字，宇田川心頭感到一陣沉重，不過事到如今也沒什麼好怕的了。

宇田川還是很緊張，畢竟警視廳的部長及警察廳的課長對他來說都是高不可攀的，而此刻就有三名這等人物坐在他面前，再加上瀧田明顯展露出對宇田川的反感。進入警界以來，從來不曾身陷此般嚴峻的狀況之中。

即使如此，宇田川仍是毫不畏懼，內心交雜著許多因素，反而使得他此刻能夠保持鎮靜，也能說是一股傻傻豁出去的勇氣吧。

首先，公安部與警察廳警備企畫課對蘇我對待方式，讓宇田川感到極不合理。就算是為了執行臥底任務而不得不採取必要措施，但將蘇我懲戒免職還是做得太過頭了，而公安及組對把刑事部的人當成小丑，背地裡偷偷摸摸地進行其他調查，這種作法實在令人憤怒。

與八十島秋水會面談話之後，宇田川感到自己似乎往上攀登到一個更高的地方。

「我十分清楚自己的處境。」

聽見宇田川這麼回答，門前皺緊了眉心。

「既然如此，為何要如此輕率妄為？」

「我不明白您所謂的妄為之舉是指什麼。」

兩位部長深吸了一口氣，也許是氣急攻心，然而宇田川一點也不害怕。

「若發生了自己無法認同的事，就徹底去調查；倘若認為有必要，不管是什麼人物也得見上一面，我所學到的刑警本分就是如此。」

瀧田課長氣得牙癢癢地說：「少說這種冠冕堂皇的話！你知道你這種任性妄為的舉動為我們的調查帶來多少妨礙嗎？」

在特搜總部裡的瀧田課長給人的感覺是聰明冷靜的，總表現出理性的態度。不過在這裡卻將憤怒表露無遺，緊咬著宇田川不放。是因為旁邊有真正的菁英官僚，對比之下顯得自己的不如嗎？還是他拿下了假面具？

「我們認真確實地調查，竟會被說成是妨礙，實在令人意想不到。」

「我們可是為了保衛國家在奮鬥，你們負責的那種刑事案件根本就不能比！」

這才是他的真心話，宇田川沉默地看著瀧田課長。

門前表情一凜。

「好了！現在可不是讓你們爭論這些事情的時候。」

瀧田驚訝地看了門前之後，再將視線轉到兩位部長，接著垂下眼神，一言不發，可能是察覺到那句話的確不妥。

門前對宇田川說：「我所謂的妄為之舉，是指你無視於警察體制而擅自行動。就你的立場來說，應該要極力將身為凶殺案嫌犯的蘇我追捕到案才是。」

「我不認同。」

「為什麼？」

「我在參與特搜總部之前就已經在調查蘇我的事，也就是在蘇我突然被懲戒免職並且失去行蹤之後便開始了。」

「這我知道，希望你能告訴我們，為什麼要做這些事。」

「蘇我是我的同期，為他一時之間行蹤不明而擔心也是理所當然的。」

韮澤部長與吉田部長快速交換了眼神。

韮澤部長據說是ZERO出身的，吉田部長說不定也是。該不會兩人是同一時期接受研習？倘若真是如此，那麼他們兩人也算是同期了。

門前沉默地看了宇田川一會兒，宇田川完全猜不透他在想些什麼，只能等著他下一步回應。

「把你叫到這裡來並不是要斥責你，雖然仍在討論對你的處分，但那是另一回事，希望你能回答接下來的問題。」他的口氣聽來依然十分不悅，但卻少了責難的成分。「你跟八十島談了些什麼？」

「關於案件的內容。」

「具體來說是哪些事？」

「八十島秋水似乎相當了解警方的調查情報，也知道蘇我被當作是兩起凶殺案的嫌犯。」

門前轉向韮澤與吉田，與他們確認。

「這件事還沒有對外發表，對吧？」

韮澤點點頭：「還沒有。」

宇田川接著說：「八十島不認為蘇我是這兩件命案的兇手，我也是這麼想。」

門前皺起眉頭。

「八十島提到他為什麼這麼認為的原因嗎？」

「他知道殺害兩名黑道成員的是何方神聖，他指的並非執行者，而是背後指使殺手的人，他也暗示蘇我可能會跟兩名被害者一樣招致殺身之禍。」

宇田川邊說邊觀察著四人的反應。

門前的表情不為所動，但可看出他對此有很大的興趣。韮澤與吉田則是全神貫注在思考著他說的話，只有瀧田露出了驚訝的表情。這麼看來，門前、韮澤、吉田三人都知道蘇我被盯上的原因。

「蘇我有生命危險。」門前喃喃說道。

「八十島秋水似乎很擔心這件事。」

「他是否提及殺害兩名黑道成員並且要致蘇我於死地的人到底是誰？」

宇田川稍微停頓了一下之後才回答：「他叫我去查查『安保祕密組織』。」

話才落，韮澤與吉田立即有反應：韮澤倒吸了一口氣，而吉田低嘆了一聲，門前則是竭力想抑制表情的變化。

持續了好長一陣靜默，說不定其實並沒有那麼久也說不定，但宇田川感到特別漫長。這段期間，宇田川觀察到門前與兩位部長幾度眼神交會。在宇田川來之前，他們肯定達成了某些共識，而他們現在正以眼神互相確認。

終於，門前開口了：「那你今後打算怎麼做？」

「假若真如八十島秋水所說，蘇我面臨生命危險，我無法見死不救。」

「你要怎麼救？」

「八十島秋水曾經說殺害兩名黑道的兇手很有可能將蘇我視為下一個目標，我想找出那名殺手並且將他逮捕歸案便能保蘇我一命。」

「蘇我現在可是兩起凶殺案的嫌犯。」

「我並不相信那種表面話。」

「比起特搜總部的辦案方針，你更相信八十島秋水說的話嗎？」

這個問題，可能是在試探他的想法。即使如此，宇田川仍果決地答道：「是的，正是如此。」

門前的表情顯得相當不悅。

韮澤部長說：「你這麼想被調到鄉下派出所？還是你想被免職？」

「不管什麼處置對我都無妨。」

宇田川說道，而且他是認真的，並不是虛張聲勢地放放話，即使是現在，他也覺得只要安分守己、順利工作到退休就好了，反正自己不過是一介公務員。只不過他實在無法容忍公安部與組對部那樣不把刑警當一回事的作法。刑警，也有身為刑警的尊嚴。

宇田川繼續說：「即使被免職了，我也要幫助蘇我。」

門前與兩位部長再度互看。門前幾乎微不可聞地嘆了口氣，緩緩說：「你應該好好想想，該怎麼做才是對彼此都好的方法。」

「彼此？」

「對，也就是你跟我們。我們可以對你處以懲戒免職，畢竟你協助嫌犯逃逸。」

「我剛才也說了，即使被免職也不會改變我的決心，蘇我不也被免職了嗎？」

「蘇我的懲戒免職只不過是形式上的作法，他有特殊任務在身，不得不採取那樣的步驟。」

果然是這樣。

「是臥底調查嗎？」

「是。」

「對象是八十島秋水吧？」

「順利的話，希望最終能夠進行到那一步。」

「被殺害的兩名黑道成員是受八十島秋水之命而行動，也因此被敵方滅口，這麼推論沒錯嗎？」

「我不否定。」

「您能透露關於那個敵對組織的情報嗎？」

「並非是日本國內的組織，那群人的宗旨是排除任何阻擋《日美安保條約》的障礙。」

「是美國政府內的組織嗎？」

「這我不能說。《日美安保條約》牽動兩國之間各種利益，跟許多企業及法人組織都有關聯。」

門前把話說得模糊。既然不是美國政府內的組織，那應該就是周邊有關聯的企業或是受雇的組織吧，應該可以這麼想。

「蘇我是因為試著要接近八十島而被那些人盯上，對嗎？」

「畢竟他曾經是公安調查員，他們當然不希望這樣的人去接近八十島。」

「具體來說，蘇我做了什麼事？」

「接近受八十島秋水之差遣的桂谷組成員。」

原來如此，宇田川終於了解為什麼在搜索桂谷組事務所時，蘇我會出現在那附近。

瀧田課長一臉驚詫地看著門前。是因為門前竟然會把這麼重要的事情告訴宇田川這個小調查員嗎？還是為門前所講的這些話而感到驚訝呢？宇田川認為應該是後者。瀧田肯定沒被告知關於蘇我的內幕，只是依照韮澤部長的指示行事，而如今得知真相，大感震驚。

宇田川等人的行動，讓原本將蘇我身分視為機密的特搜總部難以採取動作，韮澤部長與吉田部長或許就是為此而來跟門前商討對策。

「你剛剛說要找出兇手逮捕到案，已經有特定目標了嗎？」韮澤部長問宇田川。

宇田川想起仁志對他說的話：「也許可以鎖定幾個人。」

「等等！」瀧田課長驚惶地問：「這是怎麼回事？嫌犯不是蘇我嗎？」

回答這個問題的並非韮澤部長，而是門前：「剛剛的對話應該能夠掌握其中的脈絡，我就不重複說明了。蘇我身負特殊任務正在臥底調查，為此不得不採取懲戒免職這樣的作法。」

「那麼，將蘇我列為嫌犯是……」瀧田課長神情呆愕地喃喃說道。

不待門前回應，宇田川先說了：「是一種救援的措施吧？」

門前點了頭。

「我們早已得知蘇我會有生命危險，但礙於未查出殺手身分，也無從逮人。這麼一來，只好先將蘇我帶回警局加以保護，這是原有的想法。」

宇田川說道：「只要直接將這個消息告訴蘇我，不就省了動員特搜總部的工夫了嗎？」

門前搖搖頭：「我們無法與臥底調查員取得聯繫，倘若要是被臥底組織的人發現他跟警方聯絡，他恐怕小命也不保了。在潛伏臥底開始的那一刻起，他就必須自行判斷該怎麼行動。你之前與蘇我取得聯絡，對我們來說是極為罕見的例子。」

蘇我當時之所以那樣謹慎提防，也要宇田川別再聯絡，現在終於能夠理解，原來那天在赤坂的西班牙餐廳會面，其實是極度危險的行為。

瀧田課長看來是飽受衝擊。他或許也跟宇田川一樣覺得憤怒，那是一種發現自己被蒙在鼓裡，徹底被利用，覺得自己根本像個傻瓜被騙得團團轉的怒氣。

「找出殺害兩名黑道成員的兇手並且加以逮捕，你真的做得到嗎？」韮澤部長問宇田川。

宇田川想了一下後回答：「是的，我認為可以，只是必須要讓搜查一課的員警能夠隨心所欲地行動，並且也要請組對四課全力配合。」

「這話聽來像是要讓原本由組對部主導的特搜總部改由刑事部主導。」

「搜查一課專門偵辦凶殺案，而這案子顯然不是黑道鬥爭，不是嗎？」

韮澤部長陷入沉思。

「好大的口氣。」瀧田課長說：「別忘了你早就被逐出特搜總部。」

「即使被逐出特搜總部，我也還是一名刑警。」

感覺瀧田課長像是有著滿腔怒火，也許只是將這股沒有出口的怒火發洩到宇田川身上。

瀧田課長還沒來得及回應，韮澤部長便已一臉嚴肅地對宇田川說：「你做得到的話就去做吧。如果能夠逮捕兇手，我們這邊的工作也會比較容易進行，我不認為讓你回到特搜總部有什麼問題。」

瀧田課長以受挫的神情看向韮澤部長，但韮澤並未理會。

「不只有我，希望能請您讓之前同樣被懲處的下谷署搜查員土岐也一併回到特搜總部。」

「那也無妨。關於案件的偵辦，今後也會與刑事部長討論。」

這代表刑事部也有發言權了。

「韮澤部長剛剛說到『我們這邊的工作』，能否請您詳細說明？」

宇田川這麼一問，韮澤部長驚訝不已：「你說什麼？」

「部長您方才提到，『如果能夠逮捕兇手，我們這邊的工作也會比較容易進行』。」

韮澤部長像是驚覺自己多話了，看向吉田部長。吉田部長似乎有些惱怒，繃緊了臉。

門前開口說：「這由我來說明吧。我們現在正祕密偵查某高官與政客的貪污案。官員收取檯面下的黑錢，再將大筆金額交到政客手中，大致上是這樣的案子，由於被鎖定的目標是高級官員與某政治人物，因此不得不謹慎行事。」

語氣聽來是要宇田川明白事情輕重，不過門前雖說要說明，卻壓根不打算談到具體細節。

宇田川回問：「您口中的高級官員，是外務省北美局的幹部？所謂的政治人物，應該是外務省出身的『族議員』（譯註：在某個特定領域的政策訂定上具有重大影響力的議員）吧？」

「你為什麼會認為是外務省？」

「關於《日美安保條約》相關的弊端，雖然防衛省受到調查，但外務省卻能置身事外。」

「就先假設你都說對了吧。」

「八十島秋水曾說，在某種狀況之下，他與警察的利害關係有可能是一致的。」

門前的表情看來像是放棄什麼似的，只見他點點頭。有可能是他們原本以為宇田川面對這種陣仗會害怕得無法動彈、只會唯唯諾諾，或是認為他應該傻裡傻氣、搞不清楚狀況吧。

「這也是我們將八十島秋水視為目標的原因。為了尋找這其中與八十島之間的接點，而讓蘇我前去執行祕密任務。」

「換句話說，是為了尋求八十島秋水的協助，因此去接近桂谷組的囉？」

「他的影響力不容小覷。我們考量到若要逮捕在外交領域關係良好的政治人物時，可能會出現一些阻礙，但若八十島出面，或許可以推動其他的政治人物出面制衡。」

「意思就是，警方想要借助右翼派系的力量？」

「戰後出現的『行動右翼』，以及非『偽裝右翼』的民族主義思想家、運動人士，在現今的政壇上還是擁有一定的影響力。姑且不論是好是壞，這都是日本的現狀。為達目的，只要是任何能運用的人事物，我都會盡量利用。」

「包括我嗎？」

「倘若你有利用價值的話。」

門前打量地看著宇田川。「雖說你踰越了本分，但是換個角度來看，也許可說是對自己的工作具有熱忱也富行動力，且竟然單槍匹馬前去會見八十島秋水，讓我見識到你的利用價值。」

「應該不會因為我知道的太多，而讓我從此消失吧？」

「若能如此，也就不必花這麼多工夫了。」

這應該是真心話吧，宇田川心想，門前並不是會說這種玩笑話的人。

「為了拯救蘇我，我會持續進行兩起凶殺案的調查，應該沒問題吧？」

門前點頭。

「就去做吧，今天這一席話已經確認了你今後不會再妨礙到貪污案的調查。」

菲澤部長對宇田川說：「事到如今，特搜總部的態勢不會改變，你們還是必須得依照瀧田課長的指示來行動，而特搜總部的工作，就是找出凶殺案的兇手。」

宇田川並無異議，這也是拯救蘇我的方法。

「我明白了。」

「談話就到此為止。」

「不必對我下封口令嗎？」

門前與兩位部長彼此面面相覷，這已經不知道是他們第幾次有這樣的反應了。

吉田部長回他：「不必特地下什麼封口令，只是希望你能夠明白我們布局的這些搜查工作有多重要就是了。」

宇田川發現這是吉田部長首次開口，言簡意賅，但一句話便讓人感受到其重要性。

人要是被要求不可多言，會更想說出去，反觀吉田部長這樣的說法，反而讓人知道口風要緊，謹慎發言，他其實是深知人性心理。

「今天的談話就到此。」門前說道。姿態雖柔軟，話中卻帶著不容再提問的意味。

「那我先告退了。」宇田川決定打住不再繼續。

出於好奇，宇田川想知道瀧田課長此刻會是什麼樣的表情，他不著痕跡地觀察了一下，只見他一副飽受打擊、強作鎮定的樣子，給人的感覺變得極為陰暗、不起眼，讓宇田川驚訝不已。當初在特搜總部第一次見到他的時候，他是那樣自信滿滿。人的印象，原來是會改變的。

21

在本廳的刑事部搜查一課，田端課長、名波係長、植松、土岐四人都等著宇田川的歸來。

一來一往，彷彿像是場網球比賽。

宇田川轉述了方才在課長室裡與門前等人的對話內容，田端課長等人聽得十分專注。

「外務省的高級官員、外交領域的族議員。」田端課長叨叨喃唸著。「在地檢的眼皮底下進行調查，這也難怪公安不得不慎重行事了。一個不小心，可能會造成無法挽回的事態。」

名波係長問宇田川：「具體提到什麼人名嗎？」

「沒有。」

「這樣反倒好，我們也省著被捲進這種麻煩案子裡。」

「早就已經被捲進來了吧。」植松說。「不是要救助臥底的蘇我嗎？」

宇田川對植松說：「不管怎麼說，那都是我自己該做的事。」

「別耍帥了，你自己一個人能做什麼？現在當務之急是要找出兇手，愈快愈好！」

「我們只是在做本來就該做的事情，雖然繞了一些遠路，但現在終於能夠將心力重新放在凶殺案的調查上了。」土岐說完後又追加了一句：「真沒想到，被逐出特搜總部後，還要再回去。」

「還真是多愁善感。」植松對土岐說：「之後可能不會輕鬆，但至少本來要發布的處分也取消了。」

土岐微微地輕嘆口氣。

土岐看似有些失落，但其實也不盡然如此，宇田川心想。土岐打從骨子裡就是個真正的警察，查案中途被調離崗位，怎麼可能會開心。今後將展開正式的調查，土岐絕對是不可或缺的人。

田端課長對宇田川說：「就如同土岐所說的，各自該扮演的角色相當明確，我們只要專心追緝兩起凶殺案的兇手就行了。」

包含宇田川在內的四人點點頭。

田端課長接著說：「你對警備企畫課長以及部長那些幹部誇下海口，說是能夠鎖定兇手，事實上真的已經有目標了嗎？」

宇田川謹慎地回答：「我並不是斷言自己能夠找出兇手，而是說我『覺得』可以找出來。」

「無論如何，你這句話的責任很重，具體來說你打算怎麼做？」

「帶我去見八十島秋水的黑道成員仁志透露，警方可能早已就跟兇手接觸過了。」

田端課長蹙起眉頭：「意思是，那個黑道成員知道兇手的身分囉？」

「我想應該有些頭緒，但並未證實。他說，警方應該能查證吧。」

田端課長問名波係長：「你怎麼想？」

「如果說是我們曾經接觸過的人，也不是不可能，畢竟特搜總部的調查員接觸過的人多得數不清。」

「若要回頭去一一清查那些人，就跟回到原點重新開始沒兩樣。」田端課長顯得煩躁。

土岐語帶保留地說：「也不至於要到一一清查的地步，只要換個角度去想就可以了吧？」

田端課長看向土岐：「換個角度？」

「是的。」

土岐似乎因為課長這麼一看而有些緊張，他回道：「特搜總部在成立當時，這個案子是以黑道鬥爭的方向進行調查，之後突然改變了調查方針，將蘇我列為嫌犯，而兩次都是由上面強加而定的方向。現在來自高層的壓力消失，終於能夠真正進行凶殺案的調查了。

「現在的情況可不容許再拖拖拉拉下去。」田端課長語氣聽來焦躁。「目前蘇我孤立無援，我們也不能主動跟他聯絡，殺害兩名黑道成員的兇手可能此刻槍口就對著他。」

「是從美國來的職業殺手嗎？」植松說。「但這樣未免也太明顯了，如果回頭去追查目擊情報的話，豈不是馬上就會被發現了嗎？」

土岐搖搖頭：「就算雇用殺手的幕後主使者真的是出自美國，殺手也不見得就是美國人，也可能會雇聘日本人，例如在美國的日本人。」

聽著植松與土岐的對話，宇田川心中有一股莫名的感覺，那究竟是怎麼回事，自己也說不清，讓他十分焦慮。

「該做的事很明確地擺在眼前了。」名波係長說：「找出那個殺害兩名黑道成員且現在可能將蘇我視為下個目標的殺手並逮捕歸案，我待會就直接回特搜總部。」

植松接著回應：「嗯，我也直接回去。」

土岐又嘆了口氣，並對宇田川說：「真沒辦法，我們也回去吧。只是我得先打個電話給內人才行。」

田端課長環視了眾人後說：「把之前的事情都忘了，接下來就是我們刑警出場的時候，讓組對那些傢伙瞧瞧搜查一課的實力！」

真不愧是田端課長，很懂得怎麼鼓舞底下的調查員，宇田川此刻也熱血沸騰了起來。

雖然整整離開了特搜總部四天，但回來後卻感覺一如往常的自然，好像只是到現場採證之後又回來似的。

瀧田課長坐在前方的幹部席中，看來是從警察廳直接回到特搜總部，顯得有些疲倦，也或許是失去了鬥志的關係吧。

看了看時鐘，已經接近午夜十二點，特搜總部雖然是二十四小時不停歇地運作，但現在的氣氛沒有那麼緊繃。

管理官、係長等幹部應該已經從瀧田課長那裡得知了第二次的方針變更。原本一度鎖定嫌犯，卻又改變了方針，會讓調查員頓時氣力盡失，感到筋疲力竭吧。

而宇田川此刻正充滿了高昂的情緒，甚至連睡覺都覺得是浪費時間。

今天真是漫長的一天。與八十島秋水見面似乎已經是很久很久以前的事，被叫到警察廳、與門前及兩位部長談話，此刻想起來也猶如一場夢般不真實。

瀧田課長把名波係長叫過去，不經意地與宇田川對視，瀧田課長隨即將視線移開。

「你覺得他們在說什麼？」植松問。

土岐一副興趣缺缺地回答：「應該是在討論今後的辦案方針吧。」

「田端課長說，接下來就是搜查一課展現真功夫的時候，這說不定就代表著瀧田課長的敗北。」

土岐看來很受不了地說：「對我們轄區刑警來說，搜查一課主導還是組對四課主導都沒有差別，重點是揪出嫌犯。」

「在組對四課主導辦案方向的期間，調查幾乎毫無進展。」

「會這樣是因為上面的方針吧。」

「今後就不一樣了，未來將會展開真正的調查行動。」

「在這之前的調查行動也並非毫無助益，就如同宇田川那小子所說，真正的嫌犯就在我們曾經接觸過的人當中呀。」

兩人的對話在宇田川聽來感覺很遙遠。從剛剛到現在，心裡一直有種模模糊糊的感覺，遲遲無法聚焦成為具體的意象，也許並不是什麼大事，但就是很在意。如果有什麼感到在意的事情，就要徹底弄清楚，宇田川記得好像是植松曾這麼教他。

名波係長走回來對他們說：「調查態勢跟之前並無兩樣，幹部不會變更，分組也照舊，只不過，鎖定的嫌犯要重新再來。」

植松問：「什麼時候會向其他調查員發表這個消息？」

「今夜就會對在特搜總部的調查員公布，等下應該馬上會召集人員回總部吧。」

土岐說道：「喂，小子，你一直呆呆地在想什麼？」

植松從鼻子哼了一聲，笑說：「不僅跟大人物見面、又被叫去警察廳那邊，一天接收太多訊息所以頭殼燒壞了嗎？」

宇田川回答：「的確是這種感覺。」

「有什麼感到在意的事情，說出來看看，或許能作為參考。」土岐說。

宇田川不知該從何說起，最後決定把心中想法直接說出來。

「從剛剛開始，就一直感到有事懸在心頭，但我想不通那是什麼。」

「還真稀奇呀。」植松說：「但或許會意外成為重要的線索也說不定。」

「好像跟你們的對話有關。」

土岐瞇起眼睛：「哪一段對話？」

「這……」宇田川不知道該怎麼回答才好。「我也不知道是哪段對話，我想可能是關於殺手的那段。」

「這麼年輕就已經癡呆了呀？」土岐指著自己的頭這麼說。

植松接著說：「你追蹤蘇我的線索、去見了八十島秋水、還被公安的最高層召見，經歷過幾個非常重要的局面。」植松以少見的認真神情對宇田川說：「這樣的你，既然感到有什麼懸在心頭，也許是極為重要的事情，再仔細想想。」

「是。」

即使他不這麼說，宇田川也會這麼做。

不過，植松的這些話，讓宇田川振奮不已，想到自己並不是在無聊的事情上鑽牛角尖，心中湧起了自信。

搜查員全都被召回特搜總部，在深夜時分召開緊急的調查會議。

總部內的調查員紛紛入座。最前方的幹部席都坐滿了，一個不少。調查員掩不住驚訝，猜著到底要宣布什麼事。

深夜緊急召集人員開會，大家應該會認為是案情有重大進展吧，總部內飄散著緊張的氣氛。不過，也有人是一臉呆滯，應該是從被窩當中被叫醒，看來似乎連眼睛都沒全睜開。

原田管理官主持會議的流程。

「時間也晚了，就不多作贅述。關於嫌犯，在此之前雖然都以蘇我和彥為追緝目標，但現在排除這個假設，今後請投注全力於鎖定案件的兇手。」

特搜總部內一片寂靜。多數的調查員都目瞪口呆地看向幹部席。沉默沒有維持多久，低聲耳語聲不斷擴散，最後形成了全場譁然。

「安靜！」

原田管理官大聲制止，不過並沒有起什麼作用，調查員仍是議論紛紛。

原田管理官更加提高了音量：「要發言請舉手。」

嘈雜聲好不容易收住，幾名調查員爭相舉手，原田管理官點了組對四課的人發言。

在這種時候，先讓意氣相近的人說話，可謂人之常情。

「您剛剛說要撤銷蘇我的嫌疑，這是怎麼回事呢？另外，是代表此案又要回到黑道鬥爭的方向來調查嗎？」

原田管理官有些煩躁地回應：「沒聽清楚我說的話嗎？我剛才說，要找出兇手。這不是黑道鬥爭，是凶殺案。」

組對四課的調查員面露疑惑，繼續提問。

「也就是說，調查行動要回到原點的意思嗎？」

原田管理官面有難色地瞥了瀧田課長一眼。通常瀧田課長都會帶著極自信的態度說明，但這次他卻一點也沒有要接話的樣子。

原田管理官便回道：「並不是回到原點，在這之前的調查行動一樣繼續執行，已經收集到許多線索了，應該要善用才是。」

底下又開始騷動，這次原田管理官並不打算制止，只作壁上觀。又有一名調查員舉手，原田管理官點他發問。是名月島署的刑警，從位子上站起後便開口問：「到目前為止都是以蘇我和彥作為嫌犯來進行調查，現在突然又說他沒有嫌疑，實在讓人費解，可以說明一下原因嗎？」

原田管理官又看向了瀧田課長，終於，瀧田課長打破沉默，緩緩開口：「蘇我和彥的立場非常微妙。他的確是有重大嫌疑，因此目前仍將蘇我例為重要關係人，只不過在調查過程當中，已經證實了他並非嫌犯。」

月島署的刑警一臉狐疑地追問：「所謂的調查過程，可以再詳細說明內容嗎？」

「眼下並沒有時間能夠說明實際細節，現在必須盡速開始展開調查，愈快鎖定嫌犯愈好。」

月島署刑警的表情看來無法接受這樣的說法，但畢竟對方是堂堂課長，也無法再說什麼，只好坐回位子上。

瀧田課長繼續說：「再者，關於嫌犯，也並非是毫無頭緒。針對這點，就請搜查一課的宇田川調查員來向大家說明。」

名波係長驚詫地望向瀧田課長，植松及土岐則慌張地轉頭看宇田川，不過最驚訝的莫過於他本人。瀧田課長竟然以這種方式來倒打自己一把？宇田川打從心裡看不起瀧田。

「說是線索，也只有目前為止調查過程中蒐集而來的情資。」

宇田川的話才落下，瀧田課長便問：「不是心裡已經有底了嗎？」

他想在搜查會議上將我當成箭靶，宇田川心想。

「目前並沒有特別有把握的線索。」

瀧田課長接著說：「無論什麼線索都可以，只要足以做為參考的，都希望你能說出來。調查過程一路上曲折遠繞，已經晚了好幾步，為了補上落後的進展，我們必須比以往更加團結一致才行。」

宇田川有點驚訝，瀧田課長竟然壓低姿態。宇田川原本一度感到生氣，看著瀧田的表情而又改觀了。瀧田非常認真地看著宇田川，或許他已經整理好自己的情緒，決定要邁向下一步，竭力希望調查能夠有所進展。

宇田川決定繼續發言：「有一件可靠消息顯示，我們特搜總部可能已經跟兩起凶殺案的兇手接觸過了。」

瀧田課長依然直盯著宇田川看，問：「具體來說，是誰呢？」

宇田川老實回答：「我不清楚。」

特搜總部內可聽見失望的歎息聲此起彼落。

「但是，只要改變以往的思考模式，重新整理案件的脈絡，相信一定能夠找出嫌犯。」

宇田川借用剛剛土岐說的話。他決定暫且將有事懸在心頭上的感受按下。

「我明白了。」瀧田課長點點頭。「在此重申，我們已經沒有時間了，刻不容緩，必須馬上找出凶殺案的嫌犯，期待各位再次全力協助。」

宇田川坐回位子上，此時外套內側口袋裡的手機因來電而震動，並未顯示來電號碼，他決定接起。

「喂。」

話筒那頭沉默無聲。

宇田川站起來走到不會妨礙會議進行的地方，再次開口：「喂？」

「宇田川？」手機傳來熟悉的聲音。

「是蘇我嗎？」

因著這聲問句，有些調查員轉過頭來看著宇田川。

萬萬沒想到，蘇我會打電話過來。發生了什麼事？宇田川等著蘇我的下一句話。

22

「蘇我，你現在人在哪裡？」

蘇我並未回答，反倒回問了問題：「你為什麼要去見八十島大師？」

宇田川注意到蘇我稱呼八十島為大師，應該是為了貫徹自己現在的角色吧。只是有那麼一瞬間，覺得蘇我已成了八十島那邊的人。

「那是我的工作啊，只要是刑警，不管是誰都會想辦法跟他見上一面。」

特搜總部內一陣兵荒馬亂。植松把自己的手機拿給其他調查員看，想必是把宇田川的手機號碼告訴其他人，以便追蹤電話那一頭的來源吧。

宇田川邊觀察著總部內的動態，邊集中精神專注聽蘇我說話。

「不要再靠近八十島大師。」

宇田川以手掩護並壓低音量，他接下來要說的是不能讓其他人聽見的事。

「蘇我，你聽好了，你不必再對我演戲，我已經知道你正在臥底，我跟警察廳的門前警備企畫課長見過面了。」

「那又如何？」蘇我冷冷地回問。

冷淡中又帶著他特有的慢悠語氣，宇田川朦朧地想起了蘇我的輪廓。

「你跟那兩名被殺害的黑道成員一樣也有生命危險。高層察覺到這件事，想要救你一命，才把你列為凶殺案的嫌犯，他們認為與其讓你暴露在危險中倒不如把你帶回警局來更安全。」

「嫌犯就是嫌犯，可不能這麼容易被抓到。我也有我的工作要做，要是現在被逮捕的話，我所付出的辛苦就全化為泡影了。」

「那些都不重要，我不是說了嗎，那是為了要救你一命，你無須再躲藏，再逃跑了。快告訴我，你人在哪裡？」

「這我可不能說，你不必救我，我被賦予了任務，得依自主判斷來行動。」

「你這傻瓜！」宇田川不敢相信。「你可以中斷任務了，高層把你的生命安全擺在最優先位置。」

「不可能。」蘇我仍然維持著一貫的悠哉語氣。「揭發一件足以算是叛國的犯罪與一介調查員的性命，你認為哪邊比較重要？」

宇田川震驚不已，蘇我的回答完全出乎他意料之外。公安警察腦子裡是否都抱持著這種想法？或許那正是他們自覺為菁英的尊嚴所在，一種保衛國家的自負。

蘇我繼續說：「公安部長跟警備企畫課長應該是擔心我在被殺掉之前會走漏風聲，與其讓消息外流，倒不如自己先處理掉。」

是蘇我的疑心病太重？亦或是一種自暴自棄。

「怎麼可能！對你的嫌疑已解除，我們現在正努力找出將你視為下個目標的殺手，會將他逮捕到案。」

「即使逮捕到兇手，這個案子也無法解決。」

「這我知道，那個層面的問題，公安部長跟組對部長會去處理。總之，你得優先考慮自身安全，告訴我你現在身在何處！」

「不行。我正在進行的不是一般的調查，而是特殊任務。」

「你這笨蛋，什麼任務！你不是軍人也不是情報員，你是警察呀！」

「公安可不只是單純的警察。」

「自滿也該有個限度！」

「總而言之，我堅持我的作法，也一路拚命挺過來了，可不能現在舉白旗投降。」

宇田川對於蘇我的冥頑不靈感到生氣，他斜眼看了看特搜總部內的動靜，有幾名調查員不停地以電話在聯絡著，想必電話那頭是NTT等電信業者，所有人都在試著追蹤發話來源吧。實際上，警方在追蹤來電時，比一般人所想像得還要更快且輕易就得知來電者跟受話者的號碼。依現在的技術，受話者即使不接起電話，雙方的電話號碼也會被記錄在電腦裡。只不過就算能夠知道電話號碼，要找出號碼主人以及所在地，仍然需要時間，這部分必須要仰賴電信專家。

有幾名調查員走出門外，說不定已經鎖定了蘇我的所在地。

「總之，你先跟我們碰面吧，見了面再說！」

「辦不到。在我跟警方接觸的那刻起，臥底行動就不可能再繼續。耳目無所不在，我現在身處的就是這樣的世界。」

「我剛剛不是說了嗎，那些都不重要！」

「重不重要，由我自己判斷。問你一個問題。」

「問題？」

「八十島大師是否跟你提到我？」

「他早已知道你的事情。」

「你是否談到我身負特殊任務一事？」

真是迂迴的說法，其實就是在問是否說出他是臥底的事。

「我沒說，我擔心會危及到你的性命安危。」

「你該擔心的是你自己。倘若你今後再接近八十島大師，說些不該說的話，在那之前我說不定就得把你幹掉。」

「你的話一點都不像是個警察會說的。」

「我不是說過了嗎，公安不只是警察。再次警告，今後不要再接近八十島大師。」

「等等，聽我說！你現在被逼得走投無路，無法正常判斷，我們要幫你呀，至少也聽聽我們想說什麼！」

電話被掛斷了。宇田川頓時愕然。不知不覺間，他周圍聚集了許多調查員與管理官。

「等一下！別掛斷！」明知無用，還是脫口而出。

宇田川一放下電話，名波係長立刻問他：「是蘇我打來的？」

「是。」

「說了些什麼？」

「教我不要再接近八十島秋水。」

「他聽不進我們的話？」

「是，他相當堅持要繼續執行任務，說自己身負特殊任務。」

「特殊任務？是指作戰行動嗎？」

名波係長表情凝重。

瀧田課長與原田管理官走近，原田管理官先開口說：「目前正在分析發話來源，發出電波的中繼站是在麻布地區。」

先前走出特搜總部的調查員應該是前往麻布一帶，等候後續更進一步的命令。

「未顯示來電號碼？」瀧田課長向宇田川確認。

宇田川點頭，「是的。」

「恐怕他現在已經離開麻布那一帶了吧。」

這個語氣像是在說舉凡公安警察都會這麼做，實際上也確實是如此吧。

名波問宇田川：「聽見電話那頭有什麼聲音嗎？能夠作為線索的聲音。」

「沒有，那邊很安靜，聽不見其他聲響，應該是在室內。」

瀧田課長對名波係長說：「他既然要打電話來，這一點肯定會事前注意。」

之後，確定了發話地點。

蘇我是透過麻布某間店裡的電話打給宇田川，那是一家以櫃檯座位為主的酒吧，調查員趕到該店時，早就不見蘇我的蹤影。

蘇我並非是那家店的常客，跟店員也沒有特別的交情，因此無從追查他的下落。收到這個消息時，已經是深夜的一點十五分。

「他說不定還在那一帶附近，或許能夠找出可追查出行蹤的線索。」

原田管理官說：「我建議讓調查員盡快前往現場！」

瀧田課長一副興趣缺缺的樣子，但仍點點頭：「就照你說的去做吧。」

瀧田課長一定是覺得就算去了也沒用吧，他應該是認定公安調查員不可能讓人有跡可循。

原田管理官指派了幾名調查員前往現場，其中也包括宇田川及土岐。由於是開公務車過去，宇田川與土岐也一同坐上車前往，那其實是調查員自家車輛，作為調查之用。

宇田川與土岐坐上後座，這輛車的主人是月島署的調查員，由他負責開車，副駕駛座是與這位月島署調查員搭檔的組對四課科員。

宇田川想起了蘇我說的話。不知道蘇我是從什麼時候開始嘗試接近八十島秋水，但是宇田川感覺他投入了很深的情感。

之前曾聽說過美國的臥底例子，在潛入毒品組織、黑幫當臥底時，有滿高的機率會對該組織發自真心地懷有著忠誠與親近感，不知不覺間被同化，這種情況還不少見。蘇我的心境該不會也起了這樣的變化？

蘇我對宇田川說，要是再想接近八十島秋水，有可能會把他解決掉。這句話或許是出自於身為一個臥底調查官所感受到的危機感，但換個方式想，也可能是想要保護八十島。不過，也可以想成是嫉妒，他說不定是為了宇田川比自己更加靠近八十島而感到不悅。

所謂的嫉妒，並不僅限於男女之間的感情。

不，這應該是我想太多了。宇田川重整思緒。蘇我正在孤軍奮戰，處在極大的壓力之下，失去了正常的判斷力，雖然他沒有忘記身為一名臥底調查員的使命，但這也已經是一個危險的徵象。

「想到什麼了嗎？」土岐問道。

「啊？」

「你不是說感覺有什麼事懸在心頭嗎？」

「哦，那件事呀，還沒想到。」
「你曾說那跟我們討論過的話題有關係。」
「是有這種感覺，但到底是哪件事，我想不起來。」
宇田川言及此，突然像是有什麼從黑暗的記憶深淵當中隱隱浮現。
「土岐前輩，您與植松前輩曾提到關於美國的事，對吧？」
「有嗎？」
「植松前輩說，若是從美國派來的殺手未免太引人注目，土岐前輩您說就算殺手是受雇於美國，雇主也不見得就一定是美國人，也有在美國的日本人。」
「好像這麼說過。」
「那個時候，我不知為何，竟想起了松金良美。」
「怎麼突然出現這名字？」
「事情發生的時候，松金良美到國外旅行了。」
土岐表情顯得驚訝。

「就因為她出門了，住處才會被用來作為犯案現場啊。」

「的確，所有人都是這麼想的。村井曾經與松金良美的高中同學下澤恭子交往，松金良美出國旅行了，所以下澤才會讓被警方追緝的石田伸男藏到松金的屋子裡。」

「是這樣沒錯。」

「雖然一時之間覺得沒什麼問題，但仔細想想，這樣豈不是很不自然嗎？若是藏在自己家也就算了，竟然是藏在女朋友的高中同學的住處。」

「是因為村井自己居無定所吧？村井躲在下澤恭子家裡，當然不可能讓石田也在同一處躲藏。」

「但即使是到國外旅行，也不可能一直不回家，把人藏在那裡，還是很不合理，畢竟那不是能夠長久藏身之地。」

土岐的眼神變得銳利：「換句話說，石田把他帶到那個房裡，目的並不在於幫助他藏身？」

「我認為這麼想比較合理。」

土岐慎重地說：「你的意思是，村井為了要殺害石田才把他帶到那裡？」

宇田川聽到土岐這麼說，嚇了一跳，他並沒有聯想到這一步。

「不，我只是覺得也有這個可能。」

「說得沒錯，之前我也覺得有些奇怪。」土岐說，「就如同你所說的，把同夥藏匿在女友高中同學的住處，確實令人想不通。若只是暫時躲藏，藏在村井他們住的地方不就得了。」

「對。」

宇田川因為土岐也認同自己的說法而感到信心大增。「在發現石田的屍體時，松金良美卻這麼剛好在國外旅行。」

「剛好嗎？你們在赤坂搜索事務所時，石田帶著八十島秋水的親筆信逃跑，而在那之後，松金良美就出國了，這一切都是無縫接軌，但松金良美到哪裡去了？真的是出國嗎？」

土岐說到後面，幾乎是喃喃自語，應該是陷入思考。

「依『JOKER』的熟客所說，她好像是到某個熱帶島嶼，普吉島之類的，我也不知是否屬實。」

「總之，這幾件事都必須要再重新檢視一遍才行。」

「沒錯！」

坐在副駕駛座的組對四課調查員突然轉過頭來回應，看來是一直聽著宇田川與土岐一來一往的對話。

「喂！」那名調查員說。「你們就在這裡下車！」

是什麼事惹他不開心了嗎？

如果是這樣，我也要據理力爭，宇田川不平地想。

在宇田川開口之前，土岐先問了：「為什麼？」

副駕駛座的調查員先請開車的調查員靠邊停車，之後便轉回頭對土岐說：

「你們不需要去現場，就算去了也是白忙一場。」

土岐回道：「所以又如何？我們身為刑警還是得去。」

組對四課的調查員搖搖頭。

「你們剛剛講的內容非常重要，我指的是你們說要重新檢視在這之前的調查。與其到現場去尋找已經不見蹤影的蘇我，倒不如回到總部把剛剛那席話報告給課長等幹部。」

宇田川有些呆愣地看著那位調查員，他原本一直以來都認為組對四課的人對搜查一課沒有好感，也許實際上並非如此，宇田川想起也有像柚木那樣的人呀。

「說得也是。」土岐說：「你說得沒錯，我們在這裡下車搭計程車回總部。」

「就這麼辦吧！」

車子已經停在路邊，宇田川坐在後座左側，先下車了，此時他聽見土岐說：「你叫什麼名字？」

「我是組對四課的藤卷。」

「我會記住的。」

「你呢？」

「我是下谷署的土岐。」

「記住了。」

土岐一下車，車子便迅速駛離了。

23

「你們為什麼又回來了？」原田管理官一臉驚訝地對著宇田川與土岐這麼說。

土岐答道：「有刻不容緩的話想要跟各位報告。」

「有什麼話之後再說，你們現在就依命令到現場去調查。」

像原田這樣死腦筋堅守崗位的人，在警界並不稀奇。宇田川雖然早已司空見慣，但現在完全不打算照他的話做。

宇田川正想回話之時，意外地瀧田課長先開口制止原田：「你先別說話，他們即使違逆總部命令也要折返回來，想必是相當重要的事情。」

特搜總部內的調查員與管理官都朝他們走近，想聽聽談話的內容，其中也包含名波係長與植松。

土岐對瀧田課長說明：「是宇田川這小子突然想到……」

土岐告訴瀧田，村井將石田藏在松金良美屋裡的作法實在不尋常。瀧田課長維持著一貫表情，靜靜聽著土岐說明。

不反駁嗎？宇田川想。特搜總部的幹部之前對於這個部分認為並無異狀。

土岐說完後，瀧田課長便問宇田川：「這個想法的根據是？」

宇田川坦率地答：「當土岐與植松兩位前輩談到從美國派來的殺手時，我感覺到有種懸而未決的不踏實感，而那正是松金良美到國外旅行這件事。在思考的過程中，就如同土岐前輩方才所說，對於案件中的幾個地方都感到不合理。」

「有幾個地方不合理？除了剛才提到的，村井將被害的石田藏匿在松金良美屋裡，還有其他不合理的地方嗎？」

「石田屍體被發現的時候，松金良美剛好出國旅行了，這一點也讓人感到有些奇怪。」

「應該是巧合吧。」

原田管理官這麼說完，瀧田課長直盯著他看。原田察覺到他的目光而感到有些難堪，應該是發現自己失言了吧。在辦案過程中，可不容許「巧合」這個字眼出現。儘管實際上偶爾會遇到極為巧妙的偶然狀況，但先入為主地認為是巧合，可是大忌。

瀧田課長眼神掃過土岐與宇田川後開口說：「我想，這正是所謂的改變觀點。你們立即折返回到總部是正確的。事不宜遲，具體說說首先該從什麼地方重新查起？」

瀧田課長竟然與基層的調查員商討調查方向，宇田川相當震驚。瀧田曾說過為了讓調查行動有所進展，需要眾人齊心協力合作，所言非假，宇田川對他有些另眼相看。

「我想，應該再把村井找來詳細偵問才是。」土岐說：「甚至要懷疑他先前所說的證言是否屬實。村井目前身在何處？」

瀧田似乎是要確認似地看向原田管理官。

「並未限制他的行動，畢竟他不是嫌犯，在偵訊過後就釋放了。」

「立刻確認他的所在之處，若有必要，可強行帶走。」

「任意同行（譯註：以協助調查為由將民眾請到警局，但民眾也有權利拒絕）嗎？」

「是。不過倘若他意圖逃跑的話，就直接逮捕。」

瀧田所下的這個指示，不只是原田，就連四周的調查員都不禁露出驚訝的眼神，宇田川也同樣感到意外。

馬上就有幾位調查員走出門外，前往村井的住處。

原田以眼角餘光看著他們的動作，一邊問瀧田課長：「您剛剛的意思是要緊急逮捕嗎？」

「聽了土岐跟宇田川說的話你還不明白嗎？石田被殺害的時候，知道石田藏身之處的人屈指可數，村井正是其中一人。」

「您的意思是，村井是嫌犯？」

瀧田課長轉面向名波係長問道：「你怎麼想？」

這也是以前的特搜總部不可能發生的景象。

名波明快地回應：「我認為他犯罪嫌疑重大。」

瀧田課長點點頭，對原田管理官說：「就是如此。」

「我認為也有必要得重新調查松金良美。」宇田川說。現在不是該顧慮位階高低的時候，況且先聯想到村井及松金良美這條線的也是他。

瀧田課長頷首表示認同：「看來有這個必要。」

土岐詢問瀧田課長：「請問是否查到松金良美到國外旅行的證據？」

「照理來說應該有。」

「出入境的時間是？她去了哪個國家呢？」

瀧田課長再次看向原田管理官，原田接著回答：「出國是在三月二十日星期五，並在三月二十四日星期二回國，地點是關島。」

「關島？」宇田川不自覺地反問。

「沒錯。」原田管理官回答時還斜眼瞥了他一眼。

「據松金良美工作的酒館常客說，她好像是去了普吉島之類的地方。」

「是嗎？」原田管理官沒好氣地說。「是那位常客記錯了吧，確認過她的護照，的確是去關島。」

土岐說：「關島跟普吉島會搞錯嗎？」

原田管理官將視線轉向土岐：「你說什麼？」

「念起來又不像，地點更是毫不相關。」

「一樣都是南方島嶼吧。」

「一般來說是會把名稱相似的地區搞混，但關島跟普吉島不可能會弄錯。松金良美有可能是刻意隱瞞目的地而告訴別人是普吉島。」

「目的是什麼？」

「這得要問問她本人才能知道了。關島是美國的領土對吧？」

聽見這句話之後反應最大的是瀧田課長，他乍然驚覺地看著土岐。

是這樣呀，原來如此。宇田川終於知道那懸在心頭的是什麼了。

松金良美出國旅行，以及雇用殺手犯下兩起命案的背後主使者是美國的某組織，這兩件事在腦中形成了連結，雖然並非有什麼理論上的基礎，只不過是推測。但就現實上來說，不可能從美國特地派殺手過來，要找到嫻熟日本地理環境及文化的美國殺手並不容易，不過在日本雇用當地殺手就簡單多了。為此，就必須要有一個能夠在日本的中間人，但並不是由中間人下手，而是由中間人去雇用殺手。中間人很有可能也是日本人，而且必定是跟美國有深刻關係的人物。

宇田川說：「松金良美在關島做了哪些事情，實在令人好奇。」

「現在可沒有時間飛去關島調查。」名波係長說：「就如土岐所說，只能請她本人來好好問問了。」

原田管理官不解地問：「到底是怎麼一回事？松金良美怎麼了嗎？住處成為命案現場，她不就是受害者嗎？」

只有原田一個人跟不上進度。即使直覺如此駑鈍，只要待得夠久，還是能當上管理官，宇田川心想。

瀧田課長瞥了原田一眼之後說：「雇用殺手殺害兩名黑道成員的幕後主

使者，很有可能是與安保祕密組織相關的某個美國組織。」

聚集在四周的調查員與管理官聽到這句話，都不由得驚訝地喃喃著。

在一陣驚訝過後，出現了憤怒的聲音：「明知道這樣的內情，卻一直隱瞞至今嗎？」

說這句話的是搜查一課的調查員。

「最初說是黑道鬥爭，豈不是把我們耍得團團轉？」

又換組對四課的調查員發聲。

若是之前，原田管理官會出聲喝止騷動，但現在他只是沉默地以帶著怨念的眼神看著瀧田課長。

瀧田課長面露無奈地說：「之前我們也不知道，只能說這是隨著調查的進展才漸漸明朗，絕對並不是刻意要欺瞞。」

宇田川認為這句話並不是說謊，瀧田原本並不清楚警備企畫課長、公安部長、組對部長的計畫，只是單純遵從韮澤組對部長的命令罷了，但現在大家都將怨氣出在瀧田課長身上，他實在太可憐了。

正當宇田川這麼想的時候，名波說話了：「隨著調查行動的進行，發現了新的事實，再根據新的事實修正調查的方針也是理所當然。問題在於我們如何重新檢視目前手上握有的情報，現在所有人應該要把焦點放在這裡。」

名波的這段話，讓調查員的怒氣平靜下來。對於驚慌失措的人們，最好的方法就是給予一個明確的目標，名波係長深知這個道理。

他繼續說：「現在大家都回到自己負責的崗位上，等候前往村井所在之處的調查員進一步的消息。他們或許會將村井帶回總部來，大家最好先有準備。」

底下馬上傳來回應聲：「偵訊室隨時都能夠使用！」、「說不定有必要當場逮捕村井，相關的資料也必須先準備好，可能得向法院申請逮捕令。」

「這就由我來處理。」瀧田課長說。的確，課長或管理官階級的人，對於向法院申請逮捕令這種事並不陌生。

「那就麻煩了。」名波回道。

圓滑地促成了團隊合作，在之前是從來沒有過的現象，這才是特搜總部原來應有的模樣。

「小子！」植松對宇田川說。「你把之前跟土岐在現場獲知的情報再詳細地說一次，跟鑑取班的情報互相對照。」

「是。」

突然，宇田川看見一名他非得說上話不可的調查員，以眼神緊追著對方，宇田川說：「非常抱歉，土岐前輩可以請你幫忙說明嗎？」

土岐回應：「可以是可以。」

植松盯著他看：「把被交付的工作推給前輩，還真大牌呀你。」

宇田川向植松與土岐低頭致歉：「真的很抱歉，有一件事情我無論如何都想理個清楚。」

植松凝視著宇田川，說了一句「知道了」。

24

宇田川走向柚木。

柚木發現宇田川向他走來，有一瞬間相當驚慌，隨即佯裝平靜，閃避著他。

「我有話對你說。」

宇田川話才說完，柚木眼神不與他對上，回答：「我現在很忙，你也知道，去尋找村井的調查員說不定馬上就會傳來回報。」

「不花你太多時間。」

柚木抬頭看著宇田川，又像是要尋求援助般四處張望，最後看來是放棄了，只好對宇田川說：「知道了。」

柚木對組對四課的前輩說：「我去準備偵訊室。」

宇田川與柚木走出特搜總部。

在走廊上兩人沒有說一句話，進到偵訊室後，宇田川對柚木說：「你演了一場戲給我看，對吧？」

柚木倉皇失措地回問：「你在說什麼？」

「最先告訴我八十島秋水這條線索的是你跟你的線人。」

「那又如何？」

「那個時候我就該察覺到了。」

「你到底想說什麼？」

柚木看來相當焦躁，不過其實他一定早就猜到宇田川想說什麼。

「當時約在台場的演唱會現場與你的線人見面，仔細想想，你根本沒必要找我一起去見他，那是你自導自演的一場戲。」

「你說那是戲？」

「沒錯，你在特意告訴我，你與八十島秋水一點關係都沒有。你認識一個叫仁志的黑道吧？」

「那是誰呀？」

明顯可看出是在撒謊。

「你該不會與被殺害的高田衛和石田伸男也有交情，才突然害怕了？」

柚木睜大了眼睛看著宇田川。

「不是！我……」只說到這，就像是失去力氣似地垂下眼睛。

「你怎樣？接著說呀。」

「接近大人物，得到重要的情報，這對組對調查員來說是最重要的事。」

「把警方情報洩露給八十島秋水的人就是你吧？」

「可惜的是，我從來沒有見過他本人。一如你所說的，我認識仁志，我把消息告訴仁志，他再傳達給八十島，就是這樣的流程。心想總有一天能見到八十島秋水吧，但至今都沒能見到他，沒想到你竟然搶先了一步。」

「你在發生凶殺案之前，就已經知道八十島秋水介入石波田組與桂谷組之間想促成和解，所以你打從一開始就清楚這個案子並不是黑道鬥爭，但是你也不能在調查會議上隨便說出八十島秋水的名字，因為你擔心會追查到八十島與你之間的關係。」

「像我這樣的基層員警，怎麼可能會知道這麼重大的線索，組對四課的前輩肯定會起疑。」

「所以你才會利用我。」

柚木聳聳肩。

「我只是希望有人能知道這件事。」

「你特地利用線人在演唱會場地告訴我八十島秋水的名字，沒錯吧？」

「你比我想的還要更有用，以結果來説，你也把調查導回正確的方向。」

宇田川感到憤怒。

「你明明知道真相，竟然隱瞞了這麼久！」

「我在那時只能順其自然了呀，就我一個人拚命去查，又能做什麼？」

蘇我可是一個人孤軍奮戰著呀！宇田川真想這麼回他。

「你知道高田衛與石田伸男被殺的理由吧？」

「是因為他們受八十島秋水之命辦事。」

「那你知道下手的人是誰嗎？」

柚木驚慌地搖頭：「我不知道，真的！要是知道的話，不管再怎麼樣都會說出來！」

「我認真想了想你之所以突然變得退縮，是不是因為蘇我被當成嫌犯，讓你愧疚了？」

「我當時不知道該怎麼做才好，心想著事到如今也不能夠說出實情，十分煩惱。」

「蘇我因為某種理由而試著去接近八十島秋水，實際上他也已經進展到一定的程度了，在這段過程中，蘇我似乎也與被殺害的石田有所交集。」

「好像是如此。」

「而現在，蘇我也因為與那兩個人相同理由而有殺身之禍。」

柚木苦得把臉皺成一團。

「會變成這樣也是當然的。」

「我想要救蘇我。」

「我也想呀，只是我們無能為力，高層應該也是這麼認為。」

「韮澤組對部長、吉田公安部長、警察廳的門前警備企畫課長也都同意要拯救蘇我。」

柚木十分驚訝地看著宇田川：「你跟這三人談過了？」

「沒多久前剛談完。」

「太驚人了！他們個個都是高高在上的大人物。」

「你是不是也這樣看待八十島秋水？不管是部長或八十島都並非高不可攀，與我們一樣都是人，那些部長也一樣都是警察。」

「我從沒這麼想過。」

「從今後開始就這麼想吧。權勢不算什麼，也不需要在意高層的人在想些什麼，我要拯救蘇我，事情就是這麼簡單。」

「但是要怎麼救呢？」

「逮捕殺害高田衛與石田伸男的殺手。」

「逮捕殺手並沒有意義，只會讓他們再派出新的殺手而已。」

「先解決這次的危機就行了，之後就是公安部及警察廳警備企畫課的工作，他們會揭開整個案件的黑幕。」

「要鎖定殺手也需要些時間，蘇我此時此刻正身陷危機當中，我擔心為時已晚。」

「有時間說這種話，還不如立刻行動。現在已經有線索了，就是村井。村井與石田的死肯定脫不了關係。」

柚木沉思了好一會兒，而後說：「你會把我將警方情報透露給仁志的事告訴別人嗎？」

宇田川搖搖頭：「每個人都有工作上的祕密，如果這是你的作法，我不會多說什麼，只要不要做出越軌的事。」

「你這麼做是想讓我欠你人情嗎？」

「我不需要什麼人情，只要你專心致力在調查行動上就行了。要揪出村井，得靠黑道提供的情報。」

「我知道了。」柚木點頭：「雖然不知道能夠做到什麼程度，但我會讓線人去查查看。」

「拜託了。」

宇田川說完後，先一步走出偵訊室。

宇田川回到特搜總部，發現場內氣氛有些慌亂，於是問植松：「發生什麼事了？」

「你跑哪去了？村井消失了！」

「消失？」

「村井原本躲在下澤恭子的住處，但是從上次被警方傳喚後，就沒有再回去過，下澤恭子說她並不知道村井的去向。」

「是真的不知道嗎？」

「同仁已經請下澤恭子到署裡走一趟，現在正在回來的路上，不過……」植松深思地說。「恐怕她是真的不知道村井現在人在何處，下澤恭子應該一無所知。」

「什麼意思？」

「另一組人馬同時也到了松金良美家找人，早已不見人影。」

「她不是在小酒館上班嗎？這個時間應該是在那裡吧。」

「你以為調查員是傻瓜嗎？當然也跟小酒館聯絡，他們回說松金良美回國之後就不曾去上班了。」

「所以村井與松金是共犯，下澤恭子只是被利用而已嗎？」

「看來是這樣。喂，松金良美到國外旅行這條線不也是你拉出來的嗎？推論村井跟松金是共犯也很合理吧。」

宇田川雖然也曾這麼想，但沒有足以佐證的證據，所以無法斷言。

如果說，松金良美就是美國組織雇用的日本中間人，而她找了村井擔任殺手，這麼一來所有事情就都說得通了。只是，找不到確實證據，這些推論就沒有意義。警察的工作就是搜集檢察官在法庭上能夠派上用場的證據。推敲事件走向固然重要，但沒有真憑實據作為基礎的推理，反而會成為誤導辦案的淵藪。

植松說道：「目前正在徹底追查村井及松金的背景，在這之前只是把他們當作案件的關係人，今後就不同了，調查員會將焦點轉到這上面。」

「這小子剛提到這個時間小酒館還在營業。」

聽見土岐這麼說，宇田川將視線轉向他：「我們也不能袖手旁觀。」

「去『JOKER』看看吧！」

宇田川一說完，只見土岐嘆了口氣。

「唉呀真是的，我都一把年紀了，這麼晚還得出去打聽消息，這把老骨頭可受不了。」

「別發牢騷了。」植松說。「你明明就很喜歡到現場去，不是嗎？」

土岐並不是真的在抱怨，這點宇田川也明白。

他們搭上計程車前往下谷署轄區內的「JOKER」，擔心會被計程車司機聽見，甚至轉述給他人，在車內絕口不提關於案件或調查的內容。

下了計程車，宇田川問土岐：「村井就是殺手嗎？」

「還不知道，我們只能一步一腳印地蒐集線索，所以我們現在才會來這裡調查松金良美的事啊。」

宇田川也知道，只是無法釋懷，於是又問：「倘若村井是被雇用的殺手，那為什麼他要在被偵訊的時候說出蘇我的名字呢？」

「或許是想要轉移我們的焦點吧。」

「為什麼是蘇我呢？」

「可能是他把蘇我視為目標，當下脫口而出吧。或是他認為如果警方將蘇我列為嫌犯並進一步追緝的話，便可趁蘇我在倉皇躲避之際讓他有機可趁，這麼一來，他便容易下手。」

「但要是警察逮捕了蘇我，他就達不成目標了呀。」

「也許他有自信在那之前就能達成任務。」

兩人走到了「JOKER」店前，仍然亮著燈光，此刻已經將近凌晨三點，店內只有老闆娘一人。

「唉呀，警察大人。」

老闆娘的態度不像是在歡迎他們。「我正要打烊了呢。」

土岐不好意思地說：「我們不是來喝酒的，有幾個問題想請教。」

「是良美的事吧？」

「是的，聽說她旅行回來之後，就沒有到店裡工作了？」

「可惜了她這麼受歡迎，我原本還很開心找到了好員工呢。」

「她是從什麼時候開始在這裡工作？」

「我想想，應該有半年了吧。」

村井與下澤恭子是在三個月前開始交往的，也可以設想成她花了些時間在準備雇用殺手的事。

老闆娘嘆了口氣，接著說：「愈是能幹的員工就愈靠不住呢，虧我還滿心期待，真傻。不過，良美本來就不像是會在我們這種小酒館工作的女孩，她在國外出生長大，英文流利得很，稱得上是才色兼備呀！」

「在國外出生？」

宇田川不由得回問：「是在哪個國家呢？」

「她說是美國，但細節我可不清楚。」

土岐又問：「有她的履歷嗎？」

「我沒跟她拿，條件那麼好的女孩說要在我們這裡工作，難免讓人覺得她背後一定有苦衷。即使有苦衷也沒關係，那樣的女孩可不好找呢。」

宇田川的手機震動了，是植松打來的。

「把下澤恭子帶到總部來問話之後，發現了意外的事實。松金良美之前曾說下澤恭子是她的高中同學，那根本是一派謊言。」

「謊言？一開始訊問下澤恭子時沒有掌握到這一點嗎？」

「根本沒問到，當初負責的調查員光是聽到村井的名字就得意忘形了。」

「那松金良美與下澤恭子到底是什麼關係？」

「據說是在半年前才認識的。」

土岐與「JOKER」的老闆娘疑惑地看著宇田川。

半年前。這代表著，沒有人知道松金良美在這半年之前的過去嗎？

宇田川切實地感覺到已步步接近核心。

25

星期五的早晨。

特搜總部的所有調查員都徹夜未闔眼。有人在外頭蒐集情報，有人不停地敲著電腦鍵盤，也有人根本沒離開過電話旁邊。

負責在外採證、電話聯絡的同仁，不管是深夜還是凌晨，都毫不留情地把想找的人給吵醒。

宇田川與土岐離開「JOKER」之後，也繼續到「JOKER」的熟客家裡拜訪。熟客家的地址或是大概的所在地則是從老闆娘那裡問來的。

一大清早前去造訪，對方難免會明顯表示不悅，也是在所難免。若是之前的自己，或許會有所顧忌吧，宇田川心想。然而這次的案子改變了他，宇田川也發現到這點，自己終於了解所謂警察工作的真意。

只是沒有從其他人口中問到進一步的線索。

天色已經完全轉亮，已是人們該起床的時間了。被稱為阿安的熟客是一間超商的店長，他已經到店裡上班了，這個時間應該正在進行早班的準備工作吧。阿安驚訝地看著眼前的宇田川與土岐，但並不是因為他們是警察，可能是兩人都帶著重重的黑眼圈以及枯黃的臉色。

「好像曾經在哪見過兩位呀？」

土岐回答道：「在附近的居酒屋。」

「想起來了，原來是那個時候……」

阿安以同情的眼神看著宇田川與土岐，宇田川忍不住心想，我們真的看起來這麼慘不忍睹嗎？

他們的確因睡眠不足而相當疲倦，一路問下來總是揮棒落空，更加深了疲憊感。

土岐將拿來問其他熟客的問題再次向阿安提問。

第一次見到松金良美是什麼時候？

是否曾經在小酒館以外的地方見過她？

是否曾聽她說過往事等等私人的事情？

知不知道她可能會去哪裡？

宇田川心想著，這次應該又是一樣的結果吧，其他班的同仁說不定已經掌握到什麼線索了，他把希望放在別人身上。

「會不會是在新山王飯店呢？」

宇田川驚訝地看向阿安。土岐泰然自若地繼續問：「哦？那飯店是在南麻布對吧，為什麼你認為她會在那裡呢？」

「不小心聽到的。」

「聽到？什麼意思？」

「聽到她用手機在跟別人講話。」

「是在哪裡聽到的呢？」

「在『JOKER』呀，我從廁所出來，就看到她在店裡的角落講電話。我偷偷豎起耳朵聽了內容。大家都對她很感興趣，我也不例外，想說她是不是已經有男朋友之類的，結果聽到她當時是用英文講電話。」

「英文？真了不起，你還聽得懂英文呀。」

阿安把臉皺成一團。

「別消遣我了，我雖然現在成了超商店長，但之前不過是個小雜貨店老閪，英文我可是一竅不通。只是聽見在對話中一再出現了新山王飯店這個詞罷了。」

宇田川問道：「不過，只是這樣並不能斷定她現在就在那裡呀？」

「是呀，我也沒這麼說，只說她有可能在那裡。當時她像是在跟對方確認似地頻頻點頭應是，我想，應該是跟某人約在那裡見面吧。」

作為一個追尋行蹤的情報，還不算差。

土岐向阿安道謝。並非是形式上的道謝，而是真心感謝他提供協助的誠摯謝意。

「那麼，」走出超商，土岐說：「先回總部去吧。在早上的調查會議開始前應該還有時間休息一下。」

回到總部後，土岐馬上向原田管理官與瀧田課長報告關於新山王飯店的情報。

「那是美軍的相關機構。」

原田管理官皺起眉頭，瀧田課長的表情也顯得嚴肅。

「與美軍基地一樣都有治外法權（譯註：不受本地法律司法權規範），但問題是不確定松金良美是否真的在那裡。」

名波係長聽完兩人的話後，也加入了對話：「倘若她確實在那裡，那麼她的身分就變得更加不尋常了，公安有沒有什麼方法可以調查她呢？」

瀧田課長一臉困惑地說道：「只能將情報向上呈報，等候高層的指示了。」

宇田川認為也只能這麼做了。若調查行動牽扯到美軍的機構，這個特搜總部是力有未逮的。

報告了目前的進度，宇田川決定照土岐說的，先休息一會兒。他鑽進鋪設在道場的被窩當中，陷入了熟睡。僅僅只是小睡了一小時，卻有很大的幫助，恢復不少活力，這應該是拜年輕所賜吧。相較之下，土岐即便休息過後，看起來跟之前也沒什麼差別。

調查會議的重心圍繞在松金良美與村井等的行蹤，針對兩人之間的關係，也有了進一步了解。

根據宇田川與土岐從「JOKER」熟客那裡打探來的消息，松金良美曾經因為高中同學下澤恭子與黑道成員村井等交往而煩惱，現在發現這並非事實。首先，在訊問之後得知，下澤恭子與松金良美根本不是高中同學，而是在半年前才認識的朋友。與下澤恭子本人詳細確認，村井等其實是透過松金良美的介紹而認識，由此可推定下澤恭子應該是被松金良美所利用。

另外，村井等與被殺害的石田伸男雖然同屬桂谷組的成員，但村井大約是在半年前才加入桂谷組。所有事情的開端，都是從半年前開始的。

「也就是說，」原田管理官一臉深思地說：「松金良美是刻意促成下澤恭子與村井等交往？這麼做的原因是什麼呢？」

瀧田課長說：「應該是為了掩蓋自己與村井等之間的關係吧。松金良美想讓眾人覺得她只是個住處被用來殺人的無辜受害者。」

原田管理官不敢置信地眨眨眼。

「倘若屬實，那她還真是個過河拆橋的狠角色。」

「若非如此，也不會把她送到這裡來了吧。」

「送到這裡來？」

「她在國外出生，而且現在很有可能躲在新山王飯店裡，綜合這兩項線索來想，就不難推論出她的身分了。」

原田管理官看來還是無法融會貫通。

「她有可能是美軍相關的情報組織派來的特務。雖然查出了松金良美與村井等之間的關係，但對於她的過去卻還是一片空白，這麼看來很可能是美方花錢雇來的人。」

宇田川認同地點點頭。比起瀧田課長之前所說的話，比如像是說此案為黑道鬥爭，或是蘇我是殺人兇手等等，剛剛瀧田那番說明可說是最合乎脈絡事理，只是多數調查員看來對這件事還是感到難以置信，原田管理官也是其中之一，他以不確定的口吻喃喃道：「所以她是美軍相關的情報組織特務呀……」

瀧田課長點點頭：「美國的情治單位有國防情報局或是中央情報局等，

中情局與軍隊的體系雖然不同，但參與軍事任務的情況也不少見。」

在與八十島秋水或警察廳的門前警備企畫課長他們見面之前，宇田川或許也會跟其他調查員一樣，對情報組織這類的名詞感到陌生。從前宇田川對公安部的工作一點興趣也沒有，但現在他似乎可以理解他們的想法了。

從剛剛到現在還是有些霧裡看花的原田管理官，重新振起精神，再次發問：「國防情報局？若是如此，以這個特搜總部來說恐怕力有未逮，得要仰賴更高層來處理。」

瀧田課長點了頭並說：「這是當然。特搜總部的職責，最終還是找出村井等並加以逮捕。」

原田管理官相當慎重地說：「是否可斷定村井就是此案的嫌犯了？」

所有調查員都將目光投注在瀧田課長身上。韮澤組對部長近來都沒有出現在特搜總部，應該是將全權交付給瀧田課長了，抑或是同時有其他事務忙得不可開交。也就是與吉田公安部長、警察廳的門前警備企畫課長等人共同進行的工作。譬如說，調查松金良美是否真的躲進新山王飯店裡、松金良美與美國的什麼組織有關聯，為了調查這些事，必須要動用到部長級的人物，甚至是要勞駕更高層的人出面才行。

也就是說，那已經觸及到敏感的政治問題，如宇田川這樣的基層調查員是一籌莫展，因此特搜總部的所有事情都必須由瀧田課長來下判斷。

瀧田課長想了好一會兒後，終於開口：「就斷定村井等是殺害石田伸男的嫌犯吧！」

倘若，村井是殺害石田的兇手，那麼另一起凶殺案，也就是在晴海運河被發現的高田衛，肯定也是被村井所殺害，但瀧田課長並沒有這麼說，看來是決定逮捕村井等之後，再進一步追問便能水落石出。

調查會議結束後，所有調查員又回到了各自負責的工作崗位上。

為了拯救蘇我，必須盡速將村井等逮捕歸案。不過著急也沒用，查案並不是單靠一人，得靠眾多的調查員分工合作，靠每一個人腳踏實地做好自己分內的職責。經過與土岐的搭檔，宇田川再次認知到這一點。兩人身處查訪班，還是只能回到案件現場附近一一查訪，只是隨著時間經過，能夠得到的情報也愈來愈薄弱。

此時此刻，距離村井最近的是哪一個班呢？

宇田川想著這個問題，邊跟著土岐四處查訪。

如果村井等真的是殺手，現在肯定正在追殺蘇我。而蘇我的所在之處，說不定要靠特殊的情報管道來尋找，有可能是村井的雇主松金良美手中握有的情報網，也可能是派遣松金到日本來的美國情報組織。

但是，不可能有他們能做到，但日本警方卻做不到的方法，一定有什麼缺漏的地方沒想到，宇田川心想。

他想從得知蘇我被懲戒免職的那天起開始回溯，但睡眠不足讓他昏昏沉沉，沒辦法集中精神，系統性地去思考，反而想到一些不甚相干的事情。無法依案件發生的時間序來回想，思考變得片段而不完整。不知怎地，宇田川想起了蘇我深夜打來的那通電話。

那是怎麼回事呢？那傢伙為什麼要打電話給我呢？

記得在接起電話的那當下，好像可以理解他打電話來的原因，那個時候不像現在這般睡眠不足。腦袋不靈光，實在沒辦法想出蘇我打電話來的原因。

「請問，」宇田川對著走在斜前方的土岐說。

「什麼事？」

「蘇我為什麼要打電話給我呢？」

土岐停下腳步，疑惑地看著宇田川：「不就是為了要你別再接近八十島秋水嗎？」

「是嗎？」

怎麼想也無法理解，心裡感到焦躁難安。「但為什麼蘇我會知道我見到八十島秋水了呢？」

「因為他是公安嘛。」

「就算他是公安，但現在可是孤立在外呀。」

土岐直直凝視著宇田川：「說得也是，凡事都一定會有理由。蘇我為什麼會知道你去見八十島秋水，而且還大費周章打電話來告訴你？」

原本沉在心中黑暗沼澤底部的記憶，緩緩地浮上水面。

「蘇我重複好幾次教我不要再接近八十島秋水，我原本以為只是單純的警告，但若意思不僅於此的話……」

「什麼意思？」

「蘇我會不會是想傳達，如果我再接近八十島秋水，就會遇見他。」

「意思是，蘇我已經接觸到八十島秋水了嗎？」

「不，至少在我與八十島見面的時候，蘇我尚未見到他，只是很有可能已經到了相當接近的地方了。」

「接近的地方？」

「例如說，仁志。」

「仁志身邊肯定也安插著其他調查員才對。」

「但仁志跟蘇我肯定都極為警戒提防，蘇我不可能輕易現身。」

土岐陷入深思。

「那只剩下埋伏這一招可用了。」

「只要可以從仁志那裡直接得到情報就行了，抑或是間接促使仁志有所行動……」

「要怎麼做？」

「特搜總部裡有一個人能夠跟仁志搭上線！」

土岐驚詫地看向宇田川。

宇田川撥了電話給柚木。

「你能夠聯絡上仁志嗎？」

話筒那頭傳來驚訝的聲音。

「你在說什麼!?」

「蘇我可能已經跟仁志有所往來，說不定仁志知道蘇我現在人在哪裡。」

「為什麼仁志會知道？」

「蘇我為了尋求八十島秋水的協助而嘗試接近仁志，先前去接近被殺害的那兩名黑道成員也是抱著相同的目的，但是他應該是無法直接見到八十島吧，首先得從接觸在八十島身邊保護他安全的仁志開始。」

「仁志不見得會知道蘇我的所在之處。」

「但是他肯定知道些什麼，我們需要更多的線索。」

維持了一陣靜默，想必柚木正思考著該怎麼做。

「我知道了，我去聯絡看看。」

電話掛斷了，宇田川將這段對話內容轉述給土岐。

「回總部吧，或許能夠親自參與逮捕犯人的場面。」

宇田川不太相信真能如此。

調查員不過是棋子罷了。逮捕嫌犯是偵查案件最重要的一個環節，能夠親身參與的調查員少之又少。

回到特搜總部已經是傍晚六點了，距離發現石田屍體那天算起，已經過了十一天，但目前搜集到的情報仍是極其少數。遲遲沒有發現新的事證，再加上偵查方向與當初完全不同，調查員心中交雜著煩躁與困惑，宇田川能夠切實感受到這股氣氛。

柚木不在特搜總部，希望他能理解自己的用意，並且真的去聯絡仁志。

宇田川無法完全相信柚木，忍不住在心裡猜疑著。

土岐正在與植松談話，植松看了宇田川一眼，應該是在討論關於蘇我的那通電話以及柚木的事情吧。

「喂，小子！」

宇田川正想著他們該要找他過去了，不出所料，馬上就傳來植松叫他的聲音，他走向土岐與植松。

「有什麼吩咐？」

「你把剛剛跟土岐所說的話，去告訴幹部，這條線索相當有力。」

「但是還沒有得到驗證。」

「所以才要通報上面呀，今後特搜總部的動向，不是由我們決定，而是由上面來判斷。」

「所以是直接向瀧田課長報告嗎？」

宇田川不想告訴原田管理官，搞不好會被他指責是得意忘形、不知分寸，根本不把這線索當一回事。

「你以為上司是幹什麼用的？這時候當然就是要好好利用呀。」

宇田川望向位於幹部席附近的名波係長。

「跟我來。」

植松走向名波係長，宇田川也慌張地跟隨在後。

「班長，宇田川說有話要跟您報告。」

名波係長看著宇田川。

「什麼事？」

宇田川先從蘇我的電話開始說起，推論蘇我有可能是為了透露自己的所在才打那通電話。

名波係長皺起眉頭。

「蘇我為何要用這麼迂迴的方式表達？直接說出來不就好了？」

宇田川頓時語塞。名波係長說得沒錯，宇田川正在想著該怎麼回答時，植松先開口了：「我想這應該是他特意謹慎行事，提防談話內容被他人所知。對手可是美軍的情報組織，不知道會用什麼方式竊聽，也或者是為了預防這樣的情況發生，所以平時絕口不提自己身在何處。」

名波係長看著植松，以認真思考的表情說：「關於蘇我的所在之處，有什麼線索嗎？」

宇田川回道：「組對四課裡有名能夠與仁志聯絡上的調查員，我認為從這個管道應該可以得到一些情報。」

名波維持著深思神情，維持了一陣沉默，最後他開口說：「知道了。我會去向瀧田課長報告，在有進一步指示之前，先在總部待命。」

「了解！」植松回答。

宇田川與植松兩人隨即退下。

植松說：「再過不久應該就能將犯人逮捕歸案了。」

「真能如此就好了。」

「絕對沒錯。警察當久了，就能切身感應到這種感覺。」

宇田川什麼也沒感應到，一心只期盼著蘇我平安無事，想要盡力去做任何自己能做的事，但現在只能在總部待命，這讓他坐立難安。

十分鐘後，宇田川被瀧田課長叫過去，又再次報告了同樣的內容，原田管理官也在一旁聽著。

等到宇田川說完後，瀧田課長說：「你說組對四課裡有調查員能夠聯絡上名為仁志的黑道成員，但我心中卻沒有這樣的人選。」

宇田川相當迷惘，站在柚木的立場來想，不該把他的名字說出來，不過就算現在隱藏不說，總有一天也會被知道，況且現在是緊急事態，必須將所有情報公開，宇田川如此判斷。

「是柚木，他應該能夠跟仁志聯絡上。」

瀧田課長驚訝地看向原田管理官，而原田看來也十分意外。這也難怪，柚木還只是初出茅廬的年輕調查員，而對方可是大人物，他們兩人心中應該都是這麼想的吧。瀧田課長與原田管理官似乎都小看了柚木的野心。

「有人跟柚木聯絡過了嗎？」瀧田課長問。

宇田川回道：「我已聯絡柚木，請他從仁志那裡打聽一些情報。」

宇田川原本以為會被責罵是僭越本分，至少原田管理官會這麼說，不過瀧田課長卻一副不以為意的樣子。

「我知道了，把調查員集中到仁志的事務所以及八十島秋水的住家周邊，你們也都到仁志的事務所那裡去。」

宇田川聽到瀧田課長的指示，深感驚訝。

「呃，那我在查訪班的工作……」

瀧田課長回答：「目前這個階段已經不需要了，調查已經接近尾聲。」

瀧田課長是否也有跟植松一樣的感應呢？還是，他是根據理性判斷的？宇田川並不清楚。

最近的天氣，白天雖然陽光普照、氣候溫暖，但一到了夜裡又變得寒冷，就快要迎來櫻花綻放的季節。早知道就穿大衣出門了，宇田川有些後悔。

仁志的事務所位於西荻北一丁目的一棟大樓裡頭，據說同棟大樓內的居民極力反對，希望將他們趕走，因此仁志等人特別低調，幾乎不在外走動，必要時才會從這裡趕往八十島秋水的所在之處。

宇田川在附近監視已經是第三天了。這附近是住宅區，道路狹窄，無法路邊停車。坐在車子裡監視當然比較輕鬆，像現在這樣只能站在路邊，可是一件苦差事。

不只宇田川跟土岐，植松與名波係長也參與了監視行動，但他們是坐在車裡，從一個宇田川無法察覺的地方觀察著。

宇田川與土岐配戴著無線耳機，活生生就像是電視連續劇裡常見的場景般，站在電線桿旁邊，抬頭望著仁志事務所內透出的燈光。

出入口在大樓的後側，從宇田川等人站崗的位置是看不見的。

時間緩慢地流逝，雖然想跟土岐聊聊天，但也不知道該說些什麼。土岐也一樣沉默，想必他對於像這樣的監視工作已是經驗豐富，在旁邊看著他的一言一行，應該能夠學到些什麼吧，正當宇田川這麼想的同時，耳機傳來了聲音。

「這裡是第一班，仁志有動作了！」

第一班是負責在大樓出入口附近監視的同仁。

此時又聽見其他聲音：「所有人出動！準備開車跟在後頭！」

土岐展現出完全不顯老、絲毫感覺不到疲累的衝勁，俐落行動。

「小子，走囉！」

土岐向前奔去，朝向前方停著的車前進，宇田川也隨後跟上。

坐在駕駛座的植松大喊著：「上車！跟緊他！」

土岐毫無猶疑地迅速坐進後座，宇田川也打開另一側的車門，坐在土岐旁邊，還等不及把車門關上，車就開動了。

坐在副駕駛座的名波係長正以無線電報告現況：「我是名波，已發現對方的車輛，現正緊追在後。」

宇田川對旁邊的土岐說：「目的地是八十島秋水的所在之處嗎？」

「不知道，得繼續跟在後頭才知道。」

原來人會在緊張時刻說些無關緊要的話題，宇田川心想。

共有三輛車跟在仁志的車輛後頭，為了不跟丟，彼此以無線電聯絡。

仁志搭乘的高級國產車從青梅通朝都心方向前進。如果接下來從高圓寺陸橋轉進環七的話，那應該就是要前往八十島秋水居住的赤堤，不過仁志的車卻直駛上高圓寺陸橋。

緊握方向盤的植松說道：「看來不是要去赤堤。」

仁志的車穿過新宿地區，奔馳在東京都內，最後抵達了赤坂。

「竟然到了赤坂。」名波係長說：「仁志的幫派是桂谷組旗下的組織……」

宇田川接著說：「而這也是蘇我很熟悉的地區。蘇我與桂谷組有接觸，而且附近有一家他常去的西班牙餐廳。」

土岐也點點頭，名波係長與植松聽了宇田川的話都像是頓悟了什麼，宇田川瞬間感到熱血沸騰。

就是這種感覺，植松說的那種感應，原來就是現在這種感覺。

仁志的車就停在那家西班牙餐廳的門前。

土岐說：「這就是我們與蘇我見面的餐廳。」

植松說：「仁志很可能是要與蘇我見面。」

名波點頭：「是柚木跟仁志搭上線的關係吧，於是仁志跟蘇我聯絡，而蘇我指定見面地點，應該是這麼回事吧。」

名波係長說得沒錯，宇田川也是這麼想的。

「提高警覺。」植松說。「村井有可能就在附近。」

即使他不說，所有人也早已進入警戒狀態，只是，他們不可能現在下車，跟在後頭的三輛警用車，各自在餐廳周圍找地方停下來。其中一輛是負責發號施令的指令車，名波係長以無線電向指令車聯絡，確認下一步動作。

「維持現狀，不要下車。」回答就是如此。

蘇我也許已經在餐廳裡了，真想知道裡頭的狀況，宇田川急切地想，然而他不能違逆指令車的指示。

就這樣，三十分鐘過去了。

「出來了！」植松說。「是仁志。」

確實，仁志走出了餐廳，隨即坐進停在附近的車子裡。

「現在怎麼辦？」

植松詢問名波係長，名波再以無線電確認。

「指令車通告各車輛，請繼續跟在目標車輛後面。」

宇田川脫口而出：「蘇我可能還在店內。」

名波想了一想，說：「遵從指令車的命令吧。」

名波按下無線電的通話鍵，準備回報。

就在這時，宇田川發現餐廳大門再度開啟，接著看見了蘇我的身影。

「係長，是蘇我！蘇我在那裡！」

名波對著無線電說：「發現蘇我！他正從餐廳走出來。重複一次，發現蘇我！」

指令車沒有回覆任何指示，想必也在猶豫該怎麼做。

蘇我就要從視線範圍內消失了，宇田川直覺地將手放在車門的把手上。此時，有一個人從人行道的對面衝了過來。宇田川頓時驚愕。

那人穿著黑色衣服，應該在店旁潛伏許久。黑色人影正朝向蘇我跑去，宇田川的大腦瞬間停止了運轉，根本不知道自己在做什麼，一回神，他發現自己已經下車往前狂奔，耳邊傳來車內的名波係長對著無線電大吼：「有人接近蘇我！再重複一次，有人接近蘇我，蘇我被刺殺了！」

黑衣男子與蘇我的身影交疊，兩人之間可以看見有個反射路燈光芒的物品，那應該是一把九寸五分（譯註：約二十九公分）的匕首。

宇田川耳中傳來了不知是誰的喊叫聲，一直等到他攫住黑衣男子的那瞬間，才發現那其實是自己的聲音。

刀刃閃耀著光芒。

蘇我的腹部被血染成一片，路面也迅速積了一灘血。

宇田川攫住黑衣男子持刀的右手，男子劇烈抵抗，匕首劃過宇田川的臉頰，一陣刺痛後，感到有股溫暖在臉頰上流動。

宇田川兩手牢牢固定住對方的手臂，再出腳將他撂倒。黑衣男子跌到地面，宇田川也連帶著倒下，就此讓對方動彈不得。動作之間，匕首劃破了宇田川的襯衫。

不知道過了多久，無數腳步聲跑來，團團包圍住他們，許多人扯開嗓門吼叫的聲音此起彼落，宇田川好一會兒才回神，理解那原來是其他調查員。

宇田川被拉開，拉力讓他一屁股往後坐。

「逮捕犯人！」

「確認身分！是村井嗎？」

「確認，是村井等。」

聽著對話，宇田川茫然失神。

「蘇我的狀況如何？」

這句話讓宇田川猛然驚醒，他慌張地想站起來，雙腳卻不聽使喚。

怎麼會這樣？

膝蓋不停打顫，簡單說，就是被嚇得腳軟，恐懼與緊張此刻才湧上來。

宇田川好不容易站起身，發現倒臥的蘇我身旁是土岐與名波係長正在確認他的狀況。

宇田川走近，聲音顫抖地說：「蘇我……」

該不會就這麼死了吧？

蘇我睜開眼睛，說：「喲，你的表情怎麼這麼難看。」

救護車來了，蘇我躺上擔架，宇田川在稍有距離的地方看著他。

植松對宇田川說：「太好了，看來沒有生命危險。」

「是。」

聽見植松這麼說，宇田川仍然沒有什麼真實感。

「你怎麼了，怎麼不陪蘇我去就醫？」

「不用了，感覺有點彆扭。」

「別說這些，至少在他要上救護車時陪著他吧。」

被植松推了一把，宇田川走近救護車，蘇我正要被抬上車。

蘇我原本閉著雙眼，感受到周圍的變化，睜開了眼睛，對宇田川說：

「這樣我們就互不虧欠了。」

「什麼意思？」

「之前我在你要被射殺的時候出手，而這次換你救了我一命。」
「但你還是受傷了。」
「不是你衝出來的話，我早就沒命了，多虧了你，才只有這一點傷。」
蘇我的聲音漸漸虛弱。
「好了，你別說話了。」
「喔。」
「本來就無所謂虧欠，同期不就是該這樣嗎？」
蘇我微弱地牽起微笑：「你還是一樣這麼天真。」
這時，救護員開口了：「你也一起去醫院嗎？臉頰上的傷還是給醫生看一下比較好。」
宇田川摸摸臉頰上被匕首劃出的傷口，只是小傷，血也早已止住。
「我不用了，請出發吧。」
「現在將傷者送醫，往中野方向前進。」
宇田川點點頭。往中野去的話，應該是送到新成立的警察醫院，原先是位於飯田橋。

救護車關上後門，揚起鳴笛，啟動出發了。

「嘿，還真行呀你。」

宇田川聽見後面傳來的聲音，回頭發現是植松。

「竟然會在那個當下飛奔過去，我對你刮目相看了。」

「當時一心只想著要救蘇我。」

「這次的經驗會成為你畢生的財富，好好記在腦子裡。」

「是！」

土岐在植松背後咧開了笑臉。

26

村井等接受偵訊。令人意外的，他十分乾脆地承認自己犯下兩起殺人案，不但說出自己是受雇於人，也立即供出雇主就是松金良美。

一般人可能會認為職業殺手口風緊，但正好相反。在警方偵詢時會堅持保持沉默或是不停否認的，只有那些抱持著政治理念或宗教信念的犯罪者。黑道分子通常都會馬上承認，他們深知跟警察作對是沒用的，反而可能讓罪更加重，倒不如乖乖合作，或許還能減輕一點罪行，村井等也是屬於這一類。

至於松金良美，特搜總部並沒有介入調查，只能交由高層處理。即使如此，特搜總部已經達成了目標，也就是逮捕嫌犯並讓他承認犯罪事實。結束之後，還有多不勝數的文書工作在等著。

不過，宇田川心情變得很輕鬆，感受到結束一樁工作的充實感。寫完報告、處理完村井等的送檢手續之後，特搜總部的任務也畫下句點。

宇田川走近土岐身邊，對他說：「承蒙您的照顧，我受益良多。」

「別這樣說，我做的可沒你多。」

「我什麼也沒做呀。」

「我沒聽錯吧，你不但見了八十島秋水，還有公安部的高官，竟然說自己沒做什麼。」

「至今還是感到很不真實，彷彿是一場夢。」
「對我來說是場惡夢呀。」
土岐展露笑臉。宇田川明白那並不是他的真心話，這次的調查，土岐一定也樂在其中。
最後，土岐這麼說：「反正，總有一天會再遇見的。」
沒錯，警察就是如此。

宇田川回到了日常生活，繼續每天到警視廳上班的單調日子。
特搜總部解散已經過了兩個星期。在即將迎來黃金週假期之前，媒體突然一陣騷動。外務省北美局次長與身為在野黨大老的眾議院議員因收賄疑雲而遭到調查，而那位在野黨的眾議院議員是以外交領域見長。
他們應該會被逮捕吧，面對警方的搜索，外務省高層驚呼不可置信。但是警察廳的ZERO與警視廳的公安部雷厲風行地執行了原本被認為是不可能發生的事。

宇田川對這條新聞一點也不驚訝，反倒是聽到門前警備企畫課長要請他過去一趟才讓他感到驚慌。宇田川狐疑地想，事到如今為什麼還要找我過去？他盡速前去找門前報到。

這次，課長室裡頭就只有門前一個人，宇田川緊張地繃緊了神經。

「放輕鬆點吧！」

「啊？」

「松金良美確實是躲在新山王飯店。」

比起松金良美的事，宇田川更好奇為什麼門前要把這件事告訴自己。

門前課長繼續說：「不過，松金良美這號人物早已經不存在了。」

「這是什麼意思呢？」

「在逮捕村井等的隔天，有一位名叫 Roberta Uehara 的日裔美籍軍眷從橫田美軍基地飛回美國，我們只知道有這件事發生。」

「那就是松金良美？」

「所以我才說，松金良美這個人已經不存在了。」

「只能這樣就眼睜睜看她逃走嗎？」

門前沉默地看著宇田川好一會兒後開口：「這麼一來，面對美國，日本便取得了一張有利的外交籌碼。」

意思就是，兩國進行了政治交易。

宇田川無法認同，卻也無能為力。仔細想想，即便逮捕了松金良美——應該說是Roberta Uehara，也只是治標不治本。倘若要將事件的全貌查個水落石出，那麼把她送進日本的那個美國情報組織也會曝光，這對日美關係會是一個很大的污點。得要在某處畫下停損點，這就是所謂的政治吧。

宇田川一言不發地站在原地。

門前改變語氣：「這次多虧了你的出色表現，雖然完全不在我們的預料之中，但想必你也從中深刻了解到公安的工作意義何在。」

「確實如此。」

「公安部與警察廳警備企畫課隨時都在尋求可擔任特別調查官的人才，但我們不會強迫人加入，畢竟是伴隨高危險的工作，本人的意願也很重要。」

門前課長到底要說什麼呢？宇田川疑惑。

「怎麼樣？想不想到公安部工作？」

這一句話讓宇田川瞠目結舌，驚訝得說不出話來。

「這、這個……」

「如同我剛才所說的，我不會強迫你，只是覺得你很適合。」

宇田川咕咚地吞了口口水後回答：「在回答之前，我想問幾個問題。」

「什麼問題？」

「蘇我之後會怎麼樣呢？能夠恢復職務嗎？」

「在形式上，曾經被懲戒免職的人是無法復職的，但這個問題另有解答。蘇我現在仍然在執行警察工作，只不過他的身分被嚴密隱藏起來。」

「也就是說，蘇我今後也會繼續進行臥底這類的工作？」

「他是這方面的人才，何況，這也是他本人的志願。如何？你想不想跟蘇我一樣？」

答案再清楚不過。

宇田川回道：「作為一名刑警，我還不成氣候，我想要繼續磨練自己，在刑警的工作上更加精進。」

「當刑警離升官之路可就遠了。」

「我以身為刑警為榮。」

門前課長大大地嘆了口氣：「是嗎？我知道了。」

這意味著談話的結束。宇田川低頭敬了個禮，走出警備企畫課長室。在回警視廳的路上，宇田川才想到，剛剛說不定是他警察生涯中決定性的一瞬間，不過他並沒有做出錯誤的決定。

回到刑事部，宇田川感覺鬆了口氣，就連囉唆碎念的植松也看來格外親切。從今以後，也會在植松的鞭策教導之下，繼續擔任一名刑警，這是自己所選擇的道路。

蘇我在病房之中看起來窮極無聊。他住在個人病房，這與其說是禮遇，說不定是一種隔離措施，而且並非是醫療上的需要，而是防止情報外洩的隔離。

「喲！」

蘇我一如往常地打招呼。

「感覺很有活力嘛。」

「不是什麼了不起的傷，不用來探病也沒關係。」

「我想，說不定你又會轉身就不見人影。」

「也沒什麼不好呀，只要彼此還活著就能見到面。」

蘇我真是個徹底的樂觀主義者。

「有個問題想問你。」

「什麼事？」

「你不是曾經打電話到我的手機嗎？這麼做的原因是什麼？」

「我早就忘了。」

「不可能會忘吧。」

「我想想……」蘇我一臉散漫地望向天花板。「可能是想聽聽你的聲音吧。」

「少肉麻，到底是怎麼回事啦？」

「我沒有父母，也沒有兄弟姊妹，在我面臨到隨時可能喪命的狀況時，突然想起你跟我說過你的電話號碼。」

「既然都已經打電話來了，何不直接說出你在哪裡，讓我們真是忙得天翻地覆。」

「臥底調查員怎麼可能輕易就把自己的所在之處告訴別人？」

「要是我沒有發現到你與仁志之間的關聯，你現在早就沒命了！」

「什麼嘛，你不是說彼此沒有虧欠嗎？剛剛那句話聽起來好像在討恩情。」

蘇我臉上浮現微笑。

「我沒有那個意思。」

「我本來就認為你會發現。」

「你說什麼？」

「如果是你的話，或許能了解我正想些什麼，我內心隱約期待著。」

「隱約期待？真是曖昧的說法。」

「身為公安警察，言行都得小心謹慎。」

「這麼了不起的公安部也來延攬我進去呢。」

「喔。」

蘇我看來不怎麼驚訝的樣子，他的反應總讓宇田川期待落空。

「門前警備企畫課長問我有沒有意願進公安部。」

「還真了不起，然後哩？」

「我是刑警呀。」

蘇我咧開笑臉。

「幹嘛笑？」

「我只是覺得，我們兩個還滿像的。」

「我從沒這麼想過。」

「性格雖不同，但在某方面卻有共通點。」

自己也曾有過這種感覺，是什麼時候呢？

宇田川深思片刻後想到了，那是當他看著植松與土岐的時候，曾經萌生這樣的感受。

「原來如此。」宇田川說。

所謂的同期，也許正是如此吧。

娛樂系 013

同期

作者　今野敏
譯者　林謹瓊
責任編輯　王淑儀
美術設計　POULENC
書衣裡插畫　chocolate
內文排版　高嫻霖

總編輯　戴偉傑
出版顧問　陳蕙慧
發行人　林依俐
出版　青空文化有限公司
台北市106大安區仁愛路四段107號7樓
讀者服務信箱：service@sky-highpress.com

總經銷　大和書報圖書股份有限公司
電話　02-8990-2588
印刷　前進彩藝有限公司
出版日期　2016年4月　初版一刷
定價　280元
ISBN　978-986-92263-6-3

國家圖書館出版品預行編目(CIP)資料

同期 / 今野敏著；林謹瓊譯. -- 初版. -- 臺北市：
青空文化, 2016.04
448面；　10.5 x 14.8公分. -- (娛樂系；13)
譯自：同期
ISBN 978-986-92263-6-3(平裝)
861.57　　105003691